記念日

anniversary

青山七恵

Nanae Aoyama

集英社

Contents

記念日

1　ソメヤ

ひとさし指の先の、白くて平べったい錠剤のことを、もうかれこれ十五分くらいベッドの上で眺めている。

ボタン型電池。レンズ豆。おはじき。肝油ドロップ。似た形状のものを頭に思い浮かべては、途方に暮れかけるのを踏みとどまって、呼吸がすこし荒くなる。

なんてことない。ちょろっとなかに入れて奥までつっこむだけ。怖くない怖くない。枕元の小さなランプの投げかける光のなか、拒んでいるのは自分ではなくてそっちだというように、白い錠剤に向かって言い聞かせる。すぐ慣れるから、さっさとやっちゃって。

「だいたいひとさし指の第二関節ぶんまで、入れてください」

診察室の、こっちを向くたびぎしぎし音が鳴る丸椅子に座った先生は、ひとさし指を伸ばして第二関節から先をクイクイ動かしてみせた。いま、先生がやっていたのと同じように、錠剤の載ったひとさし指を動かしてみる。錠剤がウン、ウンとうなずいているように見える。このまま指の腹から薬効が染み出して、血液に溶けこみ全身にまわって股の奥の悪い細菌まで届いてくれればいいのに。そう念じながらクイクイやっているうち、錠剤がシーツの上に落ちた。慌てて拾いあげて、また最初からやり直す。ボタン型電池。レンズ豆。おはじき。肝油ドロップ。

「やりかたはいろいろですけど、まずは片足を台か何かに上げて、入れてみるといいですよ」

覚悟を決めて、呼吸に集中する。立ち上がってパジャマのズボンとショーツを片手で下ろし、先生のアドバイス通りベッドの端に片足を載せた。脚のあいだにひとさし指を持っていき、柔らかいとばくちにあてがう。左手も使って肉の襞《ひだ》をどけて、ぬめっと湿っているところに錠剤の貼りついた指先を潜りこませる。息を大きく吸って、吐くと同時に、もっと奥に奥に。でも指は、弾力のある生温かい壁に阻まれてぜんぜん先に進まない。角度を変えて、もう一回。無理。進まない。

気が萎えて、ベッドに腰かけた。錠剤を載せた指をまた顔の前に近づける。体内の湿り気に反応したせいか、指先の錠剤はお湯に入れたバブみたいにシュワシュワ溶けかけている。今度は横になったまま試した。さっきよりは多少進んだ感覚がある。もうこれ以上は無理というところで、温かい肉の壁に錠剤を押しつけて指を離した。

これでよかった？　入るべきところまで入ったのか、入っていないのか？　二十数年前の学生寮の鉄製ベッドでの出来事を思い出す。あのときもこんな感じだった。他人の体の一部も指先に載る小さな粒も、ちゃんと入るべきところまで入っているのか、自分ではよくわからない。確かめるよりは入ったことにして、そのまま永久に保留にしておきたい。

肉の壁にくっつけた錠剤が落っこちてこないよう、そうっと下ろしたものを穿きなおし、うつぶせになってランプを消そうとした。するとそのとき玄関のドアの鍵を回す気配がして、ガツッと鈍い音が響いた。「ああもうっ」低い声とともに、外の冷たい空気がドアから廊下を一気に吹き抜けていく。

あわてて起き上がり、廊下をダッシュしてドアチェーンを外しにいった。

「チェーンはしないでって先週も言いましたよね？」

入ってきたミナイはこちらと目も合わせずにそう吐き捨て、ぎらついたスタッズが並ぶショートブーツのジッパーをジャッと下ろした。

「ごめんなさい、癖で、つい……」

何も言わずミナイはまっすぐ洗面所に向かい、勢いよく水を流して、早押しクイズみたいにハンドソープを何プッシュもして威勢よく手を洗いはじめた。その背中に向かって、ごめんなさい、と聞こえないくらいの声で繰りかえしてから、自室に戻る。

股の奥に違和感があってショーツを下ろしてみると、ふちが溶けてギザギザの楕円になった白い錠剤が、ポロリと床に転がった。


朝、目覚めるたび、どうしてこうなったんだろう、と途方に暮れる。

廊下の向こうのダイニングキッチンからは、通り雨のような激しいクラシックのピアノ曲が漏れきこえてくる。起きた瞬間から意気消沈させられる、荘厳すぎる調べ。無音の朝が恋しい。

何度か目を開け閉じしてから、餅のようにシーツにへばりついている体を持ちあげ、床に脱ぎ捨てた毛糸の靴下を拾ってうめきながら履く。不自然な姿勢で寝ていたのか、背中全面と首筋が痛む。空気の入れ換えのために北向きの窓を開けると、すぐ向かいの家のベランダに据えられた巨大な室外機が手で触れそうなくらいの位置から迫ってくる。開けると逆に、閉じこめられた気持ちになる窓だ。このところ朝起きて窓を開けるだけで、貯金箱の小銭みたいに体が狭い箱のなかでガチャガチャ振り回されているような不快な感じをおぼえる。伸びをしたら寝違えた首筋に鋭い痛みが走って、思わずウッと声が出た。

リビングに入ると、朝日が差しこむ窓際に敷かれたヨガマットの上でミナイがポーズを決めていた。音楽の調べに包まれ、体育座りをした両脚をピンと持ち上げ膝の高さに両手を伸ばし、数字の9が蹴られて横倒しになったみたいなかたちになっている。気配を消してそそくさと電気ケトルに水を注ぎ、スイッチを入れた。マグカップにインスタントコーヒーの粉を振り入れて、湯が沸くのを待つあいだ、ちらっと窓のほうに目をやる。マットの上で力強い線を描くミナイの肉体はいかにもしなやかで健康そうだ。朝から貯金箱の小銭みたいにガチャついているこっちの体とは、あまりにかけ離れている。

あまり見つめていると怒られるかもしれないので、目をそらしキッチンのタイルの目地を数えることにした。やがて湯が沸き、できあがったインスタントコーヒーを手に自室に戻ろうとしたところ、

「ソメヤさん」

後ろから呼ばれて、ドキッとする。振り返ると、ポーズを解いてヨガマットに正座したミナイがまっすぐこちらを見据えていた。艶のある髪をポニーテールに結わえて剝《む》き出しになっているおでこから、すでに敵意のようなものが滲《にじ》み出ている。音楽が止まった。

「ドアチェーン」

と言われ、昨日の夜の失態を思い出す。長年の一人暮らしで身についた癖で、ミナイが外出中にもかかわらず、帰宅したときついドアチェーンをかけてしまったのだった。

「あ、昨日はごめんなさい。今度から気をつけます」

「困ります。もう何度目ですか？　二回三回じゃないですよね？」

「はい」

「今度またかかってたら、ペナルティ科してもいいですか？」

「え、ペナルティ？　とは……」

「具体的には決めてないですけど、共同生活なんで。最低限のルールは守ってください」

朝日を撥《は》ねかえすような健康美をぷんぷん発散させておいて、真顔なのが怖い。わたしは「ごめんなさい、ほんとに気をつけます」と背を丸めて自室に逃げ帰った。

ベッドに腰かけ、あつあつの薄いコーヒーに息を吹きかけながら、ペナルティの内容がどんなものになるのか想像してまた気が翳《かげ》る。部屋代の値上げ？　冷蔵庫使用禁止？　はたまた、トイレ掃除の当番制廃止？　どれもすごく嫌だ。でもこの生活じたいがすでにペナルティみたいなものだ。何にたいするペナルティかと考えかけて、熱くなった胃が急にひんやりしてくる。朝からこんな考えごとにふけっている時間はない。残りのコーヒーを一気にあおって、身支度を始めた。

この家に来る前は、出勤一時間前には起床して、朝の情報番組を眺めながらゆっくり出かける支度をした。でもいまは、起きてから二十分以内には家を出る。なるべくここではっきり意識を保っていたくないのだ。廊下の向こうのリビングに、ヨガと特製スムージーで一日を始める、元気でうるさい若い女がいるから。

学生時代から二十年以上住みつづけた賃貸マンションの大家さんが亡くなって、その息子から秋に予定している次の契約更新はなしですと宣告されたのは、この五月のことだった。加えて、勤め先の図書館の任用期間が年度末で終了することは確定していたから、わたしは住居と次の勤め先を同時に探さねばならないはめになった。

見通しの甘さを直視するのを避けつづけた結果、職も住まいも同時に失いそうな事態になってはじめて、我が身を振り返った。東京には山ほど図書館があるのだから、まじめに臨時雇われをこなして転々としていれば、いつかどこかで正規に雇われるチャンスが巡ってくるだろうとぼんやり思って過ごしてきた。でも長年まじめに働こうとした結果、まじめであることだけに徹しすぎてしまった気がする。正直、まじめのほかにはまったく何もしなかった。それで、こんな半端なことになった。これを機に、春になったらいよいよ東京を離れなんの縁もゆかりもない地方の街に引っ越して、経理とか介護とか、もっとわかりやすく必要とされて、ついでに国からも応援してもらえそうな仕事の勉強でも始めようかな、などとまた見通しの甘いことを考えもした。でもその前に、まずは年度末まで半年間の住まいを確保しなければならない。できるだけ安上がりな方法を探して辿《たど》りついたのがルームシェアのサイトだったけれど、意外と家賃が高すぎたり職場から遠すぎたりいい条件の物件はめったになく、あきらめかけた矢先にようやく見つかったのがこのマンションだった。職場の図書館からほど近く、当然敷金も礼金も不要、光熱費込み一ヶ月四万円という破格の部屋代、鍵付き個室あり、プライバシー尊重。こういう諸々の願ってもない条件に飛びついて、たぶん失敗した。

はじめてこの家のドアを開けて玄関に一歩踏み入れたとき、わたしの顔を見たミナイは明らかに落胆していた。

何がお気に召さなかったのか、わからない。でもできるだけ感じよく見られたくて、浮かべた笑みをキープしつづけた。時と場合に応じて使い分けられる笑顔のバリエーションを、わたしはたぶん五十種類くらい持っている。横軸は緊迫度、縦軸は相手との親近感を示すチャートがあるとして、このときわたしがチョイスしたのは緊迫度1、親近感マイナス1の、あらゆる場面で誰からも悪くは思われないはずのしごく無難な笑顔だった。

「どうぞ」

ようやく口を開いたミナイは、床に揃《そろ》えたスリッパを指さした。本人が履いているのと同じショッキングピンクの派手な革製のもので、足先を入れる部分にきらきらのラインストーンがついていた。

築四十五年の古いマンションだからか、造りはすこし変わっていて、アメリカのドラマに出てくる部屋みたいに沓脱《くつぬ》ぎの向こうがすぐリビングだった。横長の窓には多肉植物の小さな鉢が並び、その横に天井まで届きそうな巨大な観葉植物の鉢と小さなデスク、部屋のまんなかにはアラベスク模様のラグの上に年代物の革製のソファが置かれている。リビングの左奥がオープンキッチンになっていて、ミナイはそこでマグカップに湯を注ぎはじめた。わたしが突っ立っていると、座ってください、とキッチンカウンターの前の四人がけテーブルを目を上げずに指さした。

「もっと、年取ってるかと思ってました」

ふたつのマグカップを手にテーブルにつくなり、ミナイは言った。

「えっ、年？」言われたことがよくわからず繰りかえすと、「年」ミナイも繰りかえした。

「おばあさんが来るかと思ってました」

ルームシェアサイトに掲載されていた、物件のPR文が頭によぎる。確かに、「当方二十代女性、女性限定、異世代のルームシェアメイト歓迎」とは書かれていたけれど、こちらのプロフィールは年齢から職業まで事前にメールで送ってあったし、それで気に入られたから今日はこうして顔合わせに呼ばれたのだと思っていた。でも、テーブルの向こうの若い家主は明らかに、不満を押し殺したような表情を浮かべている。

わたしは緊迫度の度合いをひとつ上げ、親近感をさらにマイナス1した笑顔になるよう、目と口の周りの筋肉を調整した。

「異世代のルームメイトをお望みだったとか……」

「まあ、そうです」

「わたしじゃ、若すぎますか？」

「若すぎるということもないですけど、正直、もう少し上のかたかと思ってて」

「こちらの年齢はメールでお伝えしてあったと思うんですが……」

「ごめんなさい、見間違えてたかも。六十二歳じゃないんですか？」

いったいどういう見間違いなんだと思いながらも、わたしは緊迫度2、親近感マイナス2の笑顔を崩さぬまま、

「いえ、四十二歳です」

と答えた。ミナイが眉間に皺《しわ》を寄せたまま黙っているので、

「不合格ですか？」

と聞いてみると、

「べつに、合格、不合格っていうのはないです」

相手はさらに機嫌を損ねたようだった。

気まずくなって、わたしは勧められてもいないのにマグカップの赤く透き通ったお茶を一口飲んだ。酸っぱくて口がすぼまった。ミナイが不本意だという態度を隠さぬまま「部屋を見ますか」と申し出てきたので、キッチンから続く廊下の奥の六畳間をはじめ、浴室やトイレを見学した。それからまたテーブルに戻ってきたけれど、ミナイのほうではもう何も話すことがないらしく、押し黙って手元のスマートフォンをいじりはじめた。無愛想というより、失礼な家主だった。わたしは「すみません、これから用事があるので」と嘘をついて、まともに挨拶もせず部屋を出た。

その晩、ルームシェアサイトで新たな物件を漁《あさ》っていると、ミナイからメールが届いた。いつでも引っ越してきていいので、入居日が決まったら教えてほしい、細かいルールはそのとき伝える、ということだった。あれだけ感じの悪い態度を見せておいてこの文面は不可解だったけれど、家主が無礼だという点を除けば、これ以上条件のいい物件はほかに見つかりそうもなくて、つい飛びついた。

それで引っ越してきてからひと月もしないうちに、わたしの笑顔チャートの緊迫度1から2、親近感マイナス1からマイナス2のあいだに、さらに10くらいの細かい段階ができた。

二十近くも年下の家主に追い出されないために、顔の筋肉が急速に発達した。加えて、家にいるあいだは四六時中気を張っているせいか、それとも見えないふりをしている将来にたいする不安のせいなのか、顔のあちこちに吹き出物ができるようになった。下痢っぽくもなった。半年ごとに通う婦人科の定期検診に行ったら、免疫力が低下して膣内《ちつない》の細菌バランスが崩れていると言われた。

朝からミナイに怒られて不愉快な気分でも、配架用の可動式ラックに本がみっしり積まれているのを見ると、胸が高鳴る。本をもとの場所に戻す、これほど心落ち着く作業はほかにない。

利用者の調べものを手伝ったり子どもに読み聞かせをしたり検索機の使いかたをレクチャーしたり、図書館にはいろいろな仕事がある。でも、わたしはただひたすら本を本棚に戻す仕事がしたくて、ここで働いている。正規の職員と一緒に展示コーナーの企画グループに参加していたときもあったけれど、この四月からちょっとやりづらい事態に陥って、手を上げるのをやめた。そのころから同僚からはあまり話しかけられなくなったし、カウンター業務の合間にする飾り用の折り紙を折ったり絵をペンで塗ったりする雑用もほとんど割りふられなくなった。可動式ラックを押して、書架と書架のあいだを歩いているときだけ、心底息がつける。

朝いちばんの配架が半分終わったところで、

「すみません」

と声をかけられて振り向くと、おでんに入ってる昆布みたいな色の帽子をかぶった、小柄なおばあさんが口をパクパクさせていた。

「どうしました?」

身をかがめて、猫撫《ねこな》で声を出す。自分より小さいものには、優しくなれる。ミナイはわたしよりずっと年下だけど、背が高くて体つきもがっちりしていて、鉄骨が入ってるみたいにまっすぐな肩をしている。あんなにわたしより大きいのに、なぜわたしに優しくないのか。

　帽子のおばあさんはあ、う、えーと、を繰り返し、左右の書架に目を走らせた。両手は布製の使い古したキャリーカートの持ち手を握りしめている。

「何か、お探しものですか？」

　上半身をさらにかがめて、ゆっくり話しかける。このひとはどういう家に誰と住んでいるんだろう。庭に母屋と完全に隔絶された素敵な離れがあったりしたら、わたしに月三千円くらいで貸してくれないだろうか。

「ハリー」おばあさんはカッと目を見開いて言った。「ハリー・ポッターの……」

「あ、ハリー・ポッターの。ハリー・ポッターの本をお探しですか？」

「そう。ハリー・ポッター」

「ハリー・ポッターシリーズならたくさんありますよ。児童書のコーナーです。ご案内しますね」

　おばあさんを怖がらせないよう緊迫度マイナス4、親近感1の笑みを浮かべて児童書コーナーに案内し、「ここです」と、背表紙のタイトルを読み上げていく。

「ハリー・ポッターと賢者の石。ハリー・ポッターと秘密の部屋。ハリー・ポッターと炎のゴブレット。不死鳥の騎士団。謎のプリンス。死の秘宝。あっ、ラッキーですね、いまはぜんぶ揃ってます」

「これ、おもしろいのよね？」

「わたしも読んだことないんですけど、人気の本です。ハリーっていう眼鏡の男の子が魔法使いになる話です。魔法学校に行って、エマ・ワトソンと友達になって」

「どれがいちばんおもしろいの？」

「いちばん？　読んでないのでわからないですけど、まあタイトルだけ見たら、なんとなくおもしろそうなのは、どうですかね、この、炎のゴブレットってやつですかね。ゴブレットって、たぶん鬼みたいなやつだと思いますけど強そうですよね」

おばあさんは『ハリー・ポッターと炎のゴブレット』の上巻を手に取って、まじまじと表紙を見つめた。

「これがおすすめ？」

「読んだことないのでわからないですけど、とにかく、ぜんぶベストセラーです。ここには一冊ずつ並べてますけど、地下の書庫にもあと一セットあります。全巻、たぶんハズレなし」

「借りてきてって言われたんだけど」

「あ、お孫さんにですか？」

「息子に」

するとと突然、わたしが住めるかもしれない完全個室の庭の離れで、このおばあさんの中年の息子が『ハリー・ポッターと炎のゴブレット』を読みふけるすがたが思い浮かんだ。

固まっていると、おばあさんは血管の浮き出た手で『炎のゴブレット』下巻を掴《つか》み、上巻と一緒にキャリーに入れた。わたしはその手の、灰色とも黄色ともつかない、ものがなしい色合いに釘付けになった。自分の手がこうなるまで、あと何年くらいだろう。夜寝る前にせっせとハンドクリームを塗り続けていても、たぶん最後にはこうなる。まだらな肌色に浮かぶ血管が、瀕死のミミズみたいにヒクヒク動く。

おばあさんは『賢者の石』から『死の秘宝』までを順番に次々摑んでキャリーに詰める。全巻詰めおわると、わたしがそこにいたことなど忘れたみたいに、背を丸めてキャリーをよろよろ押しながら貸し出しカウンターに向かっていった。何十年か前、あのハリー・ポッターシリーズみたいに乳母車で運ばれていたはずの息子はいま、どこで何をしているのか。

「手伝いなよ」

後ろから声をかけられてハッとした。副館長の柏木《かしわぎ》が、葉っぱで飾られた「あきのどくしょまつり」のパネルの向こうから、こちらを覗《のぞ》き込んでいる。

「ぼーっと見てないで。重いんだから、カウンターまで運んであげてもいいでしょ」

さっきのおばあさんのことを言われているのに気づいて、「あ、すみません」と口先だけで謝ると、

「さっきのちょっと聞いてたけど、あんまり適当なことを言わないでくれる？　もっとまじめに、利用者に寄り添った対応をしてください」

柏木は不自然に声を低めてそう言った。見ていたんなら、おまえが手伝え。心のなかで毒づきながらも、わたしは笑顔チャートから外れたニュートラルな表情を保ったまま、一礼して書架に戻った。嫌な男。気持ちの悪い男。去れ。去れ。と念じつつ。

配架を再開してからも、しばらく毒々しい気分が続いた。ここ数ヶ月、わたしはまじめな職員でいることを休止して、できるだけ適当に、賃金に見合うくらいの最低限の仕事だけをこなすようになった。朝の起き抜けは自分が貯金箱の小銭になったような気がしたのに、いまは逆に自分の体が貯金箱になって、ちょっと腕を上げたり下げたりするたび、中

身がガチャガチャ不愉快な音を立てている感じがする。嫌なやつからの嫌味ほど嫌なものはない。でも、あんな男の顔を見るのが楽しみでならないときも、あるにはあったのだ。思い出すとさらに関節につっかえる小銭が増えて、音が重くやかましくなる。

それでもラックから本がなくなるころには、いつもの平静さが戻ってきて、体内の騒音も消え、最後には空調の音しか聞こえなくなる。ここに並べてある本は、油を吸い込む新聞紙みたいに、わたしの心身から滲み出る不愉快さを吸着してくれる。この図書館に並ぶほぼすべての本には、わたしの日々の不愉快さが染み付いている。さっきおばあさんが息子のために借りていった、十冊のハリー・ポッターの本にも。

ミナイはだいたい一日じゅう家にいるので、夕方帰宅の時間が近づいてくると、また気持ちが翳ってくる。キッチンを使わなくてすむようバス停近くのスーパーで値下げシールのついたお弁当を買い、備え付けのレンジで温めてから、早足で帰った。

できるだけ物音を立てずにドアを開けると、観葉植物の隣のデスクでいつもどおりパソコンに向かっているミナイの背中があった。お互いの生活ペースを尊重するために、「おかえり」「ただいま」も言わない決まりになっている。なんとなくそうなったんじゃなくて、同居が始まったその日にはっきり、そういうのはなしで大丈夫です、と言われた。

ミナイは今年大学の英文科を卒業したばかりの二十三歳で、仕事はしているんだかしていないんだかよくわからない。わたしがここに来てからまだ数日の、まだ儀礼的に最低限のコミュニケーションを保とうとしていたころには、友だちとウェルビーイングに貢献する物販の会社を立ち上げる準備をしている、と話していた。ウェルビーイングも会社立ち上げもわたしにはカフェラテの泡を噛《か》むような感触の言葉ではあったけれど、大事なのはこの子が生きるために何を成し遂げようとしているかではなく、当面は無職であってもこの家を住まいとして維持してくれる意思があることだけだった。

　八十平米2LDKのこの古いマンションの一室は彼女の祖父が所有していた物件で、四年前に本人が施設に入所することが決まったとき、当時大学生だったミナイに譲られたのだという。両親に頼んで壁紙から水回りまでリフォームしてもらい、卒業までは悠々ひとり暮らしを楽しんでいたけれど、ルームメイトを募集するようになったのはここ半年ほどのことだそうだ。わたしは二人目のルームメイトで、前に入居した相手はふた月もしないで出ていったらしい。「価値観が合わなさすぎて」とミナイはあっさり言った。相手は上京してきたばかりの大学一年生で、朝帰りも多いし共有スペースでお菓子を食べ散らかすし、何より洗面所の使いかたが気に入らなくて出ていってもらったのだという。

　入居してすぐ、「これ、読んでおいてください」と渡されたA4用紙には、いかめしい明朝体で「お願い」と題された細かい生活のルールが箇条書きで並んでいた。帰宅したら必ず手洗いとアルコール消毒をしてください。自室の掃除は毎日してください。浴室と洗面所は使い終えたらただちに水切りワイパーかタオルで水滴を拭き取ってください。冷蔵庫に入れる食べものには名前を書いてください。フローリングを裸足で歩かないでください。家主のヨガ中は話しかけないでください。物損が生じたときには正直に申し出てください。

　どれも無茶なお願いではない。でも、二十年以上気ままなひとり暮らしをしてきた身にとっては、家じゅうが他人の「ください」だらけになるのは正直肩が凝った。さらに戸惑ったのは、自分の一挙手一投足をミナイに監視されているような気がすることだった。入居前の顔合わせではさっぱり無関心に見えたのに、同居が始まってからは共有スペースで顔を合わせるたび、まるでわたしの存在じたいがルール違反だとでも言うように、ミナイは刺々しい視線を投げてくる。

冷めかけているお弁当にせめて温かい紅茶を添えたくて、キッチンで電気ケトルに水を注いでいると、

「あの」

と声をかけられた。目を上げると、デスクのミナイがこちらを振り向いてわたしの手元を注視している。また何かしてはならないことをしてしまったのかと思い、「すみません」と謝ると、「なんで謝るんですか」と言われた。

「いえ、お仕事中に、バタバタごめんなさい。お茶淹《い》れたらすぐひっこみますから」

「べつに、ゆっくりやってくれていいですよ。ただ、さっきソメヤさんのリプトンをまるごと濡らしちゃって」

見ると確かに、キャビネットの上のわたしのリプトンの箱が濡れている。

「なので、わたしのお茶の瓶から好きなの取っていってください」

リプトンの五十袋入りの箱をそのまま置いているわたしと違って、ミナイの愛飲する高級そうなお茶のティーバッグは、種類ごとにガラスの分厚い瓶に詰め替えられていた。

「いえ、いいです、白湯《さゆ》飲みますから」

「遠慮しないで。お好きにどうぞ」

ミナイはパソコンのほうに向き直り、わたしの返事は待たなかった。そう言うならとガ

ラスの瓶に手が伸びかけたものの、やっぱりよけいな貸し借りはないに越したことはない気がして、沸いた湯をマグカップになみなみ注いで、そっと自室に戻った。ベッドサイドテーブルにお弁当を置き、とりあえずベッドに腰かけて、マグカップの白湯で小さな暖をとる。

前の家なら、帰ってきたらすぐにソファに横になって、テレビをつけて、誰に気兼ねすることもなく手足を伸ばして好きな時間に飲み食い寝起きができたのに、ここでは白湯一杯を飲むのにも気を張っていなくてはならない。

あのころは、毎日せっせと洗面台の水滴を拭き取り、物音を立てぬよう息をひそめ、自室のベッドで縮こまって白湯をすする自分のすがたなど想像もしなかった。あと五ヶ月、どうにかふんばるつもりでいたけれど、もう近々限界がくるかもしれない。いや、その前にミナイのほうの堪忍袋の緒が切れて、あっさり追い出されるという可能性もある。

「ちょっと、ソメヤさん」

ドアの向こうから声がして、びくっとしたはずみでマグカップから白湯がはね、シーツを濡らした。

「はい？　なんですか？」

慌ててティッシュで濡れたところを押さえながら聞くと、「ちょっといいですか？」と返事がある。

マグカップを置いてドアを開けると、「ちょっと、お話があるんです」と、ミナイは珍しくささやかな笑みを浮かべていた。これは緊迫度マイナス１、親近感ニュートラル、そのくらいの笑顔か。何を考えているのか、読めない。

「ちょっと、向こうでいいですか？」

ミナイのあとについてリビングに戻ると、テーブルの上には高級ティーバッグがひたったマグカップがふたつ、あっちとこっちに置かれている。嫌な予感がした。

「どうぞ、座ってください」

ミナイはテーブルの向こうに座って、手でこちらの椅子を指し示した。

「なんですか？」

出ていってください、と言われるのを覚悟して、椅子に腰かける。すると相手は少し口角を上げて、「お願いがあるんです、明日から……」と切り出してきた。

いよいよ終わりが来た。明日から宿無しだ、そう覚悟した瞬間、ミナイは言った。

「明日から、おばあさんになってみませんか？」

おばあさんになってみませんか？

聞き違えたかと思って、続くミナイの言葉を待った。でも彼女は黙ったまま、化粧品カウンターの向こうにいる美容部員みたいにキュッと口角を上げて、こちらの反応をうかがっている。

「あの、いま……おばあさんになってみませんか、って、言いました？」

「はい」

「それはつまり……」

目を伏せて想像した。つまりわたしは、若すぎるということなのか。毎朝働きに出てまだ月のものがあってストレスによる吹き出物や細菌性膣炎に悩まされているようでは、彼女の同居人として若すぎる。もっと落ち着いて、何が起こってもどっしりかまえる余裕を持て。中途半端に老けず一気に迷いなく老成せよ。ミナイはわたしに、そういうことを言いたいのだろうか。

「それは、その……もっと、落ち着けということでしょうか」

ミナイはふ、と鼻で笑って、「違いますよ」と言った。

「そういう精神的なことじゃないんです。肉体的なことです」

「肉体？」

「つまり擬似的に、お年寄りの体を体験してみませんか、ってことです。わたしいま、年を取った自分の肉体をイメージするための器具を友だちと開発中で、うまくいったらそれをシリーズで売り出そうと思ってるんです。その試作品第一号をソメヤさんに試してほしくて」

「え、それは……お年寄りの擬似体験ができる器具ってことですか？」

「そうです。というより若さを挫《くじ》く器具。なんでそんなものをって思います？」

「はい。思います」

「未来への備えのためです」

その後、ミナイは淡々と説明をはじめた。

「いまって、弱いものを強くする方向の商品はたくさん開発されているじゃないですか。古くは眼鏡もそうだし、補聴器とか、パワードスーツとか。パワードスーツって知ってます？　着られる筋肉みたいなもので、重いものを持ち上げたり運んだりする負荷を軽減するものです。でもわたしたちが作ろうとしてるのは、その逆で、弱くなるためのアイテムなんです」

「はあ……」

「いまでも、高齢者擬似体験のためのグッズは販売されてはいるんですけど、それって看護とか介護のための教材という側面が強くて、日常的に使えるようなものじゃないんです。そもそも、そんなの日常的に使いたいっていうニーズがないし。みんなできるだけ強く、若くなることを望むから。でもわたしは逆で、子どものころから自分が子どもであることにしっくり来なかったんですね。だから子どものころは早く大人になりたいと思ってたけど、大人になったらなったで、これじゃないっていう感じがぬぐえなくて。で、たぶんわたしがなりたかったのは老人だって気づきました。わたし、早く年を取って、経験したことを振り返るだけの人生を生きたいんです。どうせいつか年を取るなら、若いうちから年取ったほうがもとがとれるし」

ミナイはほとんどまばたきをしないで、よどみない口調はあらかじめ体内に仕込んだテープを流しているみたいだった。

「世のなかには若返りたいってひと、たくさんいますよね。アンチエイジングの化粧品もたくさんあります。でもわたしは逆。若さは貴重で、大事にしろ、活用しろって世間から脅迫されたり押しつけられるのも嫌。若者でいることも若者に囲まれていることも居心地悪いです。かといって、年なんて関係ないっていうふりも違和感あります。だって、生きていくのに年が関係ないわけないから。加齢の変化を受け入れるのもいいんですけど、わたしはできるならいまあるものを放棄して、ずっと先にあるものを先取りしたいんです。だから、自分みたいに若い体がしっくり来なくて、いまのうちから老人の体を体験してみたいひとのための商品を作ろうと思いました」

「あの、でも」わたしは思い切って口を開いた。「どんなものかぜんぜんわからないんですけど、そんな商品売れるんですか？　自分から年を取りたいひとってそんなにいるんですか」

「いまはあんまりいないと思いますけど」ミナイは自信たっぷりに言い切った。「開拓します」

「いや、でも、早く老人になりたいだなんて、それこそ若さの証拠っていうか……」

「そういう物言いを向けられる対象でいるのがしんどいんです。何やっても何考えても、若さはぜんぶの理由になっちゃうから。その雑さが嫌」

毎朝、スムージーを摂取しヨガに勤《いそ》しんでいるミナイのすがたからは、いま表明された老化願望はかけらも感じとれなかった。むしろあれは、恒常的に若くて元気でいたい人間がやることだ。言ってることとやってることが矛盾している。とはいえわたしも、ミナイくらいの年頃にはやっぱりやけっぱちな気持ちになって、すべてをすっ飛ばして年寄りになりたい、なんて考えていたことが確かにあった。でもそれをここで告白するのはミナイを有利にする気がして、黙っていた。

「それで、その試作品第一号なんですが、お手軽なところで、まずは膝に巻くパッドです。これ」

ミナイは座っている椅子と背中のあいだから、ペールグリーンのサポーターみたいなものを取り出してテーブルに載せた。

「なんてことのない、サポーターみたいに見えますよね？　でもこれ、美顔器に使うみたいな微弱な電磁波で、膝の関節に痛みに近い刺激を与える機能があるんです。ＵＳＢ充電で使えます」

差し出されたそれを、わたしは手に取って眺めた。ミナイの背中のぬくみがほんのり残っている。

「あの、ちょっと、よくわかんないんですけどこれ……巻いてるあいだだけ膝が悪くなるってことですか？　外したあともその効果は続くんですか？」

「もちろん、巻いてるあいだだけです。あくまで体験用なので」

「はあ……」

「素敵な色じゃないですか？　この色、けっこうこだわったんです。ニュートラルで、ナチュラルな色」

パッドを手にしたまま長く黙っているわたしに気づいて、ミナイはこれも想定内という余裕を見せて落ち着いて喋《しゃべ》る。

「ソメヤさんにこんなことお願いするのは図々しいと思うんですけど、もちろんタダでとは言いません。一ヶ月のお試しで部屋代一ヶ月分、なしにします」

「え、一ヶ月、膝にこれを巻きつづけるってこと？」

「二十四時間ってわけではないです。帰宅したら外してもらってかまいません。できれば毎日、ほんとはお風呂と就寝時以外はずっとお願いしたいところですけど、まずは平日だけでも」

「あの、それだったら、ミナイさんやお友だちが試してみるのがいいんじゃないかと……」

「もちろんわたしたちも試してみましたけど、主観バイアスが入っちゃってるかもしれないから。いまは第三者のかたにモニターをお願いしたいんです。お願いします。まずは一ヶ月だけ。ダメですか？」

わたしはパッドに触れたまま、生クリームのツノみたいにかたちよく尖《とが》ったミナイの顎先を見つめた。どうしよう。突然のことすぎて考えがまとまらない。できればやりたくない。断ってもいい？　でも断ったら、ただでさえ気づまりな二人の関係にさらにヒビが入り、いまに輪をかけて生活しづらくなってしまうかもしれない。それでもあと五ヶ月我慢すればいいだけなのだけれど、我慢できなくなったときの新居探しや転居手続きのことを考えると、目の裏が暗くなる。

「ソメヤさん」

顔を上げてみると、ミナイの顔からは化粧品カウンターの美容部員みたいな表情はもう消えていた。

「無理にお願いしたいわけじゃないです。難しかったらお断りしてもらってかまわないです」

今朝、今度ドアチェーンをかけたらペナルティを科すと提案してきたときと同じ、この無表情。この子はもうすでに、わたしに落胆している。

「どうしますか、ダメですか？」

無表情ながらも相手の口元にぴりっと何かが走って、苛立《いらだ》ちが口角にたまっていくのがわかる。

「い、一週間だけなら……」

沈黙に耐えられず、言ってしまった。

「一週間？」

ミナイの目の幅が二ミリくらい広くなる。

「はい、まずは一週間……」

「一週間……」

「大丈夫だったら、二週間でも……」

うーん、とミナイは低い声でうなった。

わたしはパッドを手放して、マグカップのお茶を一口飲んだ。苦いしぬるいしおいしくないけれど、飲むのをやめたら一生最後まで飲みきれない気がして、喉を鳴らして飲みつづけた。途中、たまらずむせこんでしまうと、ミナイが嫌そうな顔をしてパッドをひったくった。


翌日、通勤バスの座席に身を縮め、わたしは危険な小動物でも隠しているかのように、デコボコする膝頭を両手で強く押さえつけていた。

出掛けにロングスカートの裾をめくらせ、膝にしっかりペールグリーンのパッドを巻いていることを確認したミナイは、満足そうに「行ってらっしゃい」と言った。その微妙に意地の悪い笑みを見て、もしかしたらこれはわたしを追い出すための遠回しな嫌がらせなのかもしれない、と遅まきながら思う。

靴を履いて、マンションのエレベーターに乗りこんだときまではなんてことはなかった。徐々に違和感が生じはじめたのは、バス停に向かって歩いているときだ。座席に腰かけてからも、気のせいにできるかできないか微妙なくらいの、膝の芯をちくちく刺されているような痛みを感じる。

バスのドアが開き、地面まで続くステップの一段目に下りた瞬間、バチッと一気に太い針で刺されたような痛みが右膝に走り、思わずウッと声をあげてしまった。勢いで最後まで下りて、バスからすこし離れたところで息を吐く。

「ソメヤさん、おはよう」

後ろから聞き覚えのある声が聞こえて振り返ると、同僚の村越《むらこし》さんだった。

「大丈夫？　……どこか悪いの？」

「うん、大丈夫」

「なんか痛そうな顔してる。ほんとに大丈夫？」

「うん、大丈夫」

村越さんと並んで、図書館までの道を歩く。彼女は同僚のなかで唯一、以前と変わらずわたしと率直に接してくれる貴重なひとだ。

「十二月のクリスマス本の紹介、わたしは本のタイトルを書いた紙を靴下に入れて、それをたくさん箱に詰めて、カウンターでおみくじみたいに引いてもらうのはどうかなと思ってるんですけど」

村越さんが話す横で、わたしはいつあの痛みがやってくるか、ビクビクしている。こうして平地を歩いているぶんにはどうにか大丈夫そうだけれど、一歩一歩踏み出すたびにかすかに緊張が走る。

「でもその靴下をどっから持ってくるかって話ですよね。一人一組出してもらうっていうのがいいかなと思うんですけど、ひとの靴下なんてあんまり触りたくないですよね」

村越さんは膝の感覚に集中しているわたしの沈黙を勘違いしたのか、「あ、すみません」

と早口で謝り、昨日夫が買ってきた数の子の話を始めた。そういう意味で黙ってたんじゃない、靴下のアイディアいいと思う、使い古しでもよければいくらでも出します、そう言いたかったけれど、また余計な気を回させてしまうかもしれないと思いなおし、数の子の話にできるだけ熱心に相槌《あいづち》を打った。

仕事が始まってからも、わたしの意識は常に膝に引きつけられていた。特に怖いのは、階段を上下するときと、立ち上がるときと座るときだった。階段は上りより下りが断然怖い。どんな仕組みになっているのかさっぱりわからないけれど、一歩下るたび、キンと刺さるような痛みを感じて歯を食いしばる。二階の閲覧室から一階に戻るには、階段の端に寄り、手すりを頼ってゆっくり下りていくしかなかった。椅子に座るときには肘当てか背もたれに手を当て、なるべく膝に体重がかからないようにするので、どすっと尻から投げ出すような座りかたになってしまう。いちばん困るのは配架作業のときで、上半身の高さの書架なら問題ないけれど、下のほうに戻さねばならないとなると、しゃがみこむ姿勢がだいぶつらい。

とにかく膝に痛みの種があるだけで、ほぼすべての動きに意識を持っていかれるのだった。仕事がしづらいといったらない。夕方近くになると、膝周りの圧迫感にも我慢ならなくなって、カウンターの下でこっそりスカートをめくってパッドを外してしまおうかと思った。半日もつけたらもう充分だろう。こんなものをわざわざお金を出して買うひとがいるとはとても思えないし、売り出そうとするひとがいるのはさらに信じがたい。マジックテープを剝がしかけたところで、視線を感じた。振り向くと、事務室の入り口から柏木がこちらを見つめている。そしてその柏木を、ちょっと離れた書架の前から小沢《おざわ》さんという古参の職員が見つめていた。

　柏木はあっという顔をしたけれど、小沢さんは表情を変えずに書架のあいだにすっと消えていった。こんな視線のやりとりだけで、また噂《うわさ》が広まったら困る。今年の春先、前に住んでいたマンションから一緒に出てきたところを買い物帰りの小沢さんに偶然見つかってから、わたしはすっかり「副館長と不倫中の女」ということになってしまった。関係は終わっても、図書館のなかではわたしと副館長の影はところかまわず抱擁を交わしまくっているらしい。わたしの前にも、柏木が非正規の女職員に手を出しまくっていたことは、あとになって村越さんがこっそり教えてくれた。「ソメヤさんは大丈夫だと思ってたけど」と言われて、どんな顔をすればいいのか困った。

　小沢さんがカウンターに戻ってきた。わたしはスカートの下のマジックテープから手を離し、頼まれてもないのに、クリスマスの飾りつけ用に金の折り紙をせっせと花のかたちに折りはじめた。


「仕事が終わって、図書館のエントランスから続く階段を下りるときがいちばんきつかったです。一足下りるたびにキーンとか、ツーンとか、言いかたが難しいんですけど、何かが刺さってくるような痛みがあって。手すりを使ってなるべく膝に体重がかからないように下りていこうとしたら、後ろから来たおばあさんがわたしが摑もうと思った手すりを摑んで、横歩きになって階段を下りていったんです。真似して横向きになって下りてみたら、嘘みたいに痛みが軽くなりました。なんなら手すりなしでも大丈夫なくらい。階段は横になって下りると痛くないっていうのが、今日の発見です」

いる。

「なるほど」

とミナイは言って、ノートパソコンのキーボードの上で指を動かしつづけた。さっきシャワーから出てきたばかりで、タオルを巻いた頭の下でピンク色の顔がピカピカに光っている。

「ほかには？」

試作品の着用期間中は、毎日一日の最後に感想や心身に起こった変化を報告すること。このトライアルを引き受けることになったとき、部屋代をタダにすることに次いでミナイが提示してきた条件だった。

「膝に爆弾かかえてるって言いかたあるじゃないですか。大袈裟《おおげさ》だと思ってたけど、ほんとにそうだと思いました」

「爆弾？」

「はあ。爆弾」

するとミナイはようやくこちらを上目遣いに見て、無言のうちにほかの表現への言い換えを求めてきた。爆弾、という表現はすこし平凡すぎただろうか。それよりもっと実感に近い表現はないか一生けんめい頭を巡らせたけれど、何も出てこない。

「じゃあ、仕事中はどうでしたか？」

「配架のときがきつかったです。立ったりしゃがんだりの繰りかえしが」

「マインド的に何か変わったことはありますか？」

「マインド？」

「心の持ちよう的にっていうか……」

「膝が痛いってことは感じてましたけど、そのほかはべつに……」

「一日目ですからね。今日はこれで結構です。じゃあ明日も引き続き、宜しくお願いします」

パソコンが閉じられたので、わたしもホッとしてスカートをめくり膝のパッドを外そうとした。すると「ちょっと待ってっ」と声が飛んできて、目を上げるとミナイが眉間に深い皺を寄せている。

「無理ならいいんですけど、基本、お風呂と就寝のとき以外はつけててもらえませんか？」

ええ……とためらっていると、険のある声で「無理ならいいです」と繰りかえされ、そう言われると、少なくともミナイの前では外すのがなんとなく癪《しゃく》になってくる。

ミナイはパソコンを抱えて窓際のデスクに向かい、ワイヤレスイヤフォンを耳に突っ込んでまた何か作業を始めた。わたしの弱くなった膝とわたしの「マインド」には興味津々みたいだけれど、わたしというまるごとの人間には、ほぼ興味がないようだった。

ミナイは早く老人になりたいと言う。でも、老年期のひとつかふたつ手前の段階の中年期には興味がないということなんだろうか。断崖絶壁じゃないけど、いつも何かのへりに立たされているようなこの感じとか、朝起きてすぐの、自分が貯金箱のなかでガチャガチャ振り回されてるようなあの感じとか、若い体じゃ味わえない不快さがいろいろあるのに。

そんなに若くて元気なくせに、年寄りの弱さを盗むのは若者の傲慢じゃないの？

苛立たしいほどピンとまっすぐな背中にそんな言葉を投げつけてみたかったけれど、わたしは気配を消して自室に戻った。

数日後の朝、ミナイを喜ばせそうなアクシデントが起こった。転倒したのだ。バスを降りて図書館に向かう途中、膝に注意を向けすぎていたあまり、歩道と車道のあいだの微妙な段差にけつまずいて転んだ。あっと思ったときにはもう遅く、体の正面から路上に突っ伏すようなかたちで倒れた。

痛みより早く湧き上がってきた感情は恥ずかしさだった。恥ずかしい。誰にも見られたくない。さっと起き上がろうとして、またズキンと膝が痛む。この痛みを、誰にも気づかれたくない。幸い、車道に近づいてくる車はなく、周りにひともいなかった。と思ったら、いた。灰色のジャンパーを着た中年の男が、コンビニの前でこちらをじっと見ている。目が合ってしまって、そんな気はまったくないのに、咄嗟《とっさ》の反応で顔が勝手に笑顔を作ってしまう。いまのはたぶん、緊迫度マイナス2、親近感3くらいの笑みだ。笑いたくもないのに、これはたぶん、恥ずかしさをごまかすため、すこしも緊迫していないことをアピールするための笑み。

派手にすっ転んで、立ち上がれず中途半端に地面に横座りして微笑《ほほえ》んでいるわたしを見ても、コンビニ前の男はまったく動く気配がなかった。路上に放り出されたトートバッグからは、家の鍵や予備のマスクやポーチやらが飛び出て散らばっている。笑顔を消してそそくさと私物を集めてバッグに戻し、バランスを崩さないようゆっくり、ゆっくりと立ち上がった。男はまだこちらを見ている。そんなに見ているならなぜ駆けよって助けないのかと腹が立ちかけたけど、転んだ上に笑みまで浮かべてしまった恥ずかしさのほうが勝った。スマホのカメラを向けられて醜態を撮影されなかっただけラッキーなのかもしれない。

　図書館の裏口から事務室に入ると、村越さんが「どうしたの？」と声をかけてくれた。見ると、はたいて汚れを落としたつもりのコートの腰のあたりに、落ち葉の切れ端がたくさんついている。

「ちょっと、そこで転んじゃって」

　わたしは慌ててコートを脱ぎ、ゴミ箱の上で切れ端を振り落とした。

　普段から何かにつまずくことは稀にある。でも、あんなに見事にすっ転んだのはいつ以来だろう。誰にも、いや、一人にしか見られていないとはいえ、思い出すと顔にカッと血が上って、いまさらながら動悸《どうき》がしてきた。ただ道で転んだことにこんなにも動揺してしまう、そのことにさらに動揺する。一瞬、いまの転倒事件はミナイには伏せておこうかという考えが浮かんだ。なんとなく言いたくない。べつにあれは、膝のパッドのせいではないのかもしれないのだから。

　開館時間が来て、チャイムとともにエントランスのドアが開かれた。まずは配架を片付けようと可動式ラックを押していたら、コーヒーカップを持った男がエントランスから入ってきて、前屈みにすごい勢いでこちらに近づいてくる。

「あの、すみません、館内では飲食物の持ち込みは……」

　言いかけて、ハッとした。あの男だ。わたしが転ぶのを見ていた灰色ジャンパーの男。見ながら、何もしなかったあの男。

「ハ、ハ……」

　男は目を伏せ、口ごもった。警戒心が先に立って、一歩後ずさってから声をかける。

「はい？」

「ハ、ハリー……」

「ハリー」

「ハリー・ポッターが一冊足りない」

わずかに白髪の交じった長い前髪から覗く目は充血していて、下睫毛《したまつげ》のきわにはうぐいす色の目やにが点々とこびりついていた。

「ええと、ハリー・ポッターが足りない、ですか？」

「三巻」

「え、ええと、ハリー・ポッターの……」

「三巻」

苛立ちのせいか緊張のせいか、手にしたコーヒーカップに力を入れすぎてしまったらしい。男はプラスチックの蓋の隙間からこぼれた熱い液体に驚いて、あつっ、と叫んで手を離した。つるつるした床に透けた焦茶色の液体が一瞬で広がる。あーあ、と思わず口にしたら、お前のせいだとでも言いたげな目で睨《にら》みつけられた。

後ろからほのかに風を感じ、振り向くまもなく視界にオレンジ色のモップが滑り込んでくる。

「大丈夫ですか？　おけがは？」

柏木だった。

「ない」と短く答えた男はわたしのほうに向き直り、無言で圧をかけてくる。駆けつけた柏木に感謝も悪びれもしないのが、えらいと思った。「ハリー・ポッターでしたら、こちらです」わたしはそそくさと児童書コーナーに向かった。

「ここです。三巻をお探しなんですね？」

書架にしゃがみこんだ瞬間、膝に激痛が走る。パッドのことを忘れていた。背後の男に痛みを悟られないよう奥歯を噛み締めて、先日おばあさんが借りていった本のぶんだけ、そこにスペースができていることを確認する。

男に背を向けて歩いているときから、ハリー・ポッターのおばあさんのことを思い出していた。孫ではなく息子に言われてきたという、おどおどした、一生けんめいな、あの小さなおばあさんのことを。

「ここにはないみたいなので、書庫のぶんをチェックします」

膝に集まる重みを散らすように棚につかまってゆっくり立ち上がり、男の顔を正面からまじまじと見つめた。この顔に、あのおばあさんと似たところがあるだろうか？　この男が、本を借りてこいと命じた例の息子なのか？　でも、わたしはおばあさんの顔なんてろくに覚えちゃいない。覚えているのは、本を掴んだ手の血管のヒクヒクとした動きだけだ。

男は目を伏せて黙っていた。さっさと探せという意思表示だとみなして、近くの検索機の前に腰を下ろし、書庫の在庫を確かめる。あいにく三巻は貸し出し中だった。書架の前に戻ろうとすると、男は椅子のすぐ後ろに立っていた。左の拳で目をごしごしこすっていて、ジャージのズボンのポケットに入れたもう片方の手も、同じリズムで揺れている。

「すみません。地下の書庫のぶんも貸し出し中でした」

「なんで」男が手を止めた。

「ええと、なんでというと……？」

「いま読みたいんだけど！」

突然の大声に、閲覧コーナーで新聞を広げていた数人が顔を上げた。男はその反応にひるみ、まるで自分が怒鳴られたみたいに目を伏せ気まずそうにしている。自分の希望が叶わないと知った瞬間いきなり声を荒らげる利用者は、べつに珍しくもない。運悪くそういう利用者に怒鳴られたときには、自分があげた大声の効果をじっくり体感してもらえるように、まずは十秒くらい、相手をじっと見つめて、たっぷり黙る。そののちひとこと、

「すみません」

と無表情で返す。

続けて、「もしすぐにご入用でしたら」わたしはできるだけ機械的に言った。「ほかの図書館から取り寄せることもできます。在庫がある近くの図書館を紹介することもできます。どちらかご希望ですか」

ここでまた怒鳴り返されるパターンもあるけれど、今日の相手はただ黙って首を横に振るだけだった。ちらりとエントランスのほうに目をやると、柏木がまだ床にモップを滑らせながら、こちらを注視している。わたしはすこし足をずらして男の真正面に立ち、向こうからの死角に隠れた。

「では、またしばらくしたらご来館ください。延長されなければ二週間で戻ってくるはずなので」

「じゃあいつ……」

「はい？」

「じゃあいつ、取りにくればいいんですか」

「それは、ご都合のよいときに」

「いつでも来られるわけじゃないんだけど……」

　さっきの大声が嘘みたいに、消え入りそうな声だった。情緒不安定というのではなくて、どちらかというと単に他人と喋り慣れてなくて、出す声の加減に戸惑っているようなおもむきだった。こういう年のわりにナイーブな声を聞くと、つい意地悪を言ってみたくなる。

「でしたら、お母さんに取りにきてもらったらどうですか？」

　図星だったらしい。男の顔の、マスクで隠れた部分以外がみるみるうちに赤くなった。このかわいくない、生々しい肌色を目にして、胸がすっとするのを否定できない。反対に、男の目からわたしの顔はどれだけ意地悪そうに見えるだろう。顔も胸も股下にも、全身を熱く巡るこの意地の悪さは色で塗れたら何色なのだろう。

「大丈夫ですか？」

　濡れてふにゃふにゃの紙カップを手に、柏木が男の後ろからぬっと現れた。その途端、男は肩をびくっと震わせ、また何かもごもご言ったあと一目散にエントランスに向かい、図書館から消えた。履いていたのはつっかけサンダルで、ジャージのズボンの裾からちらちらのぞく寒そうな赤いかかとだけが目に残った。

　本の詰まったキャリーを押すおばあさんのさびしげな後ろすがたが頭をよぎる。自分にああいう息子がいなくてほんとうによかった。軽蔑と同情の気持ちが、消毒液の泡みたいにしゅわしゅわと噴き上がってくる。でもその泡が自分の痛いところに染みてなお痛い。

「大丈夫？」

目を向けると、柏木は濡れた紙カップの底をつまむように持っていた。

「大丈夫です」

急に向きを変えたせいで、また膝に激痛が走った。あっと思ったときには、右腕の脇にすっとべつの腕が通り、柏木に一瞬体重を預けるかたちになった。

「大丈夫じゃないじゃん。大丈夫？」

大丈夫なのか大丈夫じゃないのか、よくわからない。大丈夫というのがどんな状態なのか、笑顔みたいに二次元の平たいチャートでは表せない。

柏木の腕を振りほどき、「すみませんでした」とその場をあとにした。

支えられた右腕が一生けんめいに触れられる前のもとのかたちに戻ろうとするのを感じる。骨も肉もかたちが変わるわけはないのに、でも、支えられたあの一瞬で、腕がただの腕じゃなく、柏木の腕になってしまった。自分の胴体とは違うところにつながってしまった。それで、もっと柏木の腕になりたがっていた。


ハリー・ポッターの三巻は、その日の午後に返却された。

返しにきたのは小学三年生くらいの女の子で、国旗の図鑑と一緒にカウンターに差し出された。

「おもしろかった？」

普段、利用者に話しかけたりはしないけれど、女の子がカウンターの向こうで何か話したそうにしているから、聞いてみる。

「うん」彼女は答えて、「どっちも」と言い足した。

「そうなんだ。ハリー・ポッターはぜんぶで七巻あるからね。いまはこれ以外、貸し出し中だけど。また今度新しいの借りてってね」

「もうぜんぶ読んだ」

「え、あ、そうなんだ」

「これだけ何回も読んでる」

　相手はマスク越しにもうかがえる失望の表情を浮かべて、カウンターを離れた。ここに座っているとときどき、いまのと同じような顔を向けられることがある。きっとわたしが悪気なく放つ言葉か無意識の態度か何かが、彼ら彼女らにこんな顔を強いるんだろう。

　可動式ラックに移動させる前、ハリー・ポッターの三巻だけを手に取って眺めた。『ハリー・ポッターとアズカバンの囚人』。白い鹿みたいな動物が、月を背後に飛ぶ黒い竜みたいな動物を見ている。今朝乗りこんできたあの男が、コーヒーをこぼすほどに熱望していた一冊。

　国旗の図鑑だけをラックに載せて、ハリー・ポッターは手元に残した。せっかく返却されたこの本をわたしが借りて帰ったら、あの男は髪をかきむしって悔しがるだろうか。それともあのおばあさんが息子の代わりに毎日書架を見にくるだろうか。

　終業時間が来て帰り支度をする前、誰にも見られずさっと貸し出し処理をするつもりだったのに、村越さんがめざとく見ていた。

「あれ、ソメヤさん、珍しいですね」

「うん。ひまつぶし」

「アズカバンの囚人ですか？　わたし映画も観ました。おもしろかったです」

そうなんだ、じゃあ楽しみ。と返して逃げるように帰りたかったけれど、膝のことを気遣って、ゆっくりそろそろと事務所を出る。

風のない夕方だった。

空気は冷たく乾いていて、空の低いところに赤ん坊の眉のようなかぼそい雲がひとつだけ浮かんでいる。たいして図書館前の欅《けやき》並木の茶色い葉っぱの一枚一枚は、みょうにくっきりとそれぞれの輪郭を持って目に飛び込んでくる。

体が重くて、首元と指先が冷え冷えとしていた。このくらいの季節のこのくらいの時間が、いちばん気が滅入る。家に帰りたくもないしここにもいたくない、かといってどこか行きたい場所があるわけでもない。若いころによく感じた、居場所がない、という思いとはまたすこし違うのだった。血の通った生身の肉体として存在している限り、身を置くだけの居場所なんていくらでもある。問題はその前提で、場所が必要になるようなかたちと温度を持ってしまっていることが、ひたすらにだるい。首と指の冷たさ、衣服にくるまれている内臓の温かさを地面に投げつけて立ち去りたい。頼むから何もくっきりしないでほしい。誰に向けたらいいのかわからない祈りのようなものでまた体が重くなって、何も見たくなくなる。

ゆっくり歩いてきたせいで、いつもの時間のバスはもう出てしまった。速く歩けないということは、当然それだけ時間のほうが早く進むということだ。バス停を通り過ぎて、通りを南に向かう。ここをひたすら南のほうへ進んでいけば、目下の住処《すみか》には着く。

トートバッグのなかで、おさまりの悪いハリー・ポッターが揺れていた。いまの図書館で本を借りたのは二度目だ。一度目は働きはじめて数ヶ月したころ、片付け術の本を借りた。家には何も片付けたいものなんかなかったのに、柏木に薦められて。はじめて家に入ってきたとき、部屋を一瞥《いちべつ》して柏木は「荷物少ないね」と驚いていた。学生時代からずっとこの六畳のワンルームに暮らしていることを話すと、「一途なんだね」とトンチンカンなことを言い、マスクを外して覆い被《かぶ》さってきた。

朝、久々に触れられて動揺していた腕はもう、自分の胴体にしかつながらないただの腕に戻っている。いま、その部分を大人の男に嚙まれたり執拗《しつよう》に舐《な》められたりした恥ずかしさを思っても、腕では何も感じない。

車道とは縁石とガードレールで区切られた歩道の、なるべく段差の少ないところを選んで歩いた。弱い電磁波で膝を痛めつけるこのパッドを巻いてまだ数日だけれど、できるだけ痛みを軽減して過ごすコツは、なんとなくわかってきた。わずかにガニ股で、どちらかの膝だけに長く重心が偏らないよう、あまり角度を曲げないで、小さな歩幅で歩くこと。上り下りは進行方向に対して横向きで進むこと。そしてとにかく、あせらずゆっくり歩くこと。どんなに道幅が広くたって、わたしが注意を払って歩く道はせいぜい平均台二、三本分くらいの幅しかない。

道の端を歩いていると、車道側から次々と足早なひとたちに追い抜かれる。体ひとつで、時間と勝負できるひとたち。自分も同じように、あの速度で歩けないことがもどかしい。皆が当たり前に乗っかっているベルトコンベアーから、自分一人だけが弾《はじ》き出されたような感じだ。いやでも、ベルトコンベアーに乗せられたのはわたしのほうかもしれない。あのひとたちの誰一人として、わたしの膝の痛みを知らない。そんなことには誰も自分の想像力を分けない。わたしだって自分がこうなるまでは、ゆっくりとしか歩けないひとの事情なんて、考えようともしなかった。

ちまちま小股で歩いていると、すぐに視界からひとが消える。早足で後ろから追い抜いていくひとは、あっというまに遠ざかっていく。でもわたしと同じくらいの速度で歩くひとは、けっしてわたしを追い越すことはない。さっきからずっと、一定の足音が背後から聞こえている。ちらりと振り返ると、茶色いフリースにくるまったみのむしのようなおばあさんが手を後ろに回し、下を向いて歩いていた。わたしは路上の見えない平均台を注視して、歩きつづけた。無意識に手が後ろに回って、前屈みになる。ゆっくり歩くということは、後ろにいるひとの足音に耳を澄ますということだった。

またひとつ、べつの足音が近づいてくる。タッタッタッと地面をタップするような、軽快で、自分の足音しか聞かずにすむ人間の足音。

「ソメヤさん？」

大きな蛍光イエローのかたまりが視界に入ったと思ったら、ミナイだった。驚いて、思わず立ち止まる。

「やっぱり」

ミナイも足を止めて、紫色のリストバンドで額の汗をぬぐった。とはいっても、その場で足踏みは続けていて、わたしと同じように静止するつもりはないらしい。ミナイが薄手の蛍光色のランニングウェアに身を包んで部屋を出ていくところは、ときどき見たことがある。でも実際に走っているところを見るのはこれがはじめてだった。

「走ってるの？」

聞かずともわかることを聞くと、「そうです」とすぐに返事がある。

　わたしたちの横を、みのむしのおばあさんがゆっくり追い抜いていった。後ろにいるときはあんなによく聞こえたのに、前に遠ざかっていく足音は、車や風や誰かの声にすぐにまぎれて聞こえなくなる。

「ソメヤさんは？」マスクをしていないミナイの息は荒い。「歩いてるんですか？」

「うん。いつものバスに乗れなくて」

「膝は？」と、ミナイは視線を下ろす。「痛いですか？」

「痛いような、痛くないような。慣れたのかもしれない。でもちょっと変な動きすると、すごく痛いから、すごく痛くならないような歩きかたをしてる」

「あ、いつもと違う歩きかたを開拓したんですね。どうりで、わたし、さっき後ろから近づいてくとき、ソメヤさんだとすぐにはわからなかったですもん。お年寄りが二人縦に並んで歩いてるって思ってました」

「ああ、そう……」

「家まで歩きます？　まだけっこうありますけど」

「うん。無理だと思ったらバスを待って帰る」

「でもまあ、ここまで来たら、バスに乗るような距離じゃないですけどね」

　いたわる気も、手助けする気もまるで皆無だということがよく伝わる口調だった。そのまま行ってしまうのかと思いきや、ミナイは足踏みをしたままわたしの横に留《とど》まって、

「走るのは無理な感じですか？」と聞いた。

「走る？　絶対無理」

「痛くて走れない感じですか？」

「いますごく痛いわけじゃないけど、走ったらすごく痛いと思う」

「ちょっとやってみてくれませんか？」

わたしはあえてたっぷり黙ってから、「それは無理」と断った。

「ほんとに、歩くのでやっとだから。なるべく痛くないように歩くので、ほんと精いっぱい」

「じゃあスキップでもいいです」

「スキップ？　それも無理」

ミナイにはわたしの目も脳みそもそこにあるように見えているのか、会話のあいだずっとわたしの膝を凝視していた。いまも足踏みしながら、聞き分けの悪い子どもを相手にしているかのように、膝に向かって首を傾《かし》げている。

「とにかく、わたしは歩きますから。ミナイさんは走って帰ってください」

ミナイは不満げだったけれど、わたしが頑として動かないのを見ると、「じゃあ……」と両手のひらを擦《こす》り合わせてあっさり走り出した。蛍光イエローのかたまりはあっというまに遠ざかっていった。

取り残されて、一人でまたゆっくり歩きだしてから、遅れて腹が立ってくる。走れだとかスキップしてみろだとか、ひとをなんだと思ってるんだ。内にふつふつと湧いてくる苛立ちと歩幅が釣りあわないのがもどかしい。こういうときにはもっと大股で、道を食い破るような勢いで、肩で風を切って歩きたいのに、わたしの歩幅は感情とはとうに手を切っている。膝のお皿で堰《せ》き止められて、それより下に、感情は降りていかない。

もう無理。

息をついて、立ち止まった。蛍光イエローの背中がこちらに引き返してくる可能性もゼロではないから、通りから住宅街に続く小径《こみち》に入り、自動販売機の陰でロングスカートをまくりあげる。両膝のパッドのマジックテープをべろんと剝がす。そのとたん、そこに溜まっていた感情が一気に足の裏まで流れ落ちた。丸まったパッドをトートバッグのなかに突っ込み、心のなかでバン！　とピストルを鳴らして、わたしは細い道を全速力で走り出した。

バッグの中身も体の中身も激しくがちゃがちゃ揺れるのにもかまわず、やけっぱちに、むちゃくちゃに走る。すぐに息が上がってくる。心臓がぎゅっと縮まって、脇腹に捻《ひね》られるような痛みが走る。たぶん二十秒も持たなかった。もう無理、これ以上走れない、と思った瞬間、つま先が何かにひっかかって下半身のバランスが崩れ、咄嗟に地面に両手を伸ばした。

ぶざまに地面に転がってはいても、わたしはそこそこ冷静だった。

一日に二度も転ぶなんて、大人になってから記憶にない。さすがに二度目だからか、恥ずかしさは一瞬で燃え尽きて、とにかくちょっとでも楽な姿勢を探った。足を揃えてうつぶせになり、本を読むときのような体勢で肘から下で上半身を支え、息を整える。それにしても、いつも当たり前にふんづけている地面、特にアスファルトというのはなんと触れてはいけない感じがするものなのだろう。戦場にいるのでもないかぎり、直立して歩く人間の頭は、できるだけここから離れていなくてはいけないことになっている。鏡を覗きこむように、珍しい距離からブツブツした灰色の地面を見つめた。こんな近くで見るものではない。足の下にあるべきものがいまはすぐ目の前にある、それだけのことに圧倒されている。乱れた熱い呼気が落ち着くまで、手のひらをぴたっとアスファルトに押しつけ、下からせりあがってくるものを抑えようとするかのように、そこに力を込めつづけた。

あたりはもう薄暗く、等間隔に続く黄緑がかった街灯が道に楕円の光を投げかけていた。バス停のある通りから外れて無我夢中で走ったから、ここがどこなのかよくわからない。幸い、車も人気《ひとけ》もない住宅街の細い道で、その気になればいつまでだってここで地面の感触を味わっていることもできそうだった。すこし離れたところには、トートバッグの中身が派手に飛び散っている。あたりの暗さが違うだけで、今朝目にしたのとほぼ同じ風景だった。一日に二度もすっ転ぶなんて、ついてないというより深刻な体の問題なのかもしれない。そう思った瞬間、足首からツンとする痛みが伸びてきた。

「大丈夫？」

前方から声が聞こえた。首をもたげると、街灯と街灯のあいだの暗がりにキャリーカートのシルエットがぼんやり浮かびあがる。

「大丈夫？」

キャリーの向こうから小さなひとのかたちが現れて、ゆっくりと近づいてくる。

その顔と頭にかぶっている昆布色の帽子を見て、あっと声をあげそうになった。数日前、息子のためにハリー・ポッター全巻を借りにきた、あのおばあさんだった。

「どうしたの？　立てないの？」

おばあさんが慌てた声をあげて、わたしの肩を摑んだ。思ったより強い力だった。わたしはそそくさと立ち上がり、「大丈夫です」と答えた。これも今日二度目の「大丈夫です」。

「ほんとに？　転んだの？　道にひとが倒れてるから、何かと思って……」

「転んじゃったんです。でも大丈夫です、驚かせてすみません」

　おばあさんのほうでは、こちらが先日書架まで案内をした図書館職員だとは気づいていないようだった。気づかせないのが、この状況での思いやりであるような気がした。それでわたしは中腰になり、トートバッグから散らばった私物を拾いはじめた。痛んでいるのは明らかに右の足首だ。

「足、ひねったんじゃない？」

　おばあさんが目ざとく言う。落ちたものを一緒に拾おうとするそぶりはなかったけれど、心配してくれているのはわかった。伏せて開いた状態で投げ出されていたハリー・ポッターの三巻を、さっとバッグにしまう。

「大丈夫です。すみません」

「そう。じゃあ、わたしも、ちょっと急ぐもんだから……」

　思いのほかあっさり立ち去ろうとする相手に頭を下げたとき、ふと胸騒ぎがした。もうすぐ夕飯どきという時間帯に、このおばあさんは一人急いでどこに行くのだ？

「あの」わたしは顔を上げて聞いた。「どこに行くんですか？」

「図書館」おばあさんは答えた。「早くしないと閉まっちゃうから」

　やっぱり。わたしは腕時計に目を近づけた。十八時四十分過ぎ。図書館の閉館時間は十九時だった。徒歩なら間に合うか間に合わないかギリギリのところだ。

「もう閉まっちゃいますよ。急ぎなんですか？」

　言ったときには、おばあさんはキャリーを押して進みはじめていた。その後ろすがたが、朝の光が差し込む図書館のなかではすごく弱々しく見えたのに、この暗がりのなかではみょうに手ごわい雰囲気を放っている。わたしは右足をかばいながら追いついて、小さな肩を軽く叩いた。

「これ」トートバッグのなかから、例の本を取り出して見せる。「ひょっとして、この本を探しにいくんじゃないですか？」

おばあさんは眉間に深く皺を寄せて、差し出された本の表紙を凝視した。

「ハリー・ポッターの三巻です。『ハリー・ポッターとアズカバンの囚人』」

「ああ、これ……」おばあさんはほっとしたように、小さく声をあげた。「そう。これ。これを借りにいこうかと思って。でも、どうして……」

ほらやっぱりね、と内心で繰りかえした。きっとあの小心者の息子に、本が返ってきていないか夕飯前に見てこいとでも言いつけられたんだろう。こんな本一冊でおばあさんが心底安心したような声をあげたことに、腹の底の淀《よど》んだものがまたむかむかしてくるのを感じる。

「わたし、図書館で働いていて。先日、書架をご案内したものです」

「ああ、あのときの……ごめんなさい、暗くて、ちっともわからなくて」

「こんな時間にわざわざ借りにいくことないですから」

「いえでも、息子がすごく読みたがってて、朝には本棚になかったそうだけど、いまはもしかしたら返ってきてるかもと思って……」

「これ、お貸しします」

本をさらに突き出すと、おばあさんは目を細くして、まるで蓬萊山《ほうらいさん》からのお土産でも受け取るかのように、震える手を伸ばした。

親子が暮らす古びた二階建ての家の玄関には、ひび割れた木の表札がかかっていて、「乙部《おとべ》」の二文字がかろうじて読めた。

長らく息子との二人暮らしだと乙部さんは言った。お父さんは亡くなったのか、もともといなかったのかはわからない。玄関の沓脱ぎには、おそらくはその息子が今朝履いていた、ばかでかいゴムのつっかけサンダルがひと組だけきれいに揃えられていた。

本を受け取った乙部さんは、わたしを善人で見捨ててはおけないものと判定したらしく、ひねった足にいますぐ湿布を貼ったほうがいいと言い出した。案内されたのは、角をひとつ曲がってすぐのところにある、瓦屋根の古い家だった。庭には背の高いソテツの木が一本生えていて、街灯の光を受けて家屋にいかにも不吉な感じの影を落としている。二階の部屋には明かりがついていた。きっとあそこが、本のなかの魔法学校に居場所を見出《みいだ》したおじさんハリーの部屋だろう。

疲れと好奇心のためにノコノコとついていったわたしに、乙部さんは親切だった。プラスチックの救急箱から黄色っぽい湿布を取り出し、台所の椅子に座らせたわたしの足元にひざまずいて、血管の浮き出た手で足首をさすって貼りつけてくれる。後ろでひっつめにしている毛髪は、上から見るとドキッとするくらい薄くて、蛍光灯の光の下で透けた地肌が緑がかっていた。図書館の書架の前ではかわいそうなかよわい手に見えたのに、いざ触れられてみると、いかにも耐久性のある丈夫なパーツに感じられて、自分の足首のほうがずっと雑な作りのもろいパーツに見える。湿布のひやりとした感触に思わず声をあげると、

「冷たいねえ」と赤ちゃんをあやすような優しい声が返ってきた。

二人掛けのテーブルに敷かれた分厚いビニールのクロスの上には、定食屋みたいに小さいサイズの醬油差しや爪楊枝入れ《つまようじ》が銀色のラックに並んでいた。ビニールのクロスも醬油差しのガラスの表面も、本来透明であるべきものはおしなべて黄色っぽく濁っている。

「歩いて帰れそう？」

立ち上がっても、椅子に座っているわたしとほぼ目線の変わらない乙部さんが言った。

「帰れます」とは答えたけれど、帰れるのか帰れないのか、やってみないとわからない。

「おうちのご家族は？」

「いません」

「お一人なの？」

「あ、いえ、一人暮らしということでもなくて……ルームシェアみたいなことをしてます」

「ルームシェア……」

乙部さんが考え込むような表情を見せたので、「マンションの一室を共同で使ってるってことです」と補足すると、「それはわかるけど」と言い返された。

「誰と住んでるの？」

いきなり声に力がこもったように感じられ、ちょっとひるむ。

「部屋の持ち主の子とですけど……」

「子？　お友だち？」

「いえ、友だちというわけでは……」

「あなた、独身？」

「独身です」と言い切って、できるだけ早くここを辞去しようと決めた。「では、わたしはこれで……」

「ちょっと待って。息子を呼ぶから」

「いえいえ、それは大丈夫です、失礼しますので」

立ち上がったわたしを意外なほどの力強さで椅子に押し戻すと、乙部さんはテーブルに置いた本を手に台所のドアを開け放し、廊下に出て階上に叫んだ。

「マサオ！　本が来たよ！　下りておいで！」

犬を呼ぶみたいな、あっけらかんとした声だった。めんどうなことになりそうな予感はしたけれど、ここまで来たのだし下りてくるならどんな顔で下りてくるか見てやりたい。わたしは椅子に座り直して待った。二階から返事はない。

「マサオ！　ほら！　本を持ってきてくれたひとがいるんだよ！　下りてこないと、持って帰ってもらうよ！」

返事がなくても、乙部さんは表情ひとつ変えず、くっと顎を上げて二階を見つめている。きっとこのひとは何十年も前から、ああして息子に呼びかけてきたんだろう。横顔には、家庭内を安寧に保つために最小限の権威をふるい続けてきたひとならではの揺るぎない自信が感じられた。ふと思った。乙部さんは、わたしが思ったよりもおばあさんではないのかもしれない。あともうひと声、ふた声くらい必要だろうかと予想した瞬間、カチャ、と意外と軽いドアの音が聞こえた。

「ほら、これ、持っていきなさい」

乙部さんが上に向かって本を差し出すと、わざとらしい重い足音が台所にまで響いてくる。開け放された台所のドアからは、階段の一段目までしか見えない。そうして本を差し出していたら、息子のハリーは階段の三、四段目くらいで手を伸ばして本を受け取り、こちらにすがたを見せぬまま、また二階に戻っていくだろう。が、乙部さんはどうにかしてわたしに息子の顔を見せたいらしい。本を差し出す姿勢のまま二、三歩下がって、階段の下まで誘導しようとしている。ハリーは素直にその誘導に従い、ちょうどドアの枠が額縁になるような位置で本を受け取った。

朝に図書館で見たときと、まったく同じ格好だった。室内にいるのに灰色のジャンパーを着て、黒いジャージのズボンに、裸足。

「ほら、このかたが……」

母親に言われ、こちらに顔を向ける。朝にはマスクで隠されていた口元が、あっ、というかたちになった。髪と同じく白髪交じりの無精髭《ぶしょうひげ》に覆われた頬は、お好み焼きのヘラで両側からガッと持っていかれたみたいに不自然な角度でこけていた。お母さんとは逆で、息子のほうは朝の図書館の自然光のもとで見るより、ずっと老けて見えた。

わたしは無表情で一礼した。すると相手は慌てて二階に逃げ帰ろうとしたけれど、すかさず腕を母親に摑まれて、無理やりその場に留めさせられた。

「いやだ、目やについてるじゃない。ちょっとじっとして」

言うなり、乙部さんはちょっと舐めた人差し指を息子の目頭に当て、先端をクイクイと動かした。その指の動きに、何か見覚えがある。そうだあれは、わたしが毎晩、指先に白い膣錠を載せてクイクイさせているときの、あれと同じ動きだ。

結局、家にはバスで帰った。

右足首の痛みをこらえながら玄関で靴を脱ごうとして、登山靴のような見慣れないスニーカーが、ミナイのランニングシューズの隣に脱ぎ捨てられているのに気づく。キッチンのほうからは、女二人の話し声が聞こえた。

スーパーの弁当の袋を提げてなかに入っていくと、思った通り、ミナイともう一人の若い女が流しの前に立って、里芋の皮を剝いている。

「あ、ソメヤさん。遅かったですね」

気づいたミナイが、ちらりとわたしの膝を見た。それでハッとした。パッドを巻き直すのをすっかり忘れていた。わたしは表情を変えないように注意して、まっすぐ自室に向かい、トートバッグの中身を床にぜんぶ空けた。ない。パッドがどこにもない。

「ソメヤさん？　ちょっといいですか？」

ドアからノックが聞こえて、まずい、どうしよう、とパニックになりかける。たぶん転んだ拍子に道端に転がり出て、拾い忘れてしまったのだ。なんて言い訳しようと考えているうち、

「ソメヤさん？」

ノックの音がいよいよ激しくなるので、しかたなく立ち上がってドアを開ける。

「まだ手を洗ってなくないですか？　帰ってきたらまず、手を洗ってください」

「は、はい」

言われるがまま、わたしは洗面所に向かっていつもより丁寧に、爪のあいだまでしっかり泡を立てて手を洗った。それをなぜだか後ろでミナイが見張っている。身動きするたび

にシャカシャカ音の鳴る蛍光色のランニングウェアのままで、ちょっと目の焦点をぼかしてみれば、巨大な蛍光マーカーで塗りつぶされた肖像画みたいに見える。

「しっかり水分を拭いてくださいね。廊下に水滴が落ちないように。で、アルコール消毒もしてもらって。そしたらこっちに来てくれませんか？」

「なぜ？」

わたしは指の股まで念入りにタオルを押しつけ、その後アルコールジェルを手にすりこみながら、鏡に映る自分の顔を見た。朝よりも四つくらい年をとった気がする。血色も悪く、目に生気がないし、照明の光をカッと照り返すような肌のハリもない。隣にミナイが映っているから、余計に自分の老いがひどく見える。ミナイの肌は、照明には負けない、血の通った生きものならではの、ぬめっとした輝きがある。

「夕飯まだですよね？　いま、友だちと芋煮作ってるんです。まだちょっとかかるけど、できたら一緒に食べません？」

「わたし、買ってきたものがありますので、お気遣いなく」

「じゃあできたら呼びますから。そのとき、今日の報告も一緒にお願いしますね」

こちらの返事を待たず、ミナイはシャカシャカ音を立ててキッチンに戻っていった。

友だち同士でおおいに盛り上がってわたしのことなど忘れてくれないだろうか……そう祈りながら自室で冷たい弁当を空にし、歯を磨いてシャワーを浴びたところで、「ソメヤさーん」と声がかかった。腹をくくってリビングに行くと、湯気を立てる大鍋がテーブルのどまんなかに置かれている。

「この子、友だちのヒロミです。略してロミ。一緒に起業しようとしてる子」

そう紹介されたのは、研磨したみたいにすべすべの色白の肌に切長な目が印象的な小柄な女の子だった。

「ロミです。宜しくお願いします」

「ロミは山形出身で。この時期になると毎年一緒に芋煮を作るんです」

「そうなんですね」

パッドの紛失を説明する段取りで頭がいっぱいのわたしに、「とりあえず食べてください」とミナイは高そうな磁器におたまでなみなみ芋煮をよそい、差し出した。そっと箸を入れると、芋は押し返す力と受け入れる力を釣り合わせながらふたつにきれいに割れた。白い断面がちょうどロミちゃんの肌の色と同じだった。

「それで、今日はどうでしたか？」

来た。わたしは口のなかの芋をあわてて飲み込み、さっきまで自室で練習していたように、今日一日の出来事を話した。朝の転倒のことも夕方の転倒のことも、乙部さんに声をかけられ、招かれるがまま家に上がって湿布を貼り付けられたことまで正直に。

ニコニコ笑顔のロミちゃんはときどき、はい、ええ、なんて相槌を打ってうなずきながら聞いていたけれど、隣のミナイはまたいつもの無表情で、怒っているのか驚いているのかもよくわからなかった。

「それで、あのパッドはいまどこかの道端に落っこちたまんまってことですか？」

一通り話し終わったところで、ミナイがやっと口を開いた。

「はい。ごめんなさい。でもなんとなく落とした場所の見当はついてるので、明日拾ってきます」

「あれ、試作品で、一組しかないんですけど」

「はい。大事なものをごめんなさい。明日拾ってきますので」

ミナイはいかにも不服そうに、ウーンと低い声をあげた。まさかいまから行って拾ってこいと言うつもりじゃ……身構えていたら、隣のロミちゃんが「まあ、いいじゃん」とミナイの肩を叩く。

「ソメヤさんもわざとじゃないんだから。もう暗いし、誰もあれを持って帰って自分のものにしようなんて思わないでしょ。明日を待とうよ。あるよ、明日でも」

「いや、落っことしたのがわざとじゃないのはわかるけど」ミナイはここでわたしに向き直る。「パッドを外したのはわざとですよね？」

「はあ、まあ……」

「外に出るときは基本、つけててくださいってお願いしましたよね？」

「まあ、そうなんですけど、急に外したいような気持ちになって……」

「年を取ったら、自分の好きなタイミングで歩ける膝と歩けない膝を交換することなんて、できないんですよ」

驚いて、ミナイの顔をまじまじと見た。勝ち誇ったように言うけれど、その言葉はまるまる、彼女たちがやろうとしていることにも当てはまる。

「いやあ、でも」わたしはミナイの顔色をうかがいながら、つっかえつっかえに弁を述べた。「ええっと、でもあのパッドこそ、痛みを好きなときにつけたり外したりできる道具じゃないですか……」

「そりゃあそうですけど、いまはわたしとソメヤさんとの約束の話をしてるんです」

論点がすり替わった。ただわたしはもはや一刻でも早くこの追及から逃れたくて、「すみません」と頭を下げ、精いっぱいしょげかえってみせた。

「そんなに怒ったらソメヤさんがかわいそうじゃん」

ロミちゃんが里芋をめいっぱい頬張りながら、ミナイの肘をつっつく。そしてこちらに目を向け、軽くうなずきながら励ますように微笑む。ということは、わたしは狙ったぶんだけショボンとしているように見えたのだろう。若い子に同情されるというのは、思ったよりも悪くなさそうだった。少なくとも理詰めの攻撃を受けるよりはずっといい。もっともっとわたしをかわいそうがってくれ、わたしがごまつぶくらいの小ささになるくらいまで、撫でたりさすったりしてくれ。そう祈りながら肩を竦《すく》めていると、ミナイがスンと鼻を鳴らして、「はーあ」とわかりやすいため息をついた。

「でもソメヤさん、痛みをつけたり外したりできたらいいなって思いません？」

口をからにしたロミちゃんが言った。

「えっ、なんて？」

「さっきソメヤさんが言ったことです。ほんとはそんなことできない、しちゃいけないことだろうけど、自分の好きなときに、痛みをつけたり外したりできたらいいなって思いません？」

「痛みを……いえべつに。ふつうに、いつもどこも痛くないのがいいですけど」

「痛くするっていうのが極端だったら、じゃあ、自分の体をできるだけコントロールしたいって思いません？」

「それはまあ、思います」

「どんなときに？」

聞かれてすぐに頭に浮かんだのは、今日起こった二回の転倒だった。たぶんあのとき、わたしは自分の体をコントロールできていなかった。でも、転倒にコントロールも何もないんじゃないだろうか。いくら意識で制御しようとしたって、二本足で歩いたり立ったりしているかぎり、転ぶときには転ぶ。

「ソメヤさん？」

ロミちゃんに顔をのぞきこまれて、ハッとした。

「すみません。今日転んだときのことを考えていて……転ばないようにコントロールすることなんかできるのかなとか思って」

「でもさっき、お部屋からここに歩いてくるとき、ソメヤさんは転ばなかったですよね。てことは、無意識にコントロールが働いてバランスを取って、転ばないような歩きかたをしてるってことですよ。でもわたしたち、それじゃつまらないんじゃないかと思っていて」

わたしたち、とロミちゃんが言ったので、思わずミナイの顔を見てしまう。ミナイは胸の前で固く腕を組んで、何か考え事でもしているかのように、芋煮の器のふちのすこし欠けているところを凝視している。

「中学生のころ」テーブルに身を乗り出して、ロミちゃんが続ける。「どこだか忘れちゃったけど、親戚のおばさんに連れられてヨーロッパのバレエ団の来日公演を観にいったことがあったんです。わたし、軟式テニス部だったんでバレエなんてちっとも興味なかったんですけど、暗い舞台に女のひとが一人現れて、スポットライトの下で観客に背を向けて後ろすがただけで踊ってるの観て、感動しちゃったんです。背中がもこもこ動いてて、背中ってまっすぐなだけじゃないんだ、べこっとへっこんだり丸くなったり、あんなにいろんな動かしかたがあるんだって驚いて。自分の体って、なんてつまんないんだろうって思っちゃいました。朝起きて夜寝るまで、そりゃあいろんなふうに体を動かしてるけど、みんな当たり前の動きっていうか、指は十本もあるのに箸とかペンを持つだけだし、背中は後ろにあるだけだし、脚は座ったり立ったり歩いたりするだけだし。ラケット持ってコートにいるときには、多少想定外の動きをすることもあるけど。とにかく、自分のなかで決まりきった動きしかしてないのって、なんかもったいないなって思ったんですね」

「うん……」わたしもいつのまにか、同じように身を乗り出していた。「それで？」

「自分ももっとおもしろい体の使いかたできないかな、じゃあやっぱりダンスの世界に入ったほうがいいのかなって思ったんですけど、うちあんまり余裕がなくて、お金かかる習い事はできなくて。だから放課後はひたすら外でラケット振ってました。先輩のアドバイスはぜんぶ無視して自己流でやってたから、誰にもペア組んでもらえなかったけど。わたしのフォーム、球を打ち返すためのフォームじゃなかったんで」

山形の寒そうなテニスコートで、ひとり顔を赤くし、前後左右にラケットを振るロミちゃんのすがたを想像する。背景には青い山脈、立ち並ぶさくらんぼの木。

「だから、大学でミナイと知り合って、若さを挫くグッズを作りたいって話を聞いたとき、おもしろいなと思いました。それも、自分の体の当たり前を崩す方法だから。わたしもどっちかというと、自分の体をコントロールしたいほうだけど、だからこそそこから外れたとき自分の体がどう動くんだろうって、興味あります。ソメヤさんはそんなこと考えたことありません？」

「いや、ない……ない」

「そっか、そうですか。痛みを好きなときにつけたり外したりできる道具なんて、この世に本物の痛みに苦しんでるひとが大勢いることを考えれば、確かに都合のいい、傲慢な道具って感じもしますけど、わたしはひとつの冒険の道具って考えてます。体の当たり前を外れる冒険。傲慢な冒険」

ロミちゃんはピクニックの予定を話すみたいにとても楽しそうに話したので、わたしはこの話をどう受け止めればいいのかよくわからなくなった。自分も一緒におもしろがる余裕をみせたほうがいいのか、それとも眉をひそめたほうがいいのか？　でも確かに、転んで起き上がろうとしたときの、あの地面のどぎまぎする近さはちょっとした冒険ではあった。金銀ざくざくの宝の山を見つけるための冒険ではなさそうだったけれど、少なくとも、地面と垂直方向に成り立つ普段の生活からは、明らかに外れた一瞬だった。

「芋煮冷めちゃう」

ロミちゃんは空になった器にまた山盛りの芋煮をよそって、おいしーおいしーと連呼しながら食べた。わたしも我に返り、自分の器で冷めかけている芋煮を口に運んだ。ロミちゃんの話を聞いたあとでは、この程よく柔らかいものを口に入れ、上下の奥歯で噛んで飲み込む、という当たり前の一連の動きにも、何か不安がよぎる。歯が生えてきたときから誰に習うでもなくこの噛みかたでずっとやってきたけれど、ほんとうにこれでよかったのだろうか。ひょっとして、もっと独創的な「食べる」という動作があるのではないか。でも中学生のロミちゃんがラケットを振り回していたみたいに、いまここで箸とか歯を振り回すわけにもいかない。

「ソメヤさん、ピル飲んでますよね」

やぶからぼうにミナイが言った。

「えっ？」

あまりに唐突すぎて、ミナイの顎のあたりを見てかたまった。

「低用量ピル。飲んでますよね」

「は、はあ……」

ピルなら確かに、二年前から飲んでいる。でもなぜ、急にその話が出てくるのか。

「一回、キッチンに置き忘れてたことあったから。ピルもコントロールの道具のひとつですよね」

「はい、あの、生理痛がひどかったのと、ちっちゃい筋腫があるので子宮を休めるためと……」

わたしはお医者さんに言い訳をするように、うわずった声で答えた。

「コントロールすることは悪いことじゃないです。わたしもロミも、大学のときからミレーナ入れてるし」

「ええっ」

ミレーナは婦人科に選択肢として紹介はされていた。でも経産婦でない場合には麻酔が必要と言われたし、体内、しかも股から異物を入れて何年もそのまんまにしておくなんて、自分にはとてもできそうになくてあきらめたのだ。子宮にプラスチックを内蔵している二人は、驚くわたしの前で平然としていた。

「痛みをコントロールする点では、ソメヤさんのピルもわたしたちのパッドもあんまり変わらないですよね。なくすのと足すのの違いなだけで。そんな都合よく、って非難するひともいるかもしれないけど、これってまさしく、それぞれ個人の都合だけが重要な問題なわけで」

「あの、わたしはべつに、非難してるつもりじゃ……」

「こっちも、非難してることを非難してるわけじゃないです」

気まずい沈黙が落ちかけたとき、アハハッとロミちゃんが笑った。何がおかしいのかはわからないけれど、とりあえずこれ以上険悪な雰囲気には陥らずにすみそうだった。

落としたパッドは、明日の朝、ミナイとわたしで探しにいくことになった。

帰ってきたときより念入りに洗った手で、最後の一錠が残った薬のシートを取り、指で押して錠剤を取り出す。いつものとおり深呼吸しながら指先をクイクイ動かして集中を高め、片足をベッドに載せ、くの字に体を前屈させて、左のひとさし指と中指で厚ぼったい襞を開き、錠剤を載せた右のひとさし指を湿ってすぼまったところにあてがう。

息を深く吸い、フーッと吐くのと同時に、肉の圧に抗《あらが》って指をゆっくり奥まで突っ込む。狭くてデリケートなところに強引に何かが入ってきて出口を塞がれる、これは痛みとはたぶん違う、ただ不快でダメなこととして脳が反応して、体を硬直させているだけだ。リラックス、力抜いて、リラックス、と婦人科の診察台でいつも先生がかけてくれる声を小声で真似して、ふせんを貼るみたいに肉の壁に錠剤を軽く押しつけて、そうっと指を抜いた。リラックス、なるべく体を折り曲げたままベッドに横たわる。初めのころよりは、多少うまくできるようになった。片足をベッドに載せ体を折り曲げ外陰部を開く、というのもロミちゃんの考えに沿えば当たり前から外れた体の使いかたかもしれない。でもわたしはロミちゃんと違って、こんな不快な外れかたをおもしろがれない。

　錠剤が出てくることがないよう、太ももをぴっちり合わせて、股の三角地帯にショーツの上から手のひらを沿わせ、中指と薬指を折って閉じている襞にぎゅっと押し当てる。こんなことをしても意味がない気がするけれど、イメージトレーニングは大事だ。膣の奥のほうで錠剤がシュワシュワ溶け出し、広がり、悪い細菌をぶくぶく取り込んで死滅させていくところを想像する。その汚れた泡はもと来た道を戻ってくるのか、じわじわ粘膜に染み込んでいくのか、それとも子宮のくぼみに溜まっていくのか。いま指が肉を押しのけて奥まで分けいった狭い体内の道を思うと、大学時代にデパートの昆布屋でアルバイトしているときによく行き来したバックヤードの通路を思い出す。薄暗い通路の両側の棚に商品がずらりと並んでいて、なぜだか濡れた海苔《のり》みたいな磯の香りがした。よく懐中電灯を手に、目当ての商品を探しにいって、洋菓子屋とかお茶屋の店員さんと肩をぶつけたりもした。その棚の中段で、いま、大きな白い錠剤がシュワシュワ溶けている。棚から溢《あふ》れた泡が通路に落ち、冷たい床のゴミや埃《ほこり》や商品探し中の店員さんを吸い込んでぶくぶく膨らみ広がっていく。

　汚れた泡で通路が塞がったところで、ショーツの上から当てがった指をずらして、肌にじかに触れた。ここにエロチックなものなどなんにもない、もうすっからかんだ、そんな感じがする。数ヶ月前までは、ここに柏木の性器が出入りしていた。いまは自分の指一本入れるのに苦労しているのに、あのころはなんでもいいから入ってきてほしい、突っ込んでほしい、というがむしゃらな衝動があった。わたしは柏木がやっていたように指を動かした。何も感じない。目を閉じて、柏木の顔ではなく、脚を持ち上げるときの荒っぽさ、生ぬるい肉の重さ、首の角ばった太い筋を思い出した。そして現実にはなかったけれど、図書館の書棚の隅とか、皆が帰ったあとの事務室の床で服を着たままましているところを想像した。できるだけ安っぽい、陳腐で下品な場面がいい。体にこびりついた劣情のかすをこそげとって焚《た》き付けてくれるような、ねちねちして強烈なやつが。

若い二人には、生理痛緩和とか筋腫のためだと言ったけれど、それも事実ではあるけれど、ピル服用のいちばんの理由は妊娠の心配を抜きにして柏木と心置きなくセックスするためだった。やつが生涯最後の性交相手になるという強い予感がしたから、やけになって、せめて最後くらいは正面切って男の精液を受け止めてみたい、この期に及んでただ性器を擦りあわせて出し入れさせるだけでは惜しい、なんて、つい思ってしまった。心根がいやしいのかもしれないけど、誰だって、これがレストランでの最後の食事になると言われたら、注文したものは残さず皿にこびりついたライスの一粒まできれいに平らげたいと思うだろう。あの日々のことを思えば、ロミちゃんが言った「傲慢な冒険」という言葉も、自分にまったく無関係ではないような気もしてくる。

なんのたかぶりも生じなかったので、指を止めた。柏木関連の想像ではもう何も起こらない。うつぶせになって枕に顔を埋めると、リビングでまだ残って何か話しているロミちゃんとミナイの声が聞こえてきた。頭のなかに残る柏木の残像の下に、ふとミナイを滑りこませてみる。わたしが挟まれていたベッドと柏木のあいだに、いまはミナイがいる。ロミちゃんかもしれない。わたしは指を少しだけ動かした。やっぱり何も感じなかった。すっからかん、ここはすっからかん。

翌朝、起きるともうロミちゃんのすがたはなく、いつものとおりミナイが窓辺でヨガをしていた。

「あと二十分で出られます」

と、涼しい顔で体をねじりながら言う。

家を出てからバスに乗るまで、何を話したらいいのかわからず黙っていた。毎朝恒例の不調のせいでご機嫌取りにいけるような気力もなかったけれど、かといって天気の話だとか昨晩の芋煮の話をするのも軽薄な気がして、すると自然、黙っているしかなくなる。

隣を歩くミナイは背筋をピンと伸ばし、ランウェイの上を行くように颯爽《さつそう》と大股に歩いた。こんな歩きかたができるひとが、なぜ膝に弱点をほしがるのか、やっぱりよくわからない。一方わたしの膝はというと、数日間締めつけられたパッドから解放されて軽やかであるはずなのに、軽やかというより心許《こころもと》なかった。肌を覆う黒タイツだけでは頼りなく、じかに危険な外気にさらされているという気がする。

昨夜バスに乗った停留所が近づいたので、次です、と前の座席に座ったミナイに呼びかけると、彼女はすぐに立ち上がって下車に備えた。

通りでバスを降りてから、わたしのほうがやや先に立って、住宅街の転倒地点を目指した。大股歩きのミナイは、わたしの横に並ぶかすこし前に出たところで歩幅を狭くして、また斜め後ろのポジションに戻る。ミナイなりにこちらに気を遣っているのかもしれない。

「このあたりです」

なんとなく見覚えのある曲がり角まで来ると、立ち止まって地面を指さした。

「たぶんここで転んだんです。で、バッグがあっちのほうに転がって……」と、一戸建て住宅のフェンスの前に目をやる。でも、ペールグリーンのパッドはどこにも落ちていなかった。ミナイも一緒に腰を低くしてあたり一帯を探したけれど、どこにもない。

「ないですね……誰かが拾って、交番に持っていってくれたのかも」

「交番？」ミナイはなんてバカなことを、とでも言うように、目を見開いてみせる。

「交番……この近くにあったかな」

スマートフォンの地図アプリで調べようとすると、それより早くミナイがちゃちゃっと調べて、最寄りの交番はバス通りを駅方面に進んだところにあると教えてくれた。内心それはないだろうと予感しつつも、わたしたちは道を引き返して交番に向かった。

「図書館って」

歩きながら唐突にミナイが口を開いたので、ドキッとする。

「もうずっと行ってない」

なんだそんなことか。わたしは安心して、世間話用の口調で答えた。

「ミナイさんくらいの年頃のかたは、確かにあんまり見ないですね。中学生とか高校生は勉強しにきますけど」

「ほかにはどういうひとが来るんですか」

「平日はお年寄りが多いです。それから小さい子を連れたママさんなんかも。すごくよく来るひとと、まあよく来るひとと、あんまり見かけないひとの割合がだいたい同じくらいかも」

「みんな、どんな本を読んでるんですか」

「それはまあ、病気の本とか料理の本とか歴史の本とか小説とか、いろいろです。新聞も雑誌もたくさんありますし」

「昨日のおばあさんって、図書館に行くところだったって言いましたよね？」

わたしはちらりと横目でミナイを見た。昨日の晩の報告のなかで、ハリーのお母さんのことは転倒のくだりですこし触れただけだった。どんなやりとりをしたかは省略していたので、ミナイが覚えていたのが意外だった。

「そのひと、あの近所に住んでるんですか？」

「そうです。さっきのところから角ひとつ曲がった先の、古い家に……」

「あのくらいの年代の女性って、どんな本を読むんですか」

「そういうことはまあ、あんまり言っちゃいけないんですけど」

「え、なんでですか？」

「職業上の決まりで」

「まじめなんですね。じゃあヒントください」

「ヒント？　うーん……まあ、ヒントでもないけど、状況として、そのおばあさんは自分のためじゃなくて、息子のために本を借りにきたんです」

「なんで？」

「息子に言われたから」

「はあ。それで？」

「で、まあ、その本は長い続きものでおばあさんは全巻借りていったはずなんですけど、息子のほうはたぶん二巻まで読んだ時点で三巻がないことに気づいて。三巻だけ抜けちゃってたみたいなんですね。それで昨日、本人が朝一で図書館に来たんです。夢中になって、続きが気になって、いてもたってもいられなくなって自分で借りにきたんでしょうね」

「図書館にそんなに夢中になっちゃう続きものってあるんですか？　ハリー・ポッターとか？」

わたしが眉をひそめたのに気づいたのか、ミナイは「答えなくてもいいです」と言って、

「だとしたら気持ちはわかります。わたしも夢中で読んだから。それで？」と先を促した。

「そういう事情があったからか、息子さん、ちょっといらいらしてました。調べたらうちの在庫はみんな貸し出し中だったんですけど、それがまた気に食わなかったみたいで。そのときは帰っていきましたけど、夜になって、今度はお母さんが見にいくことになったみたいで。図書館に向かう途中のお母さんが、転んでるわたしを見つけてくれたんです」

「その息子、いくつくらいなんですか？」

「五十歳くらい」

「おっさんじゃん」

険のある声だったけれど、ミナイの顔は笑っていた。それでわたしはすこしほっとして、「おっさんでした」と一緒に笑った。

「毎日、そんなへんなことがあるんですか？」

「毎日ってわけじゃないですけど、ずっと働いてればいろんなことがあります」

「ソメヤさん、あの図書館でどれくらい働いてるんですか？」

「今年で三年目です。でも次の三月までで終わり」

「四月からはどうするんですか？」

「まだ決めてません」

「決めてない？」

ミナイの顔から柔らかさが抜けて、またいつものとりつくしまのない表情に戻った。

交番に着くころには、また無言の二人に戻っていた。もちろん交番にパッドは届いていなかった。ミナイはわたしと目も合わせず、低い声で「じゃあ」と言って、背筋を伸ばし大股で去っていった。


パッドを失《な》くして一週間後、図書館のカウンターで展示用の紙の花を折っていたら、とつぜん視界に影が落ちドサッと音がした。

びっくりして顔を上げると、目の前にピンクの花輪が華やかな髙島屋《たかしまや》の大きな紙袋が置かれている。「返却」とその紙袋の向こうで低い男の声がした。背筋にぞぞぞと悪寒が走ると同時に、ハリーだ、とすぐにわかった。

ハリー・マサオは一週間前と同じぼさぼさ頭に灰色のジャンパーすがたで、溢れ出す不器用さがマスクで隠しきれておらず、右手がちょっと震えていた。エントランスに近いほうのカウンターには村越さんも座っているのに、わざわざ作業中のわたしの前に紙袋を置いたということは、それなりの意図があるのだろう。でも、そんな意図を汲《く》んでやるつもりはない。素知らぬ顔でハイと返事し、紙袋を覗きこんだ。想像通り、先日お母さんが借りていったハリー・ポッターシリーズが詰められている。何冊かまとめて摑み上げて取り出し、カウンターに積み上げて数えると、十冊あった。わたしが個人的にお母さんにまた貸しした『ハリー・ポッターとアズカバンの囚人』は入っていない。一冊ずつバーコードをリーダーで読み取るあいだ、ハリー・マサオは震える手を後ろに回し「休め」みたいな姿勢をとって、こちらの作業をじっと睨みつけていた。

「はい、十冊ですね。ご返却ありがとうございました」

目を合わせず髙島屋の紙袋だけを軽くカウンターの上に押し出すと、相手はそれをひったくって、魔法みたいにもうひとつ、小ぶりの髙島屋の紙袋をカウンターに載せた。

「レー」

思わず顔を上げた。今度は向こうが目をそらした。こわごわ中身を覗きこむと、そこにはまた貸しした『ハリー・ポッターとアズカバンの囚人』と、本よりすこし厚いクリーム色の包みが入っている。

「レーです」

ハリーはなぜだかエントランスのほうを睨みつけて繰りかえした。数秒遅れて、「礼」と言っているのだと気づく。目線の先を追うと、透明の自動ドアの向こうにキャリーに手をかけたお母さんが立っていた。あっ、と思わず声が出た瞬間、ハリーは吸い込まれるように前のめりにエントランス目掛けて走り出し、脇の母親には目もくれず、開いたドアの向こうへ消えた。残されたお母さんは、呆然《ぼうぜん》としているわたしに弱々しく、でもじんわりと長くマスク越しに微笑んで、頭を下げた。そしてゆっくり方向転換し、キャリーを押して歩き去っていった。

「ソメヤさん、それなあに?」

隣の村越さんが、紙袋の中身を覗きこむ。わたしは包みを取り出し、包装紙をその場でバリバリと破いた。出てきたのはヨックモックの青い缶だった。

「お菓子？　いまのひと誰？　知りあい？」

「知りあいってほどの知りあいじゃないけど……」

村越さんは何か察したのか、「そうなんだねー」と尻すぼまりに言い、大量の本を腹の前に積んで近づいてきた利用者に笑顔を見せた。派手な髙島屋の紙袋に、書架で配架をしている職員さんがちらちらと視線を送ってくる。わたしは急いで缶を戻し、なかから本だけを取り出して紙袋をカウンターの足元に押しやった。

レー。礼。本を貸したことへのお礼ということ？　でも、こんな気の利いたことをあのハリーが思いつくとは思えない。きっとお母さんの差し金だろうが、だったら直接わたしに渡してくれればいいのに、なぜわざわざ息子に持たせるなんてことをしたのか謎だ。

「ソメヤさん、ソメヤさん」隣の村越さんから指先でつつかれて、ようやく目の前に本を抱きしめた利用者が列を作っていることに気がついた。足元の紙袋がコトンと床に倒れたのを、つま先で起こしていちばん奥に押しやった。


その晩、ぬるぬるした正体不明の何かにまとわりつかれているような足取りでやっと玄関までたどりつき、暗い気持ちでドアを開けると、

「お帰りなさーい」

と、普段なら聞こえない声が返ってきた。

「ミナイは走りにいってます。わたしは留守番」

リビングにいたのはロミちゃんだった。今日は膝に穴の開いたオーバーオールに、水色

のフワフワのカーディガンを羽織っていて、実年齢より幼く見える。

「あ、そうなんだ……じゃあ」

洗面所に引っ込もうとしたわたしに、ロミちゃんは「お茶淹れますね」と明るく声をかけてくれた。それだけのことで、甘く胸がしめつけられる。帰ってひとからお茶を淹れられたことなど、実家を出て以来もう何十年もない。

洗面所できっかり二十秒カウントして手を洗い、自室に荷物を置いて出てくると、テーブルには平たい皿に白と黒の市松模様のクッキーが並べられていて、ロミちゃんは電気ケトルの前でハミングしながら小さく腰を揺らしていた。わたしはいったん自室に引き返し、髙島屋の紙袋を手にまたリビングに戻った。

「これ。食べて。もらいものだけど」

紙袋からヨックモックの缶を取り出したロミちゃんは、「あーっ、シガールだ」と屈託ない笑顔を見せた。「大好き。じゃ一緒にいただきましょ」

ロミちゃんは何のためらいもなくガラス瓶に入ったミナイの高級ティーバッグをふたつつまみ、マグカップに入れてお湯を注いだ。ミナイのような何を考えているのかわからない無愛想なタイプではなく、こういうひとなつこいタイプの子だったら、わたしのルームシェア生活ももっと快適だっただろうにと残念に思う。でもミナイのほうだって、わたしのようなビクビクした卑屈な中年女ではなく、もっと陽気で知恵のついた中年女だったらよかったのにと残念がっているかもしれないのだから、おあいこだ。

「ミナイって、一緒に暮らしにくいでしょ？」

わたしの考えを見透かしたように、マグカップをテーブルに運んできたロミちゃんが笑顔で言った。

「えっ？」

「ルームシェアの相手としては、難易度マックスって感じじゃないですか？」

「え、まあ、いや……」

「わたしも最初はどう接したらいいのかわからなかったですもん」ロミちゃんはまた笑う。

「愛想皆無だし、なんか体温低いっていうか、つられ笑いとかごまかし笑いみたいなこと絶対しないし。いつも平然とした感じで、周りと一線引いてる雰囲気ありましたよ。でもわたしはそういうところがいいなと思って、無理やり話しかけて仲良くなったんですけど」

「あ、そうなんだ……」

「でも仲良くなったからって、ミナイのほうはすごいあけっぴろげになってくれるわけじゃなくて、体温低くて平然としたまま仲良くなった感じ。友だちだったり一緒に仕事するのはまあオーケーだけど、一緒に住むっていうのは、わたしは無理かも。だからソメヤさん、すごいなあって思って」

「え、すごいの？　わたしが？」

「知ってると思うけど、ソメヤさんの前のひとは、ふた月も持たなかったんですよ。ていうか、そもそもほんとはわたしがルームメイトになるはずだったんだけど、近すぎるとまずいことになりそうと思ってやめたんです。ソメヤさんが来たときも、まあひと月ふた月かなって思ってたけど、もうふた月くらい経ちましたよね？　すごいです」

　ロミちゃんは褒めてくれるけれど、はじめて顔を合わせたときのミナイのしぶい顔がありありと思い出される。

「あの、でもミナイさん、ほんとはわたしよりもっと年上のひとを想定してたみたいだけど……」

「あ、そう、それはわたしがアドバイスしました。ミナイにはおばあちゃんくらいのひとが向いてると思うって。本人が年取りたがってるし、年いって人生経験豊富なひとのほうがうまくいくと思うよって。それに、仕事のヒントももらえるかもしれないし」

「そうだよね、はじめて会ったとき、六十二歳じゃないんですかって、すごい不満そうな顔されて……メールにはちゃんと四十二歳って書いたはずなんだけど」

「どういう間違いなんだって笑いますよね。ミナイ、あれで意外とおっちょこちょいなところあるんです。自分がこうだって思ったことを信じ込んで突っ走っちゃうっていうか。だからおもしろいんだけど」

ロミちゃんはあっけらかんと笑った。自分にとっては無愛想な年下の家主でしかないけれど、同級生の友人の前では、やはりミナイも年相応の隙を見せているらしい。もらいものシガールをボリボリ元気よく嚙み砕いているロミちゃんを見ていると、普段ミナイと同じ空間にいるときにはいっさい湧いてこない、わたしなりの元気のようなものがじわじわ指先に滲み出てくるような感じがした。

「ロミちゃんは、ミナイさんと大学で知りあったんだよね。ひとのこと言えないけど、ミナイさんって、あんまり友だちいないタイプだと思ってた」

「そう、いないですよ」ロミちゃんはあっさり言う。

「でもロミちゃんは、ミナイさんのほかにも友だちたくさんいるタイプでしょう」

「はい、います。でもミナイがいちばんおもしろい」

「へえ、そう……でも、ミナイさんのどういうところがおもしろいの？」

「うーん。どこだろ。でもまあ、さっき言ったみたいに、愛想笑いとかつられ笑いとかごまかし笑いとかしないところかな。わたしはそういうの、ついしちゃうタイプだから。でもミナイはそういうの通用しないから、逆におもしろい」

「彼氏とか、いるのかな」

「たぶんいまは誰もいないですよ。男の子にはモテますけど、付きあうことになっても、相手が気に入らなくなったらあっさり別れてます」

「へえ、そうなんだ、ちゃんと主導権握れるタイプなんだね」

「そうなんです」と、ロミちゃんはまたアハハッと声をあげて笑う。「ミナイは主導権握りたいタイプ。他人にも、自分にも」

「自分にも？」

「いまはまあ、あんな健康的な感じですけど、大学で知りあったころは、ミナイ、すっごい細くてガリガリだったんです」

「えっ」

「わたしけっこう心配で、もしかして、この子摂食障害とかじゃないかなって思っちゃって。一緒にご飯行ってもほとんど料理に手をつけないし。それとなく病院行くこと勧めたら、病気じゃないって否定されました。実験してるんだって言うんです」

「え、実験……なんの？」

「どこまで自分の意志で、生活上問題ない程度に痩せられるかっていう実験、だそうです。

わたし、それも嘘なんじゃないかって疑ってたんですけど、ちょっとしたらいまくらいの体型に戻ってきて。そしたらそのあと、今度はどんどん太ってきて。やっぱりおかしいじゃないですか。また心配で、病院行ってみたらって言ってみたんですけど、いまは太る実験してるだけだから大丈夫って言われちゃって」

ロミちゃんはためいきをつき、もう一本シガールを手に取ってまたボリボリやりだした。

「え、あの……ちょっと、よくわかんないんだけど。ミナイさん、なんかやばくない？なんでそんなことしてたの？」

「疑問ですしやばいですよね。でもミナイはけっこう平然としてて。試合前に減量したり体重増やしたりするアスリートみたいに、体がどこまで自分の言うこと聞いて、どこまで自分の言うこと聞けないのか、調整の幅みたいのを知りたいんだって言ってました。半年くらい見守ってるうち、また痩せてきていまくらいの体型に落ち着きましたけど、わたし、あれはほんとに病気ギリギリまでいってたと思います。あんまりしつこくすると嫌われそうだったから言えなかったけど、すごく心配だった」

「そうだよね、近くで見てたら、心配だよね……」

「そしたら今度は、おばあさんの体になりたいって言い出して。体の重さならわかるけど、体の年齢なんて、調整しようがないのに……理由を聞いたら、考えるよりとにかくいまは試したいんだ、みたいなこと言ってました。でも根本には、もしかしたらわたしには言わない、ミナイなりの体との齟齬《そご》みたいのが、あるのかもしれない。生きてれば誰にだって、体とうまくすりあわせができないことってあると思うから」

そうなんだ、とつぶやいて、言葉につまった。そしてあせった。

考えてみれば、わたしは自分の体になんの疑いも持たず、なんの試みも果たさずに、これまで生きてきた気がする。この体で決定的な、人生が止まってしまうような喪失とか、逆に人生がぎゅんと一気に加速するような衝撃を経験することもなく、むしろそういう気配を注意深く回避して、ここまで来てしまった。小学校の体育の時間、ドッジボールの狭いコートを最後の一人になるまでひたすら逃げ回り続けていたときと同じ心持ちで、決定的な何かをずっと避けてきた。これは運でしかないだろうけど、大きなけがだとか病気とか体に起こる深刻な危機は起こらなかったし、出産に身を捧げて血を流す機会ももはやなさそうだった。飛び交うボールから逃げ回っているうちに、もはやボールさえ飛んでこなくなったのに、わたしはまだ、逃げ続けている気がする。その過程でミナイの内にあるような肉体への探究心というものが、まったくなかった。いま、四十を過ぎて毎日なんとも形容し難い不快感とともに目覚め、一生引きずりそうな疲れとともに眠りに落ちているけれど、自分の肉体にそれ以外のありかたがありえるなんて、考えも夢見もしなかった。

「ソメヤさんは？」

ロミちゃんの声で、ハッと我に返る。

「えっ、何？」

「ソメヤさんも、そういう齟齬みたいなこと感じたことあるのかなって」

「あ、ええと……」

いま考えていたことについて何か言えそうだったけれど、そのまま口にするのも恥ずかしかった。固まっていると、ロミちゃんは何か察したのか話題を変えた。

「じゃあ、ソメヤさんは誰かいないんですか？　付きあってるひと」

「え、わたし、わたしは……」

思いがけない質問に、つい未練たらたらに柏木の顔を思い浮かべてしまう。

「……いない」

小声の返事に、まあそうですよね、みたいな表情を浮かべたロミちゃんに、「わたしだって、数ヶ月前はセックスしまくってたんだっ」と自慢してやりたかった。いかにも相手のいない寂しい中年女に見られていることに慣れてはいたけれど、でもわたしだって、その気になれば性的な存在になれもする。見苦しいとは思いつつ、若い視線を前にして、意外にもそういう意地をまだ捨てられないらしい。

「じゃあ好きなひとは？」

こちらの複雑な内心をまた察してくれたのか、ロミちゃんは優しく食い下がってくる。

「好きなひと？」

「そう、好きなひと」

「いない」

「え、誰も？　いいなって思うひと、いないんですか」

「誰もいない」

なんの感情も込めずに答えたつもりだったのに、ロミちゃんの悲しそうな顔を見て愕然《がくぜん》とした。この広い世のなかに好きだと思えるひとが誰もいない。それは目の前の女の子に、こんな顔をさせるくらいの事態なんだろうか。反射的にわたしはごまかし笑いを浮かべた。得意の笑顔チャートで言うと、緊迫度マイナス5、親近感7くらいの、もとの表情を完全に厚塗りで消せるくらいの色のついた笑いを。

「誰も？」ロミちゃんはまだ悲しげだった。「そんなの、つまんなくないですか？」

「うん。つまんないかもしれない。でもわたしくらいの年になったら、みんなそっちの方面ではつまんなくなっていくものだと思う。子育てしたり、老後の資金を稼いだりで、好きだのなんだの言ってられなくなるから」

「そういうもんですか……」

ロミちゃんは不満そうに口をゆがめた。そう、確かにつまらないのだ。若いころだってたいしておもしろい毎日ではなかったけれど、いまのこの、苦い草をきしきし噛みつづけているような感じはなかった。わたしの毎日がつまらないのは、当然子育てのためじゃないし、金稼ぎのためでもない。理由はたくさんありそうだけど、まじめに考えてみれば、その気になれば性的になれる体で誰のことも性的に考えられないというのも、このつまらなさの一因かもしれない。

考えこんでいると、「じゃあ、わたしは？」とロミちゃんがふいに顔を近づけてきたので、思わず椅子の背まで身を引いた。彼女はシガールの空袋をテーブルに放り、その手でわたしの手首を摑んだ。

「わたしのことは、どう思います？」

手首に熱い肌が貼りつき、ぐいぐい締め上げてくる。頭にカッと血が上り、あ、あ、と答えにならない声をあげていると、ガチャッと鍵が回る音がして、玄関から外の空気が吹きこんできた。

「ただいま」のひとこともなく、リビングにぬっと現れたランウェアのミナイの後ろには、小さな影があった。その顔を見てわたしは思わず、まばたきをした。

ロミちゃんはわたしの手首を摑んだ手を隠そうともせず、「おかえり」と声をかける。ミナイはそれを無視し、ランウェアをシャカシャカ言わせながら「まず、手を洗ってもらえますか？」と後ろのお年寄りを洗面所に誘導した。テーブルの脇を通るとき、おじさんハリーのお母さん——乙部さんは、わたしに向かって今朝見せたのとまったく同じじんわりとした微笑みを浮かべ、頭を下げた。

「何？　なんであのひとがいるの？　どういうこと？」

あわてて聞くけれど、ロミちゃんはのんびりしたようすで、「お客さん来るって、さっきメッセージが届いてました」とシガールをかじっている。わたしはそれでようやくロミちゃんの手が自分の手首から離れていることに気づき、摑まれていた手首をテーブルの下に隠した。洗面所から勢いよく水を流す音が聞こえた。

「え、何？　なんなの？」

ロミちゃんが答える前に、ミナイと乙部さんがまた縦一列で戻ってくる。「どうぞ」と勧められたわたしの隣の椅子に、乙部さんは腰かけた。そして「どうも」とまた微笑んだ。

これはいったいどういう状況なのか。ロミちゃんは「お茶淹れるね」とキッチンに立ち、テーブルにはミナイと乙部さんとわたしの三人が残された。

ふう、とため息をつくミナイと、隣でにこにこしている乙部さんの顔を交互に見比べる時間がしばらく続いた。その後とうとう沈黙に耐えられなくなり、わたしは「あのう」と口を開いた。

「あの、どうしてここに、あの、乙部さん……ですよね、乙部さんが？」

「道で会ったから」

どちらかというと乙部さんに聞いたつもりだったのに、答えたのはミナイだ。

「道で……？　ええと、それは」

「パッドを一緒に探してくれて、うちにお招きしたんです。ソメヤさんが転んだときにも助けてもらったから、そのお礼に」

「いいえ、お礼だなんて」と、乙部さんも入ってくる。「こちらがお礼をしたかったんですよ、本を貸してくださったから」

「あ、そのお礼ならもう……」わたしはテーブルの上の食べかけのシガールと、ロミちゃんが開けた空袋が散乱しているテーブルに目を落とした。「す、すみません、さっそくいただいちゃって」

「いいんです、どうぞ、召し上がってください」

「わたしももらお」ミナイが缶に手を伸ばし、開けた袋から出てきたシガールをボリボリやりだす。そこにロミちゃんがマグカップふたつを手に戻ってきた。

「乙部さん、この子はロミです。わたしの友だち。一緒に例のパッドを作った子です」

はじめまして、とロミちゃんと乙部さんが挨拶を交わすそのあいだ、わたしの目はミナイがランウェアのポケットから出したペールグリーンのパッドに釘付けになった。

「これ」わたしの視線に気づいたミナイが珍しくにいっと笑う。「乙部さんが見つけてくれたんです」

「え、どこで？」

「ソメヤさんが落としたところの近くで。わたし、ここのところ毎日ランのついでにあのへんをうろうろしてパッドを探してたんですけど、今日も近くの家の垣根のところとか探してたら、落としもの？　って通りがかった乙部さんが声かけてくれて。で、一緒に探してくれたんですけど、あれじゃない？　って指さされたほうを見たら、その垣根の家の庭の犬小屋の近くに落ちてたんです、これ」

ミナイはまたもとの無表情に戻り、持ち主のもとに帰ってきたパッドを掲げてみせた。ずっと野ざらしになっていたのか、犬がいたずらしたのか、表面の色はくすみ、ところどころほつれている。隣の乙部さんはちょっとまごついたような薄い微笑みを保って、黙ってミナイの話にうなずいている。

「そこのおうちのひとが乙部さんの知りあいだそうで、チャイム押して話をしてくれて。お庭に入らせてもらって、拾ってきました。で、話をしてたら、先週この辺りで転んだひとがいたっておっしゃって、それってぜったいうちのソメヤさんですって話になって。自己紹介して、じゃあご縁ですねって、お礼にうちにお誘いしたんです」

「へえ……」

道端で出会ってちょっと助けてくれただけのひとを自宅に誘う意図がまったく不明だし、いつになく饒舌《じょうぜつ》なミナイが不気味だ。先ほどロミちゃんから聞いた話を思い出し、不吉な予感が頭を横切る。ひょっとして、ミナイはわたしを追い出して、この乙部さんを新たな同居人に迎え入れようとしているのではないか？　これは新たな同居人の面談なのか？

悪い予感にどんどん現実が引き寄せられている気がして一瞬くらりとしたけれど、そういうものに自ら呑《の》まれるのはよくない。冷めかけたマグカップの紅茶を一気に飲み、「じゃ、わたしはこれで……」と立ち上がった。

「あっ、ちょっと待って。ソメヤさんも一緒に夕飯食べましょうよ。帰る途中で四人分、デリバリー頼んどきましたから」

するとその言葉を待っていたかのように、タイミングよくインターフォンが鳴った。

ミナイが頼んでいたのは、インド料理のデリバリーだった。ミナイとロミちゃんは、届いた白い紙袋の中身をせっせとテーブルに並べていく。透明の蓋つき容器に入れられた黄色だったり緑色だったりするカレー、銀紙に包まれた分厚いナン、オレンジ色のドレッシングがかかったサラダにタンドリーチキンに、ラッシーまである。

「こういうの、よく運んでるうちにこぼれないよね」

わたしが言うと、手を動かしながらロミちゃんが「技ですよね」と答えた。

「食べものを誰かから誰かの手にこぼさないように運ぶっていうのも、訓練された体の使いかたですよね。それがお金になる世のなか」

ロミちゃんが喋っている横で、ミナイは黙々と銀紙を破り、ふたつ折りにされたナンを皿に重ねていく。まだ焼かれてまもないのか、暗くて狭いところから解放されたしんなりしたでこぼこの表面から、一日たっぷり日を浴びた地面みたいな、香ばしくてなつかしいにおいが漂ってくる。

銀紙が破られたり蓋が開けられたりするたび、乙部さんは、まあ、とか、ああ、とか、小さく声を上げていた。

「乙部さん、インド料理は食べますか？」

ロミちゃんが聞くと、「わたしは、あんまり……」と首を傾げる。

「ここのはおいしいですよ。お口に合えばいいですけど」

いざ食事が始まってみると、いちばん食欲旺盛なのは首を傾げていた乙部さんだった。お年寄りがものを食べるのを間近に見るのが珍しくて、ついつい盗み見てしまう。乙部さんは何を口にするにもまず鼻に近づけてにおいを嗅ぎ、大丈夫だとわかるとふだんはすぼまっている唇を半分開けて齧《かじ》りつき、短く咀嚼《そしゃく》して、ちょっと力む感じでうなずきながら飲み込む。そしてちょっとずつ水を飲む。基本的に、この繰りかえしだ。ふと、うちのお母さんはどんなふうに食べたっけ、と実家の食卓に座る母親のすがたを思い出した。一昨年の正月に帰省して以来、もう長いこと母と一緒にご飯を食べていない。

「乙部さん、お味はどうですか？」

ロミちゃんの質問に、乙部さんは「おいしい」と微笑んだ。そして顔に落ちかかってきた白髪を両耳にかけてから、緑のカレーを指さした。

「特にこの緑のがおいしくて……」

「これはサグ・チキンって言って、ほうれん草が入ってるカレーですよ。どんどん食べてください」

ロミちゃんは緑のカレーの器を乙部さんのほうに近づけてあげた。

「こういうのは、家では作れない……」

「ですよね。お店の味」

「こういうの、いくらで持ってきてくれるの？」

「配達料は五百円です。そのぶん、店で食べるよりちょっと割高かな」

「じゃあ今度、お店に食べにいこうかしら」

息子と一緒に？　思わずナンをほおばるハリー・マサオを想像してしまう。一瞬忘れかけていたけれど、今朝の図書館でのことはもう話題にしなくてよいのだろうか。するとこちらの心を読んだように、乙部さんのほうから「今朝は急に、ごめんなさい」と切り出してきた。

「あっ、いえ、こちらこそ、わざわざ……」

「息子がお礼をしたいと言い出して」

そんなばかな、と思ったけれど、乙部さんの顔は真剣だ。

「本のことで、お世話になったものだから……あらためてご親切にありがとうございました」

「いえ、ぜんぜん、なんでもないことですので」

「息子が、最近になって読書に目覚めたんです」

「はあ、そうですか」

「子どものころ、ちゃんと本を読ませなかったからこうなったんじゃないかって、わたしもちょっと反省しまして……子どもの本からやり直したらいいんじゃないかって思いたって、何が読みたい？　って聞いたらあの本を読みたいと言うので……」

「あの本って」ミナイが久々に口を開いた。「ハリー・ポッターのことですか？」

「そう。ハリー・ポッターの本。そしたら、とても夢中になってしまって」

乙部さんの顔がほころんだ。わたしはすでにかなり深く眉をひそめていたけれど、ミナイはというと、いつもと変わらぬ無表情だった。

「本だけじゃなくて、小さいころからこういう料理も食べさせてやればよかったのかも……いつもわたしの手料理ばかりで、好みが偏ってしまって」

ころばせる。


「毎日お料理するんですか？」ロミちゃんの質問に、乙部さんは「はい」とさらに顔をほころばせる。

「じゃあ今日は」思い切って口を挟んだ。「あの、息子さんはどうしてるんですか？」

「今日は昼の残りがあるから、それを食べてもらってます。チンならできるから」

寄せ過ぎた眉間の皺が、鼻筋を通って口元まで流れ落ちてくるような感じがした。でも乙部さんはなんともないようすでチーズナンに手を伸ばし、またくんくんにおいを嗅いでいる。

「それもおいしいですよ」ロミちゃんが明るく言った。「たくさんありますから、好きに食べてください。こっちのバター・チキンもおいしいですよ」

ナンと同様カレーもまだ温かくて、口に入れるとスパイスの香りが目にも鼻にも抜けるようだった。カレーもタンドリーチキンも味がはっきりと濃くて、後を引く。小休憩のためぶあついナンをもそもそ齧っているわたしの横で、乙部さんは順調にはじめてのインド料理を開拓していった。こんなスパイスたっぷりの刺激物をそんなに一気に摂取して、お年寄りの胃は大丈夫なのだろうか。すこし強くこすったらポロポロ剝がれ落ちてしまいそうな首元の皮膚が、何か飲み込むたびに波打つのもちょっと怖い。

でも、テーブルの空気は気楽で明るかった。ロミちゃんと乙部さんが、これは辛いだとかこのカレーには何が合うだとか、ほとんど沈黙なく喋っているからだ。無言ではいても、わたしにもなんとなく場の一員としての自覚があるから、話し手の顔を交互に見ながらうっすら微笑みだけは浮かべてみる。一方、斜め向かいのミナイはまったくそんな気遣いなど見せず、髪の生え際や鼻の頭に汗を浮かべて淡々と自分の食事に集中し、ときどき話し手の顔に視線を走らせるくらいだった。気を遣ってる感じはまったくない、でもまったく無視しているという感じでもない。何も知らないひとが見たら、ぺちゃくちゃ会話を続けるロミちゃんと乙部さんがこの部屋の主で、だんまりのわたしたち二人が招かれた客みたいに見えただろう。

テーブルの皿や容器がぜんぶ空になると、ロミちゃんが紅茶を淹れてくれた。テーブルの隅によけられていたヨックモックの缶も、またまんなかに戻ってくる。満腹の胃袋に、香り高い熱い紅茶がじわじわと染みていくのが心地よかった。こんなにお腹いっぱい堂々と食べたのはずいぶん久々だという気がした。

「聞いてもいいですか？」

ミナイがやにわに口を開いて、リラックスしていた胃がぎゅっと一瞬縮こまる。ミナイの視線はわたしではなく乙部さんに向けられていた。乙部さんは、なあに？　と目を細めた。

「わたしいま、個人的な興味があって、お年寄りにお話を伺いたいんです。乙部さんのお話も伺っていいですか？」

本人の前でそんなにはっきり「お年寄り」というのもどうかと思ったけれど、乙部さんは柔和な表情を崩さず、ミナイをまっすぐ見つめている。

「わたしの話……？」

「乙部さんの人生、っていうか、主に乙部さんの体の歴史についてです」

「歴史……」

「わたし、年を取ると体がどう変わるのかについて、興味があるんです」

たしなめるつもりで、念を込めてミナイをじっと見つめた。会ったその日、一緒に夕食を食べただけの相手に、よくぞそんな私的なことを聞けるものだ。ただ、ぎょっとしたのはわたし一人だけなのか、向かいのロミちゃんはにこにこしながら二人のやりとりを見守っている。

「歴史なんて言われても……そんなたいそうなものは、何も」

「じゃあいまの体はどんな感じですか。たとえばいま、どこか痛いところはありますか」

「日によって違うけど……今日はすこし、腰が」

「どんなふうに痛いですか」

「言葉にするのは難しいけど……まあ、しいて言えば板、とか……。ちょっと長めの、かまぼこ板くらいの板が、腰のまんなかでつっぱってる感じというか……」

「歩くときはいつもキャリーを持って歩くんですか？」

「あれは息子が買ってくれたの」乙部さんの目がパッと輝いた。「よく使ってる。あれがあると、楽ちんだから」

「キャリーなしで、どれくらい歩けますか」

「キャリーなしで？　……さあ、わからないけど……」

「じゃあ今度計っていいですか」

「まあまあ」とロミちゃんが口を挟んだので、わたしはすこしほっとした。「そんなに矢継ぎ早に聞いたら、乙部さんが疲れちゃうよ。もっとゆっくりいったら？」

ミナイは一瞬戸惑ったような表情を見せたけれど、友人の顔から察するものがあったらしく、「すみません」と謝って紅茶を一口飲んだ。

「痛いところもあるし、若いひとみたいに背筋を伸ばしてさっさと早足で歩いたり、何時間も歩いたりはもうできないの」と、乙部さんは続ける。「でもそれでもね、そんなに何をするにも難儀なわけでもないから」

「ですよね」とロミちゃんが引き取って言う。「乙部さん、食べっぷりもわたしたちとあんまり変わんないし」

「そうなの。よく食べるし、胃もまだ丈夫。ほんとうに、昔から丈夫だけがとりえで、息子を産んだときも翌日にはもう病院のなかを歩き回ってて、先生たちに止められたくらい」

「ご出産はおいくつで？」

「二十八のとき。もう五十年近く前」

　ということは乙部さんは七十代後半で、見当をつけていたとおり、ハリーはもうすぐ五十なのか。あらためて、今朝のあのおどおどした目つきを思い出す。五十近くの中年男が母親同伴で図書館にお礼に来るなんて、やっぱりどうかしていると思う。

　ミナイの質問はまだ続いた。

「二十代のころと比べて、体のどこが変わりましたか」

「そりゃあまあ、だいぶ……だいぶ変わった」

「最初にどこが変わったって気づきましたか？」

「まず……うーん、肩幅かしら」

「肩幅？」

「ある日鏡を見て、なんか肩が狭くなったな、って思ったの。肩がね、こう、きゅっとひとまわり縮まって、角がなくなって丸くなった。肩で風を切って歩くって言うでしょ。この肩じゃ無理なの。風を切るには、もっと幅がぐっとあって、固くて、とんがった肩じゃないと。あなたはまだ大丈夫。あなたも」

乙部さんは前に座るミナイとロミちゃんの肩を指さす。そして横に座るわたしの肩を指さし、

「あなたのは角がない」

と言った。

わたしは反射的に自分の肩を摑み、角を探した。

「肩の次はなんでしたか？」ミナイがさらに聞く。

「その次は、そうねえ、背中かしらねえ」

「背中」

「骨が縮んで背が縮こまって、下向きの体になった。そうなると、上を見るより下を見るほうが楽だから、下にあるものばかりいじるようになるの。それから、いろんなところの肉。若いころみたいなパンと張った肉じゃなくて、しぼんだ肉になってくる。これまで一回もおっきな病気はしたことないけど、あ、でもあなたくらいのころ」と、乙部さんはまたわたしを見た。「お腹のできものを取ったんだった」

「できもの……」

「そのころはもう何年もお腹の下のほうが張っててね、月のもののときの痛みもひどかったから、病院で診てもらったら、おっきなできものが何個もあって。手術して取っちゃおうってことになったけど、あのときはさすがに大変だった。入院して、血が足りなくなったときのために自分の血を採ったりして。手術のあとに、切ったできものを先生がたらい

に入れて見せてくれたんだけどね、どろどろのレバー入りのカレーみたいだった。入院したのは、そのときくらい。そのときから、カレーは食べられなくなったんだけど、今日のは大丈夫だったみたい」

「えっ、じゃあ今日のカレーは久々のカレーだったんですか？」と、ロミちゃん。

「そう。でも今日のは緑とか黄色とか、明るい色のカレーだったからね。おいしかった」

「更年期のときはどうでしたか？」カレーのことには触れず、ミナイは質問を続ける。

「ひとなみだったんじゃないかしら。いらいらしたり落ち込んだり、すぐ下痢になっちゃったりしてね。でも息子が助けてくれたの」

出た、息子。つい心のなかで毒づいてしまうけれど、更年期の母親をあのハリーがどう助けたのか、気になるところではある。

「あの子が十にもならないころから、わたしたちはもう二人暮らしでね、食べていかなきゃいけないから、わたしは一人で珠算教室を開いていたんだけど、生徒さんの数も少なくなる一方で、毎日ぎりぎり。体調は悪いし、もう精いっぱいになっちゃって、いつもいらいらして、ろくにあの子の話も聞いてあげられなかった」

「そうだったんですか……」

ロミちゃんもしんみりした顔になるけれど、反対に乙部さんの顔はいきいきしている。

「でもマサオは優しい子でね、わたしが疲れた顔してると、買いものに行ってくれたり、掃除してくれたり、できるだけわたしを休ませようとしてくれた。ほんとにいい子だった」

胃のなかのナンが逆流してきそうになり、わたしはあわてて水を飲んだ。まさかそんな「いい子」が四十年後、老いた母親にハリー・ポッターシリーズを借りにいかせるようになるとは、このお母さんは想像していただろうか。

「珠算って、そろばんのことですか？」とロミちゃんが聞く。

「そう。ずっと正座してたから、それでまた背が縮こまったのかもね」

「なるほど」

「ある日いきなり変わるんじゃなくて、じょじょに、じょじょに、変わってくものだからね。ある日気づいたら、さっさか歩けなくなってるんだけど、いつからそうなったのかはよくわからない」

「なんか怖いです」

「怖いと思うまもなくそうなってる。これがもともとのペースだったような気もしてくるし。でも、速く歩けないわけじゃなくて、速く歩こうと思ったら歩けるのかもしれない」

喋りつづけているうちに喉がちょっと詰まったみたいで、乙部さんは水を一口飲んでから続けた。

「ただ速く歩かなきゃいけない理由がないし、するとやっぱり疲れるしね。ゆっくり歩くのがちょうどいい体にいつのまにかなってるの。でもべつに、速く歩けたときの体に戻りたい、とは思ってなくて……」

「受け入れてるんですね」ミナイが言った。

「受け入れてるっていうのかしらね、こういうの。そんなにものわかりのいい感じでもないと思うのだけど……」

「じゃあどういう感じですか」

「どういう感じって……どういう感じでもない。良くも悪くもない。なじみの鍋みたいに、まだ壊れないから使ってるだけというかね」

「鍋……」

つぶやいたきりミナイが何も言わないので、短い沈黙がテーブルに落ちた。

「ごめんなさいね、へんなこと言って」

乙部さんが申し訳なさそうに縮こまって言った。すると、はじめてのインドカレーを食べて、喋って、「お年寄り」というより、ただの「乙部さん」になりかけていた乙部さんが急に、またもとの「お年寄り」に見えた。図書館ではじめて会ったときの、まごついて、よるべなさそうで、誰かの助けを必要としている「お年寄り」に。

「謝ることないです」

黙っているミナイに代わり、ロミちゃんが溌剌とした声で言う。

「ミナイがズバズバ遠慮しなくてごめんなさい。ミナイ、話の聞きかたがへたなんです。だからなかなか、最後まで話してくれるひとがいなくて。前に知りあいのつてを頼って、二人でシニア向けの分譲マンションやデイサービスに話を聞きにいったこともあるんです。そこでいまと同じようなことを手当たり次第、聞いてまわって。でも、みんなだいたい五分もしないうちに、申し訳なさそうにミナイから離れていっちゃうんです。聞きかたがへただから」

ロミちゃんもロミちゃんでズバズバ言うけれど、隣のミナイは特に表情を変えず、他人の不始末を聞くような涼しげな顔を保っていた。

「ミナイに悪気はないんですけど、ね？　どうも聞きかたに圧があるみたいで」

「いえ、そんな……」

「ひとつ聞いてもいいですか」

戸惑っている乙部さんを前に、懲りないミナイがまた突然口を開いた。

「たとえばいま、どんな体になってもいいって言われたら、どんな体になりたいですか」

乙部さんはミナイをじっと見た。

「どんな体になりたいか、って？」

「そうです」

乙部さんは視線をテーブルに置かれた皺だらけの小さな手に落とし、ちらりと窓のほうを見てからすこし間をとって「亀、かな」と言った。

「か、亀？」

聞き返したのはわたしだった。遅れてロミちゃんも「亀ですかあ」と声をあげる。「亀、いいですね。でもどうしてですか？」

「あの甲羅がうらやましくて。自分の体が自分を守ってくれるなんていいじゃないの。それにかたちもかわいらしいし」

「なるほど、亀……」

「亀」とミナイもつぶやいて、ふうっと長く息をついた。ミナイが期待していた答えがなんだったのかはわからないけれど、すくなくとも、「亀」というのは想定外だっただろう。

「それじゃあ、わたしからも聞いていい？」

乙部さんが言った。ミナイを見ると、ふてくされたように椅子の背にもたれかかり、もうスマホをいじっている。腹立たしい思いで隣に視線を戻すと、乙部さんはなぜだかわたしを見つめていた。

「あなたに」

乙部さんはわたしに向かってにっこり微笑む。

「えっ、わたしですか？」

「そう。質問というか、半分お願いなんだけど……」

「なんですか？」

「うちの息子を一度、食事にでも連れていってもらえないかしら」

え、と声をあげたきり絶句しているわたしを見て、ロミちゃんが噴き出した。

「どう？　いけない？」

身を乗り出してくる乙部さんにたいし、わたしは「ちょっと待ってください」と両手を体の前で開いた。

「えっ、息子さんっていうのはその……」

「そう、うちの息子。今朝会ったでしょう？　あの息子。マサオ」

「えーっと、ちょっと、もうちょっと待ってください。それは……」

「マサオは小さいころから不器用で、なかなか思ってることを口に出せないんですけどね、ソメヤさんに興味があって気になってるみたいなんです。でも自分からは誘えない子で。もしソメヤさんさえよければと思ったんだけど、どう？　いけない？」

「えーっ、それは、あの……」

「行ったらいいじゃないですか」

口を挟んできたのはロミちゃんではなくミナイだった。唖然《あぜん》としているわたしの前で、シガールの袋をぴりぴり剝いて、出てきた筒の空洞にふーっと息を吐いてみせる。

「いや、その……無理です」

「どうして？」

「どうしてって……」

乙部さんは断られるとは思ってもみなかったらしく、すでに傷ついた母親の表情を浮かべていた。

「あの、すみません、そういうのはわたし、どうも……」

「だめなの？　でもそんなに深刻にとらえないで。最初はお友だちからでもいいの。いえ、ずっとただのお友だちでもいい。なんとなくだけど、あなたたち二人、気が合うと思うの」

合うわけないじゃないですか、心のなかでは言い返せたけれど、わたしはうーん、と唸《うな》るだけだった。

「お願い。一度だけ、騙《だま》されたと思ってお願いできない？」

わたしはすこし落ち着きを取り戻して、なるべく真剣に見えるよう息を深く吸って、

「ごめんなさい。よく知らないかたとそういうことをするのはちょっと抵抗が……」

「ごめんなさい」と頭を下げた。

「じゃ、わたしが行きましょうか？」

名乗り出たのはミナイだった。

「ミナイさんはだめ」

思わず口をついて出た言葉に、三人がみな「えっ」と驚いた。でもいちばん驚いているのはこのわたしだ。斜め向かいのミナイは、いつになく目頭にぐっと力をこめたまなざしをこちらに向けている。

「あの、その……」幾度か口をまぬけにぱくぱくさせてから、わたしはやぶれかぶれに続けた。「だめというか、なんというか、わたしも無理ですけど、ミナイさんに無理して行ってもらうようなことでもないなと思って……じゃないですか、ミナイさん」

「大丈夫です」ためらわずミナイは言った。美容院のシャンプー台で、「かゆいところはないですか？」と聞かれたときみたいに、感情のない声で、手短に。

「え、大丈夫というのは……」

「わたし、行っても大丈夫です」

「ほんとに？」口を挟んだロミちゃんは半笑いを浮かべ、シガールの空の袋を細くねじっている。「ミナイ、ほんとに大丈夫なの？　知らないひととご飯食べるんだよ？」

ミナイはそれには答えず、乙部さんのほうを向いて「わたしでよければ」とまた早口で言った。

「え、あなたが……あら、どうしましょうね」

突然の提案に、乙部さんは戸惑っているようすだった。けれどもミナイに向けたその目には、何だか穏やかならぬものが滲みはじめている気がする。

テーブルにまた沈黙が落ちた。うつむくと自然、麻のテーブルクロスに爪を立て、並んで丸まっている自分の両手が見える。緑がかった血管が浮き出て、指とつながる関節に向かうなだらかな坂の上に、山道のような左右非対称の線を描いている。隣の乙部さんの手は、カップを包み込んでいた。くすんで薄い皮膚の上に、時に揉《も》まれてというより、時に優しく撫でられてできたように見える皺がいくつも波打っている。その向かいのミナイは、テーブルに押し付けるように指の股を開いて、両手をべったり伏せていた。短く切られた爪が照明に反射してぴかぴか光り、甲からすっと気持ちよくまっすぐに伸びた指までしみ一つなく均一な肌色で、でこぼこした関節のくぼみにまで、みっちりと水分が行き渡っているように見える。

ミナイと、ハリー・マサオ。ミナイの危険を案じる気持ちよりも、このまぎれもない直球の若さを前にするマサオの困惑が、我がことのようにありありと迫ってくる。それでわかった。わたしはマサオに会いにいかされるミナイをかわいそうに思っているのではなく、ミナイに会いにこられるマサオのほうを、かわいそうに思っているのだ。

「ミナイさんは行かなくていいです」さっきのミナイと同じくらい感情のこもらぬ声で、わたしは言った。「頼まれたのはわたしですから。わたしでいいんだったら、わたしが行きます」

隣の乙部さんは一瞬何かに気を取られたようだったけれど、すぐに「あら、ほんと？」と目を見開いた。

「え、ソメヤさん、大丈夫なんですか？」

聞いたロミちゃんに、わたしは無表情で、うん、とうなずく。ただ、ぎっちり奥歯を噛みしめていないと、この無表情はすぐに崩落しそうだった。奥歯でかろうじてせきとめている得体の知れない感情がなだれを起こすまえに、わたしはシガールの袋を破り、ガリガリ音を立てて一気に端まで齧り進めた。

「嬉しい。じゃあさっそく、帰ったら息子に言っておくわね。日取りは……」

乙部さんはポケットからカード状の小さなカレンダーと老眼鏡を取り出し、ごま粒大の文字を小指で指して何か数えはじめる。

「わーすごい、これってお見合いみたいじゃないですか？　逆に新鮮。ソメヤさん、頑張ってきてくださいね」

　ロミちゃんが一人で盛り上がっている横で、ミナイはシガールの袋をまた一本つまみ、食べるんだか食べないんだかはっきりしない態度で、胸の前でぶらぶらと揺らした。目が合った。ミナイの片方の口の端がかすかに持ち上がった。にやりと笑ったように見えた。

　ロミちゃんの言う「お見合い」だとは認めたくないけれど、無論「デート」でもない、かといってただの「お食事」でもなさそうな会合は、図書館の休館日である次の月曜日に決まった。

　乙部さんが髙島屋の紙袋の隅っこに書いてくれたマサオの電話番号を、わたしは自分の携帯電話には登録せず、その部分だけをちぎって財布に入れていた。スーパーやコンビニでの支払い時にその切れ端を目にするたび、居心地が悪くなる。マサオがわたしに抱いているという「興味」とは、いったいどういうものなんだろう。考えるのもうっとうしいことだけれど、細切れになら考えられた。異性としての性的な関心込みの興味だとしたら、自分にもまだそんなふうに見られる何かがあるのかと驚くけれど、相手はマサオだ。コミュニケーションにかなりの難がありそうで、小心者で母親依存の、そしておそらくは無職の中年男。自分とのあいだに何か華々しいことが起こる気がまったくしない。

　これまで数回顔を合わせたマサオのわたしを見る目に、好意や好意に変化しそうな何かなどいっさい存在していなかった。あったのは怒りと恥ずかしさと戸惑い、そのくらい。好かれているというより、嫌われていると感じた。わたしを性的な存在として見ているのはたぶん、マサオではなくマサオのお母さんだ。乙部さんからすれば、わたしは自分の息子と性的なつがいになりえる女なのだろう。自分が死んだあと、息子を世話してくれる誰かを探していたところにちょうどいい女が現れた、そんなところかもしれない。見た目の印象とは違って、乙部さんはただの穏やかで弱々しいお年寄りではなく、意外と老獪《ろうかい》な現実主義者なのかもしれない。

乙部さんが予約したのは、新宿の老舗ホテルの大通りに面したラウンジだった。なんでも、マサオの進学や二十歳の誕生日や乙部さんの還暦祝いなど、慶事のたびに二人で足を運ぶ「思い出の場所」だそうだ。

「その格好で行くんですか？」

約束の月曜日、自室から支度をして出てきたわたしを見て、ミナイが言った。

「え、だめ？」

「べつにだめじゃないと思いますけど……なんか地味」

そのとおり、気合を入れて着飾ってきたと思われたくなくて、わたしはできるだけ地味に見えるよう、紺色の薄手のセーターに紺色の長いスカートを選んだ。ラウンジの店員やほかの客の目には、お見合い中のカップルじゃなくて、相手を求めている中年男とその手助けをする相談員みたいに映ってほしい。セーターの肘には毛玉がたくさんついていたけれど、気にせずそのまま行くつもりだった。でもミナイの冷めた視線を浴びているうち、なぜだか急に不安に駆られた。

わたしは自室に戻ってセーターを脱ぎ、毛玉クリーナーをかけてまた着た。鏡で袖を確認すると、不安が増幅した。ほんとうにこのセーターでいいのだろうか。これから会いにいく相手のどうでもよさはさておき、この実にどうでもいい、いつ買ったのかも記憶にないぺらぺらのセーターが、人生にたいする自分の投げやりな態度そのものであるように感じられた。スカートもこれでいいのか。化粧もこれでいいのか。わたしという人間は、ほんとうにこれでいいのか。

部屋を出ると、ミナイは窓際のデスクでパソコンに向かっていた。

「あのさ、ミナイさん」その背に呼びかけると、相手はこちらを向かぬまま、「はい？」と答える。

「こないだ、じゃあ自分が行きますって言ったの、あれ本気だった？」

「え？」

「こないだ、乙部さんがわたしに息子と食事してって言ったとき。わたしがしぶってたら、ミナイさん、自分が行きましょうかって言ったでしょ。あれは本気だったの？」

「ああ、あれ」ミナイは振り返って、きゅっと口角を上げた。「そうですよ、本気でしたよ」

「じゃあ、もし気が変わってなかったら、いまからわたしの代わりに行く？」

「あ、ごめんなさい、今日はもう予定入れちゃったので、行けないです」

喉元から、溢れさせてはいけない何かが溢れてくるのを感じる。わたしは奥歯を嚙みしめ、ミナイをじいっと見つめた。一、二、三。心のなかでゆっくり数えてから、「行ってきます」とわたしは言った。

「どんなだったか、夜に報告してくださいね」パソコンに向き直って、ミナイは言った。

平日朝十一時のラウンジは二人組だらけだった。

ぱっと見ていちばん目につくのは中年から年配の女性の二人組で、あとは白髪交じりの夫婦らしき二人組、商談中らしきスーツすがたの男性二人組が数組。角の広いソファ席では、Tシャツを着た欧米人らしき一家族がくつろいでいた。入り口で案内係の女性に「お待ちあわせですか?」と声をかけられるより先に、わたしはこれから作らねばならない二人組の相手を発見してしまった。

マサオは道に面したガラス窓のそばのテーブルに、一人でぽつんと座っていた。

背を丸め、テーブルに肘から下をべったりつけ、広げたメニューブックを食い入るように見つめている。座っているというよりヤモリみたいにそこにへばりついているように見える。見つけた瞬間、やっぱり帰ろうかと思った。待ちあわせかどうか聞かれて口ごもったわたしを、案内係の女性は一人客だとみなしたようで、「ご案内いたしますね」となめらかな動きでテーブルのほうへ誘導した。控えめなスリットが入った膝丈のスカートから、ストッキングに包まれたかたちの良い脚がすっと伸び、その先は丈夫そうなヒールつきのパンプスに居心地良さげにおさまっている。小太鼓を叩くバチみたいに、芯があって摑みやすそうで、いい音を鳴らしそうな脚。靴音を吸いこむ分厚い絨毯《じゅうたん》の上をすいすい泳ぐように進んでいくその脚を追っているうち、「どうぞ」と手を向けられたのは、奥のマサオの隣のテーブルだった。マサオが振り向いた。無精髭がきれいに剃《そ》られている。

どうも、と小声で言ってマサオの向かいに腰掛けると、案内係の彼女は「あ、失礼しました。お待ちあわせでしたね」と微笑んで、テーブルを離れた。

マサオはこちらに会釈するでもなく、言葉で挨拶するでもなく、また無言で肘の下のメニューブックに見入った。サンドイッチのページが広げられていた。わたしもメニューブックを広げながらさりげなく相手のようすを観察する。髭を剃ってさっぱりしているし、うぐいす色の目やにはついていないし、白髪交じりの前髪も目に入らないよう、横に流して整えられている。襟にしっかり糊《のり》のきいた白いシャツの上に、今日は灰色のジャンパーではなく、焦茶色の古くさいジャケットを羽織っていた。でも肩幅がぜんぜん合っていなくて、いかにも着せられている風だ。みな、今朝あのお母さんが息子のために用意したのだろう。へたしたら、髭もお母さんに剃ってもらったのかもしれない。

わたしは改めて手元のメニューブックを眺めた。食欲がない。さきほどの案内係の女性スタッフが、濡れタオルと薄いレモンスライス入りの水のグラスを運んできてくれた。水を一口飲むと、口のなかだけは憂鬱なものが洗い流された気がした。マサオのグラスの水は半分以上減っている。

最初に「どうも」と小声で言って以来、わたしはかたくなに口を閉じていようと決めていた。気を遣うのは癪だった。仮にここに座っているのがミナイだったとしても、きっと自分と同じようにふるまっただろう。いや、ミナイなら、わたしよりたぶん冷徹だ。最初の「どうも」だって、口にするかどうかもわからない。

「お決まりですか」とスタッフの女性に声をかけられて、ハッとした。意識せぬまま、いつのまにか手元のメニューブックを閉じてしまっていたらしい。あわててサンドイッチのページを開き、物理的にいちばん軽量に見えるベジタブルサンドイッチと、ホットコーヒーを頼んだ。するとマサオは「同じで」と言った。

メニューブックがすみやかに持ち去られ、テーブルにはマサオとわたしだけが残った。

こんなに洗練された広々とした空間にいるのに、誰からも忘れ去られた雑居ビルの暗い一室に二人きりで取り残されたような心持ちがする。それでいて、相手とひとつの巨大な風船を両側から一緒に抱え込んでいるような、まったく喜ばしくない、緊張混じりの一体感めいたものまでおぼえる。

　息苦しくなって、わたしは胸の前で腕を組み、体を椅子ごと窓のほうに向けて外を眺めた。そこを往来するひとびとを目で追い、カッターで鉛筆を削るような感覚でできるだけ視線を尖らせ、沈黙をやり過ごした。きっとあと数分で、コーヒーとサンドイッチが運ばれてくる。それを五分でたいらげ、金を払い、立ち去れば、乙部さんとの約束は果たしたことになる。この「お見合い」をおもしろがっているふしのあるミナイやロミちゃんはともかく、あの老いたお母さんをがっかりさせてしまうことは避けたかった。仮に彼女が老獪な現実主義者であったとしても、義理だけは果たしたい。息子が女性と一人前に食事をした、その事実ひとつだけであの哀れなお母さんが束の間《つかま》幸せや安心を感じられるのなら――この不愉快な時間をもうすこし我慢したっていいと思う。

　マサオが何か言ったのは、トレーを掲げた女性スタッフが「お待たせいたしました」とテーブルにサンドイッチの皿を並べようとしたときだった。彼女は聞き逃した言葉をとらえようと、「はい？」と膝を曲げてマサオのほうにちょっとかがんだ。マサオはそれを無視して、わたしにぼそっと何か言った。今度はわたしが「はい？」と聞いた。一度では聞き取れず何度か聞き直して、どうやら「名前は？」と聞いているらしいことがわかる。スタッフはすこし困った表情でテーブルの脇に立っていたけれど、状況を理解したらしく、浮かべた微笑みを崩さずに皿を並べ、静かにテーブルを離れていった。

「ソメヤです」愛想笑いのひとつもなく、わたしは答えた。「あの、名前も聞かされずに来たんですか？」

「聞いてたけど忘れて」

マサオは眉間に深く皺を寄せた。わたしがしたい顔を先にされた。負けずにこちらも不快な表情を作ろうとしたけれど、笑顔ほど細かな調整が利かないので、自分の不快さがどれだけ正確に反映されているのか確信が持てない。

「今日はわたし、お母さんに頼まれてきたんです。お母さんが一生けんめいだったから、断るのが、申し訳なくて。それに、探しものを見つけてくださった恩もありますし」

「自分も同じだから」

「はい？」

「頼まれたから。母に」

「えっ」

「ハナちゃんに似てるからと」

「ハ、ハナちゃん？」

「こっちの話」

言うなり、マサオは銀の細長いトレーに置かれた濡れタオルで手も拭かず、皿の上のサンドイッチの一切れをむんずと摑み、一瞬鼻に近づけたあと大口を開けて嚙みついた。においをかぐところは母親と一緒なんだな、と思った。むしゃむしゃとあっというまに一切れ目を食べ終えると、水をがぶ飲みし、二切れ目にかかった。そうだ、無駄な時間をこれ以上ここで過ごすことはない。わたしもいいにおいのするタオルでざっと手を拭いて、一切れ目のサンドイッチを口に入れた。野菜を挟んだだけで千九百円もするサンドイッチなのに、味わうどころではない。きっちり切り揃えられたパンと野菜の側面が二枚の皿から消えるまで、たぶん五分とかからなかった。

女性スタッフがきびきびとした足取りで空のグラスに水を注ぎにきたあと、すぐにマサオはその水を一気飲みした。そしてグラスをテーブルに置くと同時に言った。

「悪いけど、母に言われてやってることなんで」

「はい？」

「勘違いしないでほしい。やっぱりぜんぜん違う」

「あの、さっきから言ってることがよくわからないんですけど……」

「とにかく、ぜんぜん違うから」

ぜんぜん違うからいますぐに去れ、マサオはそう言いたいのだろうか。わたしは空になったサンドイッチの皿のふちの、金色の文字で書かれたホテルの名をじっと見つめた。そうしてまた、鉛筆を削るように視線を尖らせた。じゅうぶんに尖ったと感じられたところで、その視線を目の前の男に向ける。マサオもまた、うつむいてテーブルのまんなかあたりを見つめていた。スタッフが空いた皿を下げにきた。わたしたちはまた、巨大な風船を両側から抱えこんでいるような、あの奇妙な緊張状態に置かれた。

「帰っていいですか？」

我慢できずにわたしが言ったのと、「犬」とマサオが言ったのがほぼ同時だった。しかしマサオの「犬」は、周りの客が振り向くほどの大声だった。

「え、犬？」

「ハナちゃんてのは犬。前うちで飼ってた犬」

「え、あ、犬……」

「だから気が合うだろうって母が。でもあんたはぜんぜん似てない」

思わず噴き出した。うっすらとながら、事情が呑み込めてくる。

「わたしが犬に似てるって、お母さんが言ったんですか？　だから会ってみろって？」

マサオは無言でうなずいた。その顔をまじまじ見つめてみると、赤くなった頬の耳に近いところに、まだ新しそうに見える、細い切り傷があるのに気づいた。今朝の髭剃りのときにできた傷だろうか。中年の傷は、せつない。じっと見つめるうち、その髭剃りを鏡の後ろから見守っていたかもしれない、生まれてこうなるまでこの男をたいせつに育ててきたに違いない、彼のお母さんへの熱い同情のような念が込みあげてきた。そしてこんな男を前に大人しく座っている自分自身の母親にたいしての同情も同じくらい、いや、より熱く苦々しく込みあげてきた。

「なんだ」

わたしは椅子の背にからだをもたれさせ、飼い犬に似ている女とお見合いさせられた目の前の男を、あらためてじっと見つめた。

「わたし、犬に似てるんですね」

「いや、似てない」

「でもお母さんは似てるって言ってたんですよね？　そんなこと、はじめて言われた」

「ハナちゃんはもっと、かわいかった」

は？　言い返したくなるけれど、目の前にある顔には、こっちを不愉快な気持ちにさせてやろうだとか、威圧してやろうとか、小心者の小賢《こざか》しさから来る悪意のようなものがぜんぜん浮かんでいない。この男はきっとただ単純に、昔飼っていた犬と目の前の女を比べて、自分なりの素直な判断を口にしているだけなんだろう。そして犬は、たぶんほんとうに、わたしよりかわいかった。

「じゃあ、わたしのほうも言いますけど。実はわたし、このあいだお母さんに頼まれたときから、お母さんがわたしたちをくっつけようと狙ってるんじゃないかと思ってたんです。そうだったらすごくいやだし、ちょっと失礼だなと思ってたんです。でも、ハナちゃんには似てないみたいだから、今日はもう帰っていいですよね」

「くっつけようがない」

「ですよね。わたし、人間ですし。じゃあ帰りますね」

椅子を引いて立ち上がりかけたところで「ちょっと」とマサオがまた声を上げ、周囲のひとが振り返る。

「なんですか」

「ケーキまで食べろと言われてて……」

「は、ケーキ？」

「ケーキ頼むんで、いてください」

マサオはほかのテーブルで注文を取っている女性スタッフに向かって、「すみません」と消え入りそうな声で呼びかける。声にちっとも力がない。さっきの「犬」とか、「ちょっと」とか、あのくらいの声で呼びかければいいのに、そうしない。彼女が注文を取り終えテーブルを離れかけたところを見計らい、わたしは「すみません」と声をかけた。

笑顔で近づいてきた彼女に、マサオはまごまごしているばかりで何も言わないので、「メニューをいただけますか?」と代わりに言ってやった。レストランとか食堂で店員に何かをお願いするやりかたを、どうしてあのお母さんはちゃんと教えてあげなかったんだろう。

すぐに差し出されたメニューブックを開いて、もう捨て鉢な気分で、目についたなかでいちばん高価なメロンのショートケーキを頼んだ。サンドイッチより高い、二千三百円もする。するとマサオはまた「同じで」とつぶやき、開いてもいないメニューブックをスタッフに返した。わたしを見やった彼女の目に一瞬、なんともいえない微妙な色が浮かんだ。それはさっき、わたしが彼の母親や自分自身の母親に抱いたあの同情の念と、似ているどころかそっくりおんなじだという気がした。二人に向けた同情が、いまはわたし自身に向けられている。腹の底に、何かがカッと燃え上がるのを感じた。

向かいあってケーキを待つあいだ、サイズの合わないジャケットに身を包み、居心地悪そうにうつむいているマサオがみるみる、心細げで無力なだけの人間に変貌していく。優しいお母さんと飼い犬の思い出に守られて、架空の魔法学校のなかに毎日心を遊ばせているだけの、無害で寂しい男。その途方に暮れたような顔つきを見ていると、腹の底で燃え上がった何かが、急速に冷えていく。その冷たさに耐えられなくて、わたしは椅子を一歩ぶん後ろに引いた。

「思うんですけど」自分の目つきが、一気に極限まで尖るのがわかった。「はっきり言いますね。お母さんは、自分の代わりにあなたの面倒をみてくれる女性を探してるんじゃないですか?」

マサオの頰を染めていた赤色が、耳のほうまで這い上がってくる。マサオが恥ずかしがっているのか、怒っているのか、どういう状態なのかはどうでもいい。ただわたしはひたすらその赤に向かって、その赤をもっと赤く、もっと激しい赤にしたくて喋りつづけた。

「そんなの、都合良すぎですよ。ひとをなんだと思ってるんですか？　こんなお膳立てに乗せられてのこのこ来ちゃったのが、ほんと情けないです。ばかですよね」

マサオは目を見開いただけで、口を開こうとしない。そのかわり、鼻の下の皮膚に細かい汗が玉のように浮かびはじめた。わたしは自分の底意地の悪さがねっとりとした水滴になって、そこに現れているような気がした。

「いまだけじゃなくて、わたし、もうずっと不愉快なんです。何に不愉快なのか自分でもよくわからないけど、しょっちゅう不愉快でびくびくしてる。あなたを見てると、なんか自分を見てるみたいでさらに不愉快です。でもわたしは、あなたほど偉そうじゃないと思うけど。すみません、ハナちゃんだったらぜったいこんなこと言わないですよね。でもごめんなさい、いま急にすごくムカついてきちゃって……」

わたしの剣幕に異変を察知したのか、メロンのショートケーキを運んできたスタッフの顔は、すこしこわばっていた。彼女は足早に去っていった。ケーキに添えられた華奢《きゃしゃ》なフォークの、小鳥の脚みたいに折れそうな細い柄を握り、わたしは続けた。止まらなかった。

「わたしたち、すごくみじめじゃないですか？　周り見てくださいよ。みんな楽しそう。みんなちゃんと相手がいる。いろいろ行くところとかやることがたくさんあるなかで、平日のこんな時間にケーキだのサンドイッチだの食べてお茶飲んでぺちゃくちゃ話す相手がいる。でもわたしたちにはいない。あ、ごめんなさい、あなたはお母さんが喋ってくれると思うけど、でもお母さん以外には誰もいなくないですか？　いまだけじゃなくて、もう長いこと、だーれも、お母さん以外に、お母さんとハナちゃん以外に、あなたとこんなふうに向かいあって喋ってくれるひと、いなかったんじゃないですか？　でもわたしも、そう思われてる。それがすごくムカつくんです。ムカついてる自分にまた、ムカついてます」

マサオは手の甲で、鼻の下の汗を拭った。その手がテーブルの上に置かれた。「その手、どこで拭くんですか」と言いかけたところで、「いた」とマサオが遮った。

「え、はい？」

「いた。喋るひと」

反撃するならしてくればいい。真っ赤になって大声でわめいて、周囲から白い目で見られればいい。でも当のマサオは、「ひと」の「と」のかたちに口を開けたまま、黙っているだけだった。目が潤んでいる。そして顔ぜんたいに、誰かにどこかを強くつねられているかのような、苦悶の表情が浮かんでいた。また急に気持ちが白けてきた。怒りの潮が引きはじめるのを感じ、それで気づいた。さっきから、誰かに強くつねられるような苦悶を感じているのは、わたしも同じだった。

お母さんのいないところで恥をかかされ、責められ、苦しそうな、悲しそうな、気の毒なマサオ。でも、わたしの顔に浮かんでいるのも、おおかたこれと似たような表情なのだろう。寂しい中年の、途方に暮れた顔。わたしたちは結局似合いのカップルなのだ。哀れみ哀れまれ、こういう相手と折りあいをつけて生ぬるくやっていくのが、落としどころなのだ。

わたしはフォークを握り直して、ショートケーキの上のメロンの一切れを口に運んだ。

久しく口にしていなかった甘く濃い果汁に歯がひたり、すべてがどうでもよくなる。

「俺のほうがまし」

　マサオが言った。聞き返さなくても、はっきり聞こえた。

「わかった。そっちより俺のほうがまし」

　マサオの潤んだ細い目には、さっきスタッフの目にも見た、あの微妙な色が浮かんでいた。あべこべに、その手はテーブルの上で細かく震えていた。言い返そうと思うまもなく、引いたはずの怒りの潮が激しく逆流してきた。叫び出しそうになる前に、わたしは自分の手がその震える手を摑み、テーブルに強く押さえつけるのを見た。昨晩切ろうと思いながら切り忘れていた爪が、他人の硬い皮膚にめり込んでいくのを感じた。

「離せ！」

　立ち上がったのはマサオだった。振り払われたわたしの手はピタリと静止して、宙に留まった。ラウンジの客全員がこちらを見ていた。

　大きすぎるジャケットに包まれた不格好な背中が、会計のカウンターを横切り、ロビーのほうに遠ざかっていく。

　わたしは拒まれ振り払われた手を、静かにテーブルに下ろした。その手で食べかけのケーキの皿に投げ出された細いフォークを握り直した。これで手の甲を突き刺してみたら……一瞬妄想に駆られるけれど、そんなことをしても、この手は消えない。なかったことにはできない。

　足はしっかり床についているのに、この広いラウンジで自分一人だけ、宙に浮いているみたいだった。

浮いて揺れて、あっちのテーブルやこっちの水差しに頭をぶつけて、鈍い音を立てている。その揺れる体のなかでもさらに何かが激しく揺すられて、ガチャガチャ耳障りな音を立てている。その何かを摑み出して外に投げ捨てたかった。でもわたしは、手に握ったフォークひとつ、どこにも投げ出せずにいた。

2　ミナイ

ミツが「いいよ」と言ったから、わたしたちは服を着たまま始めた。

口と口を合わせるのはほんの挨拶みたいなもので、ミツはセーターをめくりあげブラをずらして、出てきた乳房を揉んだり首筋を舐めたりいつもの手順でことを進めていく。ミツの大きな、骨も肉もみっちり詰まった立派な手にはきっとものたりないはずの貧弱な胸を、わたしもものたりなく思う。こういう手にふさわしいのは、指と指のあいだからはみだして、そのまま重みでぶっちりちぎれちゃうくらいの、ボリュームたっぷりのおっぱい。自分の胸部にそういうものを想像する。それをミツがしているみたいに揉んで、指と指のあいだからぼたぼたちぎれて床に落ちた白い肉がくっつきあってふくらんで、もうひとつの知らない体になるところを想像する。

ミツはめくりあげたセーターを頭から脱がし、わたしをベッドに仰向けにした。この姿勢になると、胸の上に揉んだり顔を埋めたりできるようなものは何もなくなる。左右に転がり落ちていきそうな乳首をミツはつかまえて、一生けんめいつねったりしゃぶったりする。くすぐったい。嫌ではないのに、車に酔ったみたいに気持ちが悪くなる。酔いながらも下半身をくねくねさせて、両手と足の裏も使って、自分のジーンズとショーツを下ろしながら、ミツのも下ろしてあげようとする。皮膚も布もいろいろごちゃ混ぜになって、足の裏が誰の何を触っているのかよくわからないまま、力を込めてずるっと一気に下ろす。一瞬、下半身そのものをずるっと剝がしてしまったような気持ちになるけれど、ほしかったものはちゃんとそこにあって、ミツはせわしなく、すぐに入ってくる。

覆いかぶさってきた分厚い胴体をぎゅっと抱きしめ、牧草みたいなミツの首のにおいを嗅ぎながら、どうしてこんなことが？　と不思議に思う。

ひとの熱い息、じっとり汗ばんでいる肌がこんなにも近くにある、すごく近い、これは人間同士のあたりまえの距離感じゃない。でもどうしてこんなことが、特別なことみたいになってるんだろう？　クエスチョンマークの先の点が、体の奥をつっついて、声が出る。ふだんは隠しているところを露出して、触れさせあって、こすりあわせるだけのこの動きが、どうしてそんなに問題になるの？　かぶさってくるミツにしがみつき、クエスチョンマークが点滅するあいだも、体は動きを止めない。しばらくするとミツは上半身を起こし、重いかばんを持ち直すみたいにこちらの腰骨のあたりをつかんで上半身をぐっと引っ張り上げ、いいぐあいに密着させ、また腰を打ちつけはじめた。

たぶんもうじき終わる。ミツの体のなかにたくわえられているものが、こっちの体のなかに流れこんでくる。ペニスをヴァギナにつっこんで、精子を奥に送りこむだけ。それだけのこと。でもなんで、なんでこんなことが、大ごとになるの？　やってもやってもふたつの体がぶつかりあってこすれあってるだけなのに、ふたつの体がひとつになるわけじゃぜんぜんないのに、どうしてこんなどうしようもないことを、みんな必死になって頑張ってしまうの？

ミツが、ああと声を上げて、ぐったりとまた覆いかぶさってくる。重たい。胸がつぶされて苦しい。完全に脱力しているのに、こんなにも肉が固く厚くて、奥にしっかり丈夫で太い骨の存在を感じられることが、頼もしい。

目を閉じると、想像上のちぎれたおっぱいからできた知らない体が床から起き上がり、ベッドの脇に立って、息の荒いミツの上に覆いかぶさってくる。重い。もっともっと重くなって、この体がぺちゃんこになってベッドにめりこんでしまうくらい押しつぶしてほしい。めりこんだベッドをすり抜けて、紙より薄いぺらぺらの切れ端になって、山とか海とか、誰もいないところへ飛んでいきたい。


ミツとはつけ麵を食べて別れた。

出すものを出して、そして入れるものを入れてご機嫌なのか、ずっとニコニコしていて、かわいいと思う気持ちと、バカみたいだと思う気持ちが半々だった。大学の同級生だったミツにはわたしとはべつに付きあっている女の子がいるので、いつもこれが最後ねと言って別れる。でも連絡が来れば特に断る理由もないので、ミツの部屋まで会いにいく。次の連絡は明日かもしれないし、一ヶ月後かもしれない。お互いに次が待ち遠しいと思わせるような言動は慎んでいるからか、もう一年近くこういう状態が続いている。ミツはあっさりしていて優しいから、付きあいやすい。

つけ麵のせいか喉がやたらと渇いて、家に着いてから水をがぶ飲みした。塩分たっぷりの、体に悪いものをたくさん食べてしまった。でもべつに、後ろめたさはない。悪食《あくじき》は心を飢えさせないために必要だ。

パソコンの前に座って、新しい試作品のアイディアを練り直そうとしていると、玄関のドアをガチャガチャ言わせて、ソメヤさんが帰ってきた。もう十九時近い。出かけていったのは、朝の十時過ぎだった。

「どうでした？」

声をかけると、ソメヤさんはいつものように伏し目で、「いえ」とだけ答えた。「どうでした？」と聞かれて、なぜ答えが「いえ」になってしまうのか。状態を聞かれて、なぜイエスかノーで答えるのか。このひとの、こういうところがちょっとイラつく。でも今日のところは好奇心が勝った。

「どうでした？　けっこう長い時間、頑張ったんですね。夕飯も一緒に食べたんですか？」

返事がないので洗面所まであとをついていくと、ソメヤさんは黙って二十秒手を洗い、「ごめんなさい」と消え入るような声で言って自室に入っていった。

この反応からして、長いわりにはそれほど楽しいデートではなかったようだ。パソコンの前に戻ると、いましがた閉まったばかりのドアが開き、口を押さえて出てきたソメヤさんがトイレに駆けこんだ。すぐにオエエエエと苦しそうなえずきが聞こえてくる。

こういうとき、ふつうのルームメイトならトイレの前まで駆けていって、「どうしました？」とか、「大丈夫ですか？」とか、声をかけて背中をさすってあげるのかもしれない。でもわたしは、座ったままトイレの半開きのドアを見ているだけだった。ソメヤさんは大人の女だ。こういう場面でせっせとおせっかいを焼くのは、年長者へのリスペクトに欠ける。

やがて水が流れる音がした。トイレから出てきたソメヤさんは口をぬぐって、洗面所に入っていく。また水が流れる音がして、がらがらうがいの音も続く。あれが終わったら、きっとこっちに水を飲みにくるだろう。

　パソコンに向き直ると、思ったとおり背後からよたよたと心もとない足音が近づいてきた。続けてまた、キッチンのシンクに水が流れる音。このひとは、帰ってきてから水を流してばかりいる。

　水の入ったグラスを手に部屋に戻ろうとするソメヤさんは、裸足だった。出かけたときには、肌色にまるで合っていない、ダサい茶色のストッキングを穿いていたはずなのに。

「ソメヤさん」思わずその背中に声をかけてしまう。「スリッパ履いてください。ルールなんで」

　ソメヤさんはぴたりと足を止めた。そして、ゆっくりと下を見た。わたしもソメヤさんの裸足のかかと――寒々しく赤らみ、思いのほか小さなかかとをじっくりと見た。ソメヤさんはしばらく動かなかった。

「あの、ソメヤさん？」

　相手は下を向いたまま、またゆっくりと歩き出し、ドアが開いたままの自室に消えた。そのままドアが閉じられるかと思いきや、自前の灰色のスリッパをグラスと一緒になぜか手に持って、ソメヤさんはすぐにまたこっちに戻ってきた。

「あの……どうかしました？」

　声をかけると、「べつに」と返事がある。ソメヤさんはリビングのテーブルの椅子に腰掛け、スリッパだけを床に落とした。

「べつに、ということは」

「べつに」

「食事、楽しかったですか？」

わたしはパソコンの前を離れ、ソメヤさんの向かいの椅子に座った。出かけていったときも化粧はほとんどしていないみたいだったけど、いまは寝起きみたいに鼻の周りがテカテカしていて、目の下の紫がかったくぼみがさらに深くなって、セーターの首回りは水で濡れて色が濃くなっている。見ていると、彼女は帰ってきてからはじめてわたしと目を合わせ、十円玉が挟めそうなくらい眉間に深く皺を寄せた。

「楽しいとは？」

「あ、いいえ、こっちが聞いてるんですけど」

ソメヤさんはテーブルに置いたグラスの水を一口飲み、残った水を覗きこんで言った。

「わたしが払った」

「え？」

「食事代。高いサンドイッチとケーキとコーヒー代。サービス料も入れて、一万二千五百八十四円。わたしがぜんぶ払った」

「え、たか。なんで割り勘じゃないんですか？　ていうか、相手のひと、なんていうんでしたっけ、名前忘れたけど、そのひと、お母さんからデート代もらってたんじゃないんですか」

「もらってたかもね」

「じゃあなんでですか？　ソメヤさんがおごるって見栄張ったんですか」

「張ってない。ただ相手が先に帰ったから、わたしが払うしかなかっただけ。こういう場合、食い逃げしたらわたしだけが捕まるの？　先に帰ったひとは食い逃げじゃなくなるの？　やってることは同じだと思うんだけど」

「さあ……」

「まあいい」

　顔を上げたソメヤさんは珍しくわたしをじいっと見つめた。まるでこの顔のどこかに砂金か何かが埋めこまれていると聞かされたみたいに、毛穴のひとつひとつを掘り起こしてやろうというくらいの強い意志を感じるまなざしで。

　わたしは目を伏せて、心ゆくまで相手の見たいものを見せてやった。そうしているとなぜか、夕方ミツに乳首をいじられていたときみたいに、車に酔った感じになって、何度か生唾を呑んだ。でも、普段わたしに見られてばかりのソメヤさんが、こんなにもあからさまにわたしの外側をむさぼっているのは、むしろ痛快だ。

「ミナイさんが行かなくてよかった」

　ずっと水に潜っていたひとがようやく水面に顔を出したみたいに、ソメヤさんはひゅうう、と音を立てて深く息を吸った。そしてこれからまた潜水するみたいにぎゅっと目をつむった。勢いよく吐かれた息には、酒のにおいと、まだなまなましい吐瀉物《としゃぶつ》のにおいがした。

「お酒飲んだんですか？」

「うん」

「一人で？」

「うん」

「ソメヤさんにも、そういうときあるんですね。バーとかに行ったんですか？」

「行かない。外」

「え、外？」

「コンビニでビール買って、公園で飲んだの。そこの、通りの手前にある公園」

「すごい」

「すごいの？」

「すごいっていうか、意外です」

「ミナイさんは、お酒飲まないの？」

「お酒ですか？　めったに飲みません。飲んでもそんなにいいことないから」

はああっとまた大きく息を吐いて、ソメヤさんはテーブルに突っ伏した。ふだん見えないつむじが見えて、どきっとする。箸の先を当てて、ぐるぐるねじこんで巻き直したくなるような、ゆるんだつむじ。わたしは目を凝らして、ソメヤさんの白髪を数えようとした。頭頂部をこんなに間近で見たのははじめてだけど、少なくとも七本、このひとの頭に白髪が生えていることをこれまでの観察からわたしは知っている。

「それって、どういう感情なんですか？」白髪を探す時間を引き延ばしたくて、できるだけ答えが長くなるように聞いた。「公園で、一人でビール飲むって」

ソメヤさんは答えなかった。

「やけになってるとか、捨て鉢になってるとか、ひとからどう見られてもいいって感覚ですか？　ていうか、なんでそんな感覚になっちゃったんですか？　デートがうまくいかなくて、ショックだったってことですか？」

一本、二本、三本、四本。そこまで数えたところで、ソメヤさんはまたひゅううっと音を立てて、息を吸った。今度はほんとうに水から上がったひとみたいに、顎を上にあげて、天井に向かってまぶしそうにシパシパまばたきしている。そのこめかみにかかる髪の束に、白い毛がもう一本。

「もう寝る」とソメヤさんは言った。

「え、あ……そうですか」

彼女は水の残るグラスを持って、ゆっくり立ち上がった。テーブルの脇には、灰色のスリッパが落ちたままになっている。

「ソメヤさん、スリッパ履いてください」

聞こえているのか聞こえていないのか、ソメヤさんは赤い小さなかかとを重たげに引きずり、自室に戻っていった。


カーブミラーでも店の窓ガラスでも、外を歩いていて自分のすがたが映るものがあれば、必ず数秒見つめてしまう。

鏡やガラスに映るその顔とか体つきはいつも、わたしがイメージしているそれとはちょっとずれている。自意識過剰だと思うけれど、過剰なのは体のほうだ。体のかたちがあまりにくっきりしすぎて、その存在が強すぎて、内側のごちゃごちゃや曖昧なところが何も反映されていない。これがわたしか、と見るたびに意外に思う。

この世のなかは体ばかりだ。

外に出ると、何体もの体に出くわす。散歩をしている体、買いもの帰りの体、自転車を漕《こ》ぐ体……この体のうち、どの体が自分に関係があって、あるいは、今後関係がありうる体で、どの体がそうでないのか、パッと直感的にわかれないことが、心地悪い。できてから二十三年の自分の体と、もっと新しい体、もっと古い体が、こんなにも近くに一緒に存在していて、偶然によっては、そのうちの二体がぶつかりあって、昨日ミツとわたしがしたことをする可能性があったり、壊しあう可能性があったりするのに、そんな可能性なんかぜんぜんどこにもないみたいな顔をして、みな平気で歩いている。その決めつけた顔を、何も知らないんです、というようなとぼけた顔を、つかんでぶっつけあって、こねこねしてみたくなることがある——子どものころ、いとこがお古で譲ってくれた人形でさんざんやってみたように。バービーだのリカちゃんだのジェニーだの、人形たちは誰もわたしに親しく語りかけてこなかったけど、圧をかけた指を押し返してくるプラスチックのしっとりした硬さと、微妙にひっかかりのある関節の動きにはみょうに心惹《ひ》かれた。親に隠れて、全員を裸にして、同じく裸になった自分の胸に抱きしめてみたこともあった。人形たちの肌は冷たくてつるつるしていて、すごくいけないことをしている感じがした。熱くて湿ってどろどろしている自分の内臓が恥ずかしかった。いまもわたしの喉の粘膜は潤っているし、腸は蠕動《ぜんどう》しているし、血液は滑らかに体内をめぐっている。恥ずかしい体ばかりの世のなかを、平気な顔で歩きつづける。

家から二十分ちょっとで到着した乙部さんの家は、二階建ての小作りな一軒家だった。道端でパッド探しを助けてもらったあと、家の前までは案内されたから、場所はしっかり覚えていた。

「乙部」と古い表札がついた門の先には、立派なソテツの木が二階まで伸びていて、ちょうど噴水みたいに大きく開いた葉が部屋の窓を隠している。この家のなかで、ソメヤさんは足首に湿布を貼り付けられた。ということは、あの古い体と、それよりちょっと新しい体の一部が、その晩、触れたということだ。そのことを考えると、なぜだかぞくぞくする。

ソテツの木を見上げていたら、下のほうでガサッと音がした。目を向けると、鎌を持った中年の男が幹の向こうから現れて、あっと小さく声がもれた。

男はぼさぼさの髪の毛に、長袖Tシャツにジャージのズボンという部屋着すがたで、足元に草が散らばっているところを見ると、草刈りの最中だったらしい。すぐにピンと来た。このひとが、乙部さんの息子、ソメヤさんのデート相手にちがいない。

「こんにちは」

挨拶しても、相手は何も答えない。ただ、目を見開いてこちらを凝視している。眼光鋭い感じではなくて、読めない看板に向けるような戸惑いまじりの目つきだった。こういう視線には慣れているので、わたしはいつも通り対処した。つまり、相手より強く、相手を見返した。この陰気なおじさんが、昨日はいったいどんな格好でソメヤさんと会い、ソメヤさんに高いサンドイッチ代を払わせ、一人でやけ酒を飲ませるようなことをしたんだろう。

そうなるとはわかっていたけれど、しばらくすると相手は急に視線を下げ、逃げるように玄関から家のなかに入っていった。その姑息《こそく》な感じの動きが、キッチンでわたしを見ると、そそくさと自室へ逃げるソメヤさんに似ている。なかなかお似合いのカップルかもしれない。

どうしようか、と考えながら、そっと古い木の表札の、「乙部」と彫られた細い溝に指先で触れてみる。溝に塗られた黒い塗料はところどころ剝げ落ちていて、ちょっと爪を立ててみると、爪の先が黒く汚れた。「乙」の字の書き出しから、最後のハネまで、ゆっくりと指でなぞる。なんてことのない古い表札なのに、触ってはいけないところに触っているような感じ。誰かに見られたら、たぶんすごく気まずい。でもどうしてか、ここから指を離すのが惜しい。人形遊びをしていた子どものころ、いたずら心で近所の家のガレージに入って、埃を被った車のバンパーに指で絵を描き怒られたことを思い出した。あのころは、ひとさまの家の壁とか車にべたべた触ることをなんとも思っていなかった。いまより境目の感覚が曖昧だったのかもしれない。でもたぶん、触っていいものとよくないものの境目は、ある日突然そこに生まれたわけじゃない。そうじゃなくて、アザみたいに内側に閉じ込められていた線が徐々にじわじわ外側に押し出されて、皮膚に定着していった、そんな感じだと思う。

乙部家の表札にだって、表札の内側から滲み出た他者を拒む境目がちゃんとあるはずだった。その境目をほじくりだしたくてまた爪を立てたとき、ガチャッと音がして、玄関のドアが開いた。

出てきたのはさっきの息子ではなく、その母親のほうだった。

「こんにちは」

あわてて指をひっこめ、驚いた顔の相手に頭を下げる。昼寝でもしていたのか、乙部さんの白と灰色が交ざった髪は、顔の周りでくしゃくしゃとからまっていた。なぜだかそのからまりが、いまのいままで表札をひっかいていた自分の指先につながっているような気がして、ドキドキした。

「息子が、外に誰かいるって言うから……」

「突然ごめんなさい。ミナイです」

乙部さんは目を細めながらサンダルの爪先をトントンと地面に軽く打ちつけ、こちらに近づいてきた。手が届きそうなところまで近づいたとき、やっと表情が和らいだ。

「ええと……」

「ミナイです」

「ああ、そう、ミナイさん。驚いた。このあいだはごちそうさまでした」

「昨日のお見合いの話、何か聞きました？」

「ああ、それが……」乙部さんはうなだれて頭に手をやり、乱れた髪の毛を撫でつける。

「どうだったか、息子は話してくれないの」

「そのこと、話したくて来ました」

「まあ、そう……どうぞ、入って」

乙部さんのあとについて、玄関に入った。狭い沓脱ぎには、大きなゴムのつっかけサンダルとよく磨かれた男物の革靴が、こちらにつまさきを向けてきれいに揃えられている。乙部さんは脱いだサンダルを壁沿いに並べ、ほかの靴の位置をずらしてスペースを作ってくれた。靴箱の横には、布製の古びたキャリーカートが蓋を半分めくられた状態で並んでいた。

「さ、どうぞ」

廊下に上がってすぐ左が小さなキッチンで、奥にはこたつとテレビが見える畳敷の一間が続いている。息子はそこにはいなかった。流しの前の四角いテーブルの椅子を引かれ、また「どうぞ」と言われる。

「お茶を淹れますね」

乙部さんは慣れた手つきで、水切りかごに伏せてあったくすんだオレンジ色の小さな急須にお茶っ葉を振り入れ、象印《ぞうじるし》の大きなポットからお湯を注いだ。それから流しに溜まっていたらしい皿や茶碗をへたったスポンジで手早く洗い、濡らした台布巾でテーブルを拭き、流し上の戸棚から出した白い湯呑みをざっと水で流し、水切りかごの上にかけてあった布巾で水気を拭きとってそこに急須から茶を注いだ。急須を取ってお茶っ葉を振り入れてからここまで、一瞬も静止することのない滑らかで無駄のない動きだった。

「どうぞ」

差し出された一杯のお茶に、この家の主婦が長い年月このキッチンで繰りかえしてきた、何千回もの家事の余韻が凝縮されているような気がした。おそるおそる口をつけると、ちょっとぬるくて、ちょっと味が薄い。

「ソメヤさんは……」とわたしが言いきらぬうちに、「何も言わないの」と乙部さんは言った。

「えっ？」

乙部さんは椅子に座って内緒話をするように口に左手を添え、こちらに顔を近づけた。そして空いた右手のひとさし指で上を指し、見えない何かをつっつくような動きをした。

「作戦失敗？」

ギクッとした。

道端でパッドを探すわたしを通りかかった乙部さんが手伝ってくれたあの日、わたしがソメヤさんの同居人であることを伝えると、乙部さんの目の色が変わった。そしてすぐに、

「作戦」をほのめかしてきた――最初は恥ずかしそうにもにょもにょと口ごもっていたけれど、何度も聞き返すうちにとうとう、ソメヤさんとうちの息子をどうにかしてくっつけられないかしら、とはっきり言い切った。やってみましょう、わたしは深い考えもなく、ほとんど反射的にその突拍子もない「作戦」に乗り、さっそく実行に移すため、乙部さんをその晩の夕食に誘った。人形と人形をぶつけあうみたいに、あのお堅い臆病者のソメヤさんをべつの何かにぶつけてかたちが変わるか見てみたい、と思ってしまった。

「ソメヤさんも」わたしも左手のひとさし指を立て、同じ動きをした。「昨日のことは何も言いません……あ、でも、何もってこともないかも」

「なんて言ってたの？　わたし、気になって、気になって。でもあの子が何も答えてくれないから」

「ソメヤさんが言うには、なんか……息子さんが先に帰っちゃったそうで」

「まあ」

「残ったソメヤさんがサンドイッチ代とかケーキ代とか、二人ぶん払ったそうです」

「まあ」

「帰りに公園で、やけ酒飲んで帰ってきました」

「まあ」

「わたしが聞いたのはそれだけです。あんまり、楽しかった、って感じではなかったみたいです」

「まあ……」

まあ、しか言わない乙部さんは、両手をこすりあわせたあと、暖をとるみたいに急須を包みこんだ。

「じゃあやっぱり……うまくいかなかったのね?」

「そうだと思います。でもソメヤさん、今朝は普通に起きて仕事に行ってました。昨日の晩はかなりダメージ受けてる感じだったけど、今朝はいつも通り」

「そうなの……うまくいくと思ったわよね」

「はい」とわたしは嘘を言った。

「残念よね。だってお似合いだと思わない? うちの子とソメヤさん。年だって同じくらいだもの。ソメヤさんはええと……」

「ソメヤさんは四十二歳です」

「うちのマサオは四十八歳。ほらね、やっぱりつりあってるわよね」

思わず噴き出した。乙部さんの言う通り、世間一般では四十二歳の女と四十八歳の男はまあまあ「つりあってる」と言えるのだろう。だいたいおんなじくらいのころにできて、おんなじくらいに古びている体が二体。乙部さんからすれば製造年だけが重要で、性格とか生活習慣なんて、たぶんどうでもいい。いま乙部さんが自分で口にしてくれたおかげで、息子の名前をやっと思い出した。よくある名前だということは覚えていたけど、どうしても思い出せなかった息子の名前は、マサオだ。

「もうダメなのかしら」

乙部さんは眉間に皺を寄せ、小さい子どもの頭に触れるみたいに急須の表面を撫でながらつぶやいた。自分の息子がソメヤさんを置き去りにしたことも、食事代をぜんぶソメヤさんに払わせたことも、たいして気に留めていないらしい。

「ソメヤさんじゃなくてもいいんじゃないですか？」

「ソメヤさんは親切なかただから……」

「わたしはあんまり、親切って思ったことはないかも」

「あの子の相手としては、それだけでじゅうぶんだと思うの。食事にだって行ってくれたし。あの子の相手にそんなに多くを望んじゃだめよ」

乙部さんは自分の言葉にショックを受けたように、ああ、と低くうめいた。それからまた急須を手のひらで包み直した。

「あの、そもそもなんですけど」とわたしは切り出した。「マサオさん、結婚しないとダメなんですか？」

「そうね。してほしい」

「なんでですか？　いまはべつに、結婚なんてしなくたってそれぞれの幸せのかたちが……」

「一人暮らしが、したい」

乙部さんがわたしの言葉をさえぎって言った。

「えっ？」

「一人暮らしがしたい」と乙部さんは繰りかえし、浅いためいきをついた。

「わたし、もう四十八年もあの子と一緒に暮らしてる。結婚するまではずっと実家にいたから、この年で一度も一人暮らしをしたことがないの。だからやってみたい」

「一人暮らしですか。でも、あの……心細くないですか？」

「あなたは一人で暮らしたことないの？」

「あります。実家を出てルームシェアを始めるまでは」

「心細かった？」

「いえ、特に」

「ほらね。そうでしょう。死ぬまでに一度でいいから、誰もいない家で一人きりで目覚めたい」

「そうなんですか……」

「世帯を持たない限り、あの子は一生、ここから出ていかないと思う」

「でもべつに、独身のまま、ふつうにここを出ていってもらえばいいじゃないですか。マサオさん、もう四十八歳の大人ですよ。自立できますよ」

「出ていかせるの？　それはちょっと、かわいそうで……」

一人暮らしなんてみんなやってるじゃないですか。笑い出しそうになって、ぐっとこらえた。祖父のマンションを親の金でリフォームして、我が物顔で気ままに暮らしている人間が、実家にへばりつく人間を笑えたものではない。

「昨日は失敗だったかもしれないけど……まだ望みはある？」

乙部さんがすがるような目つきでこちらを見た。わたしはうーん、と答えあぐねて天井を見上げた。上にいるマサオさんは、母親に出ていってほしいと思われていることを知っているのだろうか？　知っていて同居を続けているのでも、知らないで続けているのでも、どちらの場合を想像しても気の毒な感じがする。

「これで終わってしまうの？」

「いえ」思わず答えてしまってから、ハッとした。乙部さんの目が見開いた。

「終わらない？」

「えーと、終わりとしてしまうにはあまりにも……あまりにも、半端っていうか、かわいそうっていうか」

「マサオが？」

「どっちかというと、ソメヤさんが……いや、どっちなんだろう、どっちかわからないんですけど」

気が抜けたようにガクンと頭を垂れた乙部さんを前に、頭のなかを整理した。行き当たりばったりがすぎるけど、たぶんこれしかない。

「あの。ソメヤさんが、もう一回お見合いをやり直したがってるってことにしませんか」

えっ、と乙部さんは顔を上げた。

「完全に嘘ですけど。でもそうでもしなきゃ、きっかけがないから。ソメヤさんには、マサオさんがやり直したがってるって伝えます」

「そんなこと……大丈夫？」

「二人ともたぶんプライド高いから、相手が望んでるってことにしたら、それほど嫌な気はしないと思います」

「そうねえ……」

「やるだけやってみませんか？」

乙部さんは困惑の表情で、大丈夫かしら、怒られないかしら、と右へ左へ首を傾げている。「大丈夫ですよ、やってみましょうよ」と、詐欺師みたいにみょうにやっきになってしまっている自分がおかしい。

「わたし、行ってもいいですか？　上」

「え、上？」

「はい。まず二人で話してみたいです」

「まあ、いいけど……でもどうかしら。こんな若いお嬢さんが一人で……あの子の部屋にわたし以外の人間が入るのなんて、めったにないからいやがるかもしれない」

「とりあえず、行ってみてもいいですか？」

「いいけど、最初は一緒にね。びっくりしちゃうから」

乙部さんのあとについて階段を上った。見た目よりも急な階段で、幅も狭くて、すぐ前の乙部さんが次の一歩を踏み外さないか心配になる。心配しながらも、マサオさんに伝えるべきソメヤさんの言葉を捏造《ねつぞう》しなければいけなくて、頭のなかを言葉の切れ端がビュンビュン行き交った。

「マサオ？」

二階の左手の茶色いドアに向かって、乙部さんが呼びかけた。ドアにはあちこち、シールを剝がしたあとがある。中途半端に紙が残っているところが、通りすがりのクマか何かにひっかかれた跡みたいだった。

「マサオ。お客さんが、マサオと二人で話したいって。入っていい？　ソメヤさんのお友だちよ」

お友だちではないです。否定したいけれど、黙っていることにする。ドアの向こうから返事はない。

「じゃあ入らせてもらうよ。いいね？」乙部さんはドアノブを回し、数センチ隙間を開けてなかを覗きこんだ。「ほら、お客さん」

ドアがそのまま半分ほど開いた。淀んだ空気が流れてくる予感がして、わたしは思わず息を止めた。

「秘密の話だそうだから、お母さんは下にいるよ。じゃあミナイさん、どうぞ」

乙部さんはそのまま階段を下りていった。

残されたわたしは廊下とドアの境に立って、椅子にかけ上半身をねじった姿勢でこちらを見ているマサオさんに頭を下げた。さっき庭で見たのと同じ格好だ。鎌はどこへやったんだろうと、どうでもいいことが頭をよぎった。

鼻の力をゆるめてみても、淀んだ空気は感じられない。それに部屋も、思っていたみたいな部屋じゃない。ものが多いのは一見してわかるけど、整理整頓されてるし、窓際にはうちの窓辺にもあるような多肉植物の小さな鉢がずらりと並んでいる。

マサオさんはいったん上半身を机に向き直らせ、もう一回、椅子ごとくるっとこちらを振り返って、

「何」

と言った。

「ソメヤさんのことで来ました」

一歩踏み出して、部屋のなかに入る。椅子の上の部屋の主が息を呑むのがわかった。それだけでもう、本人の前歯の裏あたりに潜り込んでしまった気がした。

突っ立っているのも間が持たない感じがしたので、しかたなしにフローリングの上に正座してみる。八畳くらいの西日がよく当たる部屋で、窓からはソテツの木のてっぺんがの

ぞいている。同じソテツなのに、外で見るより大きく見える。

「何」マサオさんはうわずった声で繰りかえした。「何なの」

「突然すみません。ソメヤさんから伝言です。あの、ソメヤさんってわかりますよね？」

マサオさんは目を伏せ、かすかにうなずいた。

「わたしはソメヤさんの友だち、ではないんですけど、ルームシェアしてて、つまり同居人です。その、マサオさんに、伝言……があります」

階段を上りながら急ごしらえした「伝言」を、いまいちど頭に整理してから口にした。

「昨日のお見合いをやり直したいそうです」

マサオさんはびくっと体を震わせ、目を見開いた。急ごしらえの「伝言」の中身はそれで終わりだった。ここからは、その場その場でどうにか切り抜けるしかない。

「どうですか？」

「どうって……」

マサオさんは額に手をやり、痛みをかき散らすみたいに指先で小刻みにそこを揉んだ。キャスター付きの黒い椅子が、ぎしぎし音を立てた。背後にあるのも、いたってシンプルな黒いデスクだ。きっと小学生が使う学習机みたいなのがそのまま残っているんだろうと思っていたから、これはちょっと拍子抜けだった。デスクの上にはパソコンやペン立てやボックスティッシュが雑然と置かれていて、一段高くなったところにハチミツ色の犬の写真がプラスチックのフレームに入れられて飾られている。かわいいなと思ってじっと見つめていると、マサオさんが視線に気づいてフレームごとコトンと伏せた。

「あの、日付を決めてくれたら、わたしがソメヤさんに伝えます」

できるだけ感情を込めずに切り出してみると、「無理」とひとことだけ返ってきた。

「え？」

「無理だから」

「いえ、無理じゃないです」

「は？」

「もう一回、会ってみてもらえませんか？」

もらえませんか？　だなんて、懇願口調。ちょっと下手に出すぎただろうか。

マサオさんは怯《おび》えたように椅子を後ろに引いた。そう、こういう顔がやっぱりソメヤさんに似ている。似ていると思うと、調子が出てきた。

わたしは正座した脚をずりずりと引きずり、マサオさんの足元まで近づいた。そうやってこちらが見上げる格好になって、ちょっと前に、同じような角度で男を見上げたときのことをふと思い出した。バイト先で知り合った子から紹介された、彼女の恋人の友人だというその男は、日焼けしていて、童顔で、着ている高級そうなスーツよりも野球のユニフォームのほうが似合いそうだった。目元の笑い皺とか指の関節の皺がみょうに浅くて、ぜんたいを見てもなんとなく立体感に欠けるひとで、シールみたいに背景からぺりっと剝がせそうな感じもして、そこにちょっとだけそそられた。とりあえず食事して帰るだけの予定だったのに、別れ際になると男は急にソワソワしだして、もうすこし一緒にいれるかな、いれたらうれしいな、と言った。いたらどうなるのか気になって、いてみることにした。シャワーを浴びてホテルのベッドに座ったその男を、床できついブーツを脱ぎながら、わたしはちょうどこの角度から見上げたのだった。

マサオさんは顔を背け、気まずそうに、でもこの急接近を拒むこともできず、斜め下のフローリングに視線を落としている。

もしいま、わたしがあのときみたいにこのひとの前に身を投げ出したら、どういう反応を見せるだろう？　想像しかけて、あぶない、と膝の上の両手を握りしめる。ここでそういう方向に行ってはダメ。でもときどき、すごく衝動的に、知らない誰かの前に自分を投げ出したくなってしまう。猫とか犬が人間の前でゴロンと体を投げ出すみたいに、無防備に、あっけなく。どうしてそんなことをしてしまうのか、それらしい理由を捻り出そうとすればいくらでも捻り出せるけれど、理由が「それらしい」限り、ほんとうのことには辿り着けない。

いつも自分の体を自分だけのものにしておきたいのに、自分の言うことだけを聞かせておきたいのに、ときどきその自分の体を、その手綱を、思いっきりでたらめに放り投げたくなる。放り投げたものを自分じゃない誰かにキャッチしてもらいたくなる。その誰かというのは、少なくともぜったいにそのとき目の前にいる男ではなさそうなのだけど、その頭越しのずっとずっと向こうに、わたしのかわりにわたしをわかってくれる賢い誰かを夢想せずにはいられない。

「マサオ？」

ドアの向こうから声が聞こえて、我に返った。マサオさんはまたびくっと体を震わせ、さらに椅子を後ろに引いた。わたしは正座したままフローリングの床をずりずり滑って後《あと》退《ずさ》り、ドアを開けた。乙部さんが、お盆に湯吞みをふたつ載せて立っていた。

「大丈夫？」

乙部さんは部屋に入ってきて、息子のデスクに湯呑みを置き、ちょっと迷ってから、わたしのぶんの湯呑みもその隣に置いた。飲みかけのではなくて、ちゃんとマサオさんと揃いの湯呑みに淹れなおしてくれたみたいだった。それから出ていくか留まるか、ちょっと迷うそぶりをみせたけれど、結局わたしの隣にちんまりと正座して、同じ角度で息子を見上げた。

「それで？」

マサオさんにか、わたしにか、乙部さんはどっちつかずな感じで聞いた。

「それで？」

マサオさんはおうむ返しに言ったきり口をつぐんだので、「伝えました。ソメヤさんからの伝言」とわたしが答えた。

「あら。で、返事は？」

わたしたち二人の視線を真正面から浴びると、マサオさんは椅子ごとくるりと背を向けた。その勢いがデスク越しに伝わったのか、窓際の多肉植物の鉢がカタッと揺れた。

「お母さんには内緒なの？」

横でションボリしてみせる乙部さんを見ると、ふりだとわかっていても、ちょっとかわいそうになる。かわいそう、は強くてくせになる。くせになると、どれほど複雑にきらめく感情もいやおうなく「かわいそう」のなかに吸い取られて消えてしまい、感情の湧かせ損みたいな状態になってしまう。

「マサオさん、どうですか」

感情の節約のために、乙部さんにはぜひとも、かわいそうじゃないひとでいてほしかった。乙部さんも、「マサオ、どうなの」と声をあげた。

「あんた、母さんに取り入るつもり？」

マサオさんは急に振り返って、言った。また多肉植物の鉢が揺れた。

「はい？」

「おたく、いきなりずかずか入ってきて、何が目的？　もしかして誰かに雇われてる？　うちには金も何もないよ」

一瞬、何を言われているのかわからなかった。でもすぐに、怪しまれているんだとわかった。

取り入っているように見えるのは、どちらかというと乙部さんのほうだ。乙部さんは、たぶん息子の妻候補として、ソメヤさんに取り入りたい。わたしは乙部さんのその気持ちに手を貸しているつもりなのに、息子からすればこっちが財産目当てで乙部さんに取り入っているように見えるらしい。噴き出してしまいそうになるけれど、できるだけ心外だという表情を作ってマサオさんを見返すと、また目を背けられた。

「そういうのじゃないです」わたしはその目の、まばらなまつげに言い聞かせるように言った。「取り入るとか、そういうのでは」

「マサオ、失礼じゃないの」横から乙部さんも口を出す。「ミナイさん、せっかくいいお話を持ってきてくれたのに。もう一回会ってもらえるなんて、チャンスじゃないの」

チャンス、のところでマサオさんの血色のない薄い唇がぴくっと動いた。

「それで、いつ会ってもらえるの？」

乙部さんはわたしのほうに上半身を傾けて聞いた。

「いつとは言ってませんでしたけど、近々かと……」

「近々……？」

「まだ決まってないので、具体的な日にちはソメヤさんに確認して、わたしから連絡します」

「おい、ちょっと」マサオさんは椅子の背にのけぞり、小刻みにぎこぎこと音を立てながら言った。「勝手に決めるなよ。俺は行かないよ。俺は……」

「行くんだよ」

　乙部さんが低い声で淀みなく息子の言葉を遮った。一人暮らしがしたい。下で聞いた言葉を思い出して、胃袋の上のほうがぎゅっと絞られるような心地がする。忘れかけていたけれど、このひとは息子をこの家から追い出そうとしているのだ。だからよりかわいそうなのは、この息子のほうだ。

「いや、行かない」

　マサオさんの言葉を無視して、乙部さんは「ありがとうね」と膝の上で丸めていたわたしの左手をぎゅっと握った。不意の接触に一瞬体に緊張が走ったけれど、乙部さんはすぐには手を離さなかった。離すどころか、もう一方の手も上に添えて軽く揺すった。そうされていると、乙部さんの手の皺が自分の手の甲にじわじわと転写されていくような感じがする。いやな気持ちはしなかった。それどころか、ちょっと気持ちよかった。息子の目がわたしたちの手に釘付けになっているから、たぶん余計に。

　数秒か数十秒かはっきりしなかったけれど、気づくと乙部さんの手はもうそこにはなくて、自分の手だけが膝の上に取り残されていた。皺は一本も転写されていなくて、無駄につるつるのこぶしが残念だった。

「俺は知らない。何言われても、何もしないから」

マサオさんが言うと、乙部さんはわたしのこぶしを握っていた手を伸ばし、今度は息子の膝を叩いた。

「そうは言うけどね。でも一晩考えてごらん」

「うるさい。もう出てって。疲れた」

中学生みたいな口ぶりのマサオさんは椅子ごとまた机に向き直り、背を丸めた。机に閉じてあったノートパソコンを開いて、でもすぐに閉じて、「早く」と振り向かずに催促する。

よいしょ、と隣の乙部さんが小さく声をあげて立ち上がったので、わたしも続いた。部屋の外に出てドアを閉めると、ドアの向こうからキーボードを叩く音が聞こえた。

乙部さんはそのまま薄暗い階段を下りていったけれど、なんとなく気がかりで、わたしはその場に留まった。ふと、ソメヤさんと乙部さんが知りあったのは、乙部さんがマサオさんのために借りにいった続きものの本（おそらくはハリー・ポッター）がきっかけだったことを思い出す。キーボードの音はやまない。本に感化されて、ひょっとして小説でも書いているのかもしれない。

階段を下りてキッチンに入ると、乙部さんはちょっと嬉しそうな顔で米を研いでいた。

「せっかくだから、よかったら夜、食べてって。ちょっと早いけど、これから準備するから」

言いながら、乙部さんの小さな手はリズミカルに米のなかを動きつづける。その手がさっきまで自分のこぶしをぴったり包み込んでいたことを思う。米になってこの手に研がれたらどんな感じがするだろう。

「手伝います」とわたしは言った。

「いいの、座ってて。お客さんだから」

「何作るんですか？」

　わたしはセーターの袖をまくりあげて、乙部さんの横に立った。あらためて流しの小ささに驚く。米を研ぐ大きなボウルを置いたら、ほとんど埋まってしまうくらいの小ささだった。

「インドカレー」

　乙部さんの答えに、思わず「えっ」と声をあげた。

「このあいだごちそうになってから、自分でも作ってみたくなって。マサオに相談したら、インターネットで作りかたを探して、書いてくれたの。ほら、そこに」

　乙部さんの視線を追うと、冷蔵庫の扉にレシピらしきものが水道修理のマグネットで貼りつけられていた。とめはねはらいが丁寧な鉛筆書きの大きな文字で、1、2、3、と細かに手順が書いてある。

「お店の味にはかなわないけどね。でもいろいろ試してみたの。今日はそのなかで、いちばんマサオが気に入った鶏肉のキーマカレーを作ろうかと思って」

「スパイスも揃えたんですか？」

「そう、スーパーにないものは、マサオがインターネットで注文してくれたから、いろいろ集まったの。ほら」

乙部さんは背伸びして、流しの上の棚を開けた。空の牛乳パックで作られた長方形の収納ケースに、ずらりとスパイスの小さな瓶や袋が並んでいる。

「すごい、本格的。わたし、何したらいいですか？」

「じゃあ、とりあえずマサオのメモ通りに、スパイスを量って合わせておいてくれる？」

乙部さんは牛乳パックごとスパイス類をテーブルに下ろし、冷蔵庫からメモを外した。小さなボウルとスプーンとデジタルスケールも「はい、これね」と一瞬で用意された。

パプリカ30g、ターメリック15g、カイエンペッパー2g……マサオさんの几帳面な手書き文字で記された分量どおり、スパイスを秤《はかり》の上のボウルに合わせていく。新しいことにチャレンジするお母さんのために、調べものをして、手書きでメモを作ってあげるなんて、やっぱりマサオさんはいい息子なのかもしれない。見合い相手を置き去りにするような世間知らずで身勝手な人間かもしれないけれど、そのくらいの優しさを母親に発揮できるなら、母親も喜んで、息子のために図書館に本を借りにいったりするのではないか。

わたしがスパイスを合わせているあいだ、乙部さんは驚くほどの手際の良さで、玉ねぎとにんにくとしょうがを大量のみじん切りにしていた。手慣れたようすでにんにくから火にかけ、玉ねぎとしょうがを投入し、そのあいだにトマトをざく切りにして、わたしが調合したスパイスと一緒にフライパンに入れる。

「あとはもう炒めるだけ。かき混ぜながら強火でやるの。やってみる？」

手渡された小ぶりの木べらは、先のほうが黒ずんでいて、かなり使いこまれている感じだった。フライパンも、縁と持ち手の塗装がところどころ剝がれている。外の表札と同級生かな、と思った。その古びた木べらでかき混ぜるごとに、スパイスの香りがいきいきと立って、色が均一になって、ぜんたいが鮮やかなオレンジ色に変わってくる。そこに乙部さんがひき肉の大きなパックをひっくり返し、中身をかたまりごとぼとっと落とした。フライパンからこぼれそうになったひき肉を、あわてて木べらでなかに寄せる。

「あなたは肩がしっかりしてるわねえ」

わたしの仕事ぶりを見て、乙部さんが横から言った。

「鶏の……手羽元みたいな肩」

「手羽元？」ひき肉を木べらでほぐしながら、思わず笑ってしまう。

「ごりっとしてて、骨がしっかりしてて、丈夫そう」

「そういえば、前に、年取ると肩幅が狭くなる、って言ってましたね」

「そう。肩だけじゃなくて、体が狭くなるの」

「狭くなる……」

「あなたのは広々として、頼もしいわね」

するとなぜだか急に、この小さなキッチンぜんたいが乙部さんの狭くなった肩に合わせて、ゆっくりと縮み、いまこの瞬間も縮みつつあるような気がしてきた。流しがやたらと小さいのも、木べらやフライパンが小さいのも、それが乙部さんの体と繋《つな》がっているからだ。宇宙は膨張しているはずだけど、もしかしたらこの家だけは、このキッチンも、上にいるマサオさんも含めて、ゆっくりゆっくり、縮んでいっているのかもしれない。

流しで洗いものを始めた乙部さんのほうをちらりと見た。小さい流しをうまく使って、スプーンやボウルの泡を流し、水切りに次々重ねていく。

あぶないかも、と思う。いますごく、なかにいる、という感じがする。感情が吸い取られるというか、甕《かめ》に長年溜めこまれて熟された、古びた感情にずぶずぶ浸《つ》かっていく感じ。この家でこのひとたちと小さく縮んでいくことに、いまこの瞬間だけは強烈に惹かれている自分に気づく。小さく狭くなって、いつか隙間に吸い込まれるように消えていく、そんな終わりを明日にでも、いや、今晩にでも迎えられる気がする。

コンロの火は燃え上がって、フライパンのなかのかさはどんどん減っていく。煮込まれて、色も味も濃く、さらに濃くなっていく。

それから数日間、ソメヤさんとはとくに会話もなく過ごした。

乙部さんの家に行ったことも、わたしの独断で二度目のお見合いの約束をしたことも、乙部さんと一緒にカレーを作って食べたことも話さずにいた。ソメヤさんは決まった時間にそそくさと家を出て、決まった時間にくたびれた顔で帰ってきて、きちんとスリッパを履いて、いつも通りわたしに遠慮して自室で食事をとっていた。マサオさんとのお見合いも、やけ酒のことも、まるで何もなかったかのようなそぶりで。

乙部さんとのあいだで約束してしまった、ソメヤさんとマサオさんの二度目のお見合いを実現させるためには、まずはソメヤさんと話さなくてはならない。どう切り出したものか悩んでいるうち、いっそなかったことにしてしまおうかとも思った。喜んでいた乙部さんには申し訳ないけれど、日が経ってみれば、やっぱりめんどうくさい。

身動きが鈍くなっているのは、仕事のせいでもあった。ロミと物販の会社を立ち上げる話は、保留に保留を重ねてすっかり暗礁に乗りあげていた。早く老いたい、というわたしのぼやきをおもしろがってくれたロミと探りさぐりで始めた起業計画ではあったけれど、正直、徐々にわたしの熱意が冷めてきたことをロミは敏感に感じ取っていたと思う。

「この眼鏡、なんかピンとこない。どういうこと？」

　テーブルの向かいに座ったロミは、手渡したタブレットに映るわたしの「遠ざかり眼鏡」のデザイン画を見て言った。

「見えすぎたり聞こえすぎるのに疲れたひと用。世界から遠ざかりたいひと用の眼鏡」

「……この、色付きのところは視界がぼやけて、よく見えないってこと？」

「うん。あとこのバンドで耳を覆うから、音も聞こえづらくなる」

「うーん……」

　乙部さんの家で一緒にカレーを作った日、帰ってきてすぐに手をつけたのがこの眼鏡のデザインだった。乙部さんと話しているうちに気づいたのだけど、乙部さんはわたしの話を聞いていないときがある。質問と返事がかみあわなかったり、ちょっとした間を置いて、微妙に話題がずれていくこともときどきあった。わたしが話しているあいだはよそ見をせずにこちらをじっと見ているから、聞いていないということではなくて、たぶんよく聞こえていないのだろう。でもだからといって、わたしも声を張ったり、一語一語ゆっくり区切って話したり、いかにもお年寄り向けの話しかたには切り替えなかった。かみあわなくたって、話はできる。かみあわないからこそ、話題のいろんなところに空気の穴が開いて、そこから好きに出たり入ったりできるし、結論で行き止まりになったりもしない。びっしりよりもすかすかのほうが気楽で自由だな、そう思ったら、その考えが自分の内側のすかすかしたところに居着いて、離れなくなった。

　それで、もともと考えていた視界を狭くするための眼鏡に、耳まで覆う太いバンドをつけて、音も聞こえづらくすることにした。タブレットに何度も描き直して出来上がったのは、ヘアバンドにゴーグルがついてるみたいな、我ながらダサくてごつい眼鏡だった。描いてるあいだは夢中になっていたけれど、時間を置いて見返してみると、こんなの誰がほしがるんだろうと思う。

「スノーゴーグルみたいに目を覆って、耳も覆うってことね。こんなのつけて歩いてたら、怖いし怖がられそう」

「誰も寄ってこないから、歩きやすいかも」

「そうだね……。スノーゴーグル作ってる会社だったら、ちょっと話聞いてくれたりするかな。でも、このままじゃ何もかもあんまりぼんやりしてるから、もうちょっとコンセプトとかを詰めないと」

「遠ざかりたいひと用の眼鏡、っていう以外に何もないんだけど……」

付け足すこともなく黙っていると、「ミナイ、なんか違う、って思ってない？」タブレットから目を離して、ロミがはっきり言った。

「膝のパッドのことも、作り直しとか改良の話ぜんぜんしないし。あのさ、はっきり言うけど、ミナイのやるきとか興味がもうなくなってたり、べつのとこにあるなら、中途半端になるし、もうやめたほうがいいんじゃない？」

「うん……」

「べつにいいよ」ロミは唇をにっと横に引き伸ばして笑った。「ひょっとしてだけど、わたしに悪いと思ってるなら、思わなくていいよ。就活するのやだったし、とりあえずおもしろそうなことからやってみたかっただけ。だから責任とか感じなくていいよ」

「でも……」

「いまのバイト先で、社員にしてもらえる話もあるし。それより自分の心配したら？」

ほっとした顔を見せていいのか、よくないのか迷っているうちに、

「ミナイ、いま何考えてるの？」

と聞かれてまた迷い、

「これからどうするの？」

さらに聞かれて、迷っているのかさえわからなくなった。

「わかんない」

正直に答えると、ロミはアハハッと笑った。

「ミナイの考えてることは誰もわかんないね」

テーブルの上には、試作品のペールグリーンの膝パッドが、海苔巻きみたいに筒状にされて輪ゴムでまとめられている。乙部さんと一緒に探して家に持ち帰ってきてから、一度も手に取っていない。これもわたしのおおざっぱなアイディアをもとに、ロミが知りあいのツテを利用して、どうにか作ってもらったものだ。

いまの体の当たり前を抜け出して、体でじゃなくて、体の冒険をすること。そういうことがしたいとロミと話しあって、どうにかかたちにできた試作品だった。でも、自分の考えがこうして触れる物体になってみると、そんな考えになんの意味があるのかかえってわからなくなるし、かたちになることで自分の問題が何かべつのものにすり替わってしまったような気にもなる。それに、空想上のお年寄りじゃなくて、実際に生きている乙部さんの生身の肉体を前にしていると、この試みの根本もぐらついてくる。若い人間が老いた人

間の老いを〝お試し〟するだなんて、やっぱりどう理由をつけたところで、不遜でグロテスクでしかないいんじゃないか。

「なんかわかんなくなった。誰もこんなものほしがらない。少なくとも、わたしはほしくて作ってみたい、と思ったんだけど。でも、かたちにしてみると、やっぱり違うのかもって思った。こんなのつけたって、ほんとうに知りたいことはわかんないままだなって。なんていうか、自分が関心あるのは、体のことではあるんだけど、かたちにするためのコンセプトを考えたり、商品にして誰かに売ったりすることじゃないのかもって。なんかごちゃごちゃ」

そーなんだ、とロミは急にちょっと寂しそうな顔を見せた。それから唇をむにむに動かしてすこし黙ったあと、「ねえ」と切り出してきた。

「あのさ。大学時代にミナイが痩せたり太ったりしてたのは、今回のこれと何か関係があるの？」

「え？」

「あのときは、自分の意志で体がどれだけ変わるか実験してるんだ、っていうようなこと言ってたよね。あれの延長で、今度は老いる実験をしてみたかったってことなの？」

「ああ……」

自分のうちでも筋道立てて説明できないことを、どうロミに話したらいいんだろう。

子どものころから、早く大人になりたいと思っていた。子どもでいることはきつい。言い返さなくてはいけない局面で涙が出てきたり、トイレがないところでうんちがもれちゃったり、誰かの一言で世界がまっくらになったり、とにかく自分の力ではどうしようもできないことが多すぎて、すごくみじめだった。周りの大人たちが身をかがめて、同じ高さで視線を合わせてくるのも、頭を撫でられるのも癪だった……自分の小ささを、無力さを、しめしめ、と確かめられている気がして。

「あのころはちゃんと説明できなかったけど」ロミの視線を感じながら、意味なく閉じたり開いたりを繰りかえす自分の手に言い聞かせるように言った。「痩せてたのきっかけはべつに、なんてことない。高校三年で受験勉強してたとき、運動不足でちょっと太ってきた気がして、受験と並行してちょっとダイエットしてみようと思っただけ。何か深刻な問題抱えてたわけじゃなくて、受験とはまた別の、気分転換のゲームみたいな感覚で」

「うん」

「食べる量を減らして、移動はバスとか自転車じゃなくて、できるだけ徒歩にして。勉強と同じで続けてれば数字に出るから、なんか達成感あって。大学合格して、勉強しなくてよくなっても、そっちのほうの習慣はなんとなく続いてた。でもべつに、すごく痩せたかったわけじゃない。歩きはじめて、ここからどこまでいけるんだろうって歩きつづけるのとおんなじで、自分、どこまで縮んでいけるんだろうっていう、好奇心みたいなののせい。でも生理は止まってた」

「だよね」ロミはあのころ見せたのと同じ、頭に重ねたお皿を割らないようにがんばっているような顔で言った。「じゃないかと思ってた」

「でも十代のうちは、生理なんかどうでもいいよね。むしろ、自分の力で止めてやった、ってせいせいしてたし。でも、あのときロミに病院行ったらって勧められて、やっとちょっとまずいのかもって気づいた。このまま続けられるけど、これ以上はやばいのかもって。

だから今度は反対のきわまで引き返してみようと思った。どこまで膨らんでいけるんだろうっていう、好奇心」

　痩せたときと真逆のことをして体重を増やしたら、ロミにまた病院のことを言われて、そこから時間をかけて、高校三年のときとだいたい同じ体型に戻った。するとわたしのことを好きだという同級生が現れて、今度はセックスの日々が始まった。生理がまた始まっていたから、毎月の予定日前には来るのか来ないのか気が気でなくて、こんな心配に女の自分だけが時間と精神を費やすのがばかばかしくなった。だからおんなじような状況にあったロミと一緒に婦人科に行って、おそろいのタトゥーを入れるみたいにミレーナを入れた。

「そのことと、年取りたいって気持ちがどう繋がってるのか、うまく説明できないんだけど、たぶんぜんぜん関係ないわけじゃない。子どものころは、自分じゃどうしようもないことが多すぎて、いろいろ納得できないっていうか、早く大人になりたいと思ってたんだけど……それはいま考えれば、自分でどうにかできることを増やしさえすれば、いろんなことに納得できるはずって期待してたのかも。でも、いざ成長して大きくなってみても、べつにできることがすごく増えたわけでもないし、無条件に大人の自分にしっくりこられるわけじゃなかった。子どものころには大人だと思えてたひとたちが、うるさい子どもみたいに見えてきたし、嫌だなと思ってた子どもが、ねずみとかモルモットみたいな、かわいい小動物みたいに見えてきたし」

「それで今度は、おばあちゃんになりたいって思ったわけ？」

「だって、子どもでも大人でもしっくりこられないんなら、そこに望みをかけるしかなくない？」

「ミナイは極端なんだよ」

ロミは椅子の背に沿って伸びをしながら笑った。それでちょっと、まじめに喋りすぎたかも、と反省した。

真剣になればなるほど、自分の話は嘘くさくなっていく気がする。喋れば喋るほど、ほんとうのことから遠ざかっていってしまう。かといって、いやそうじゃない、そうじゃない、と方向をそらしつづけた先に何か重要な真実があるわけでもなさそうで、身動きが取れない。

「でもそこが、ミナイのおもしろいところだけど」

きまり悪くて黙り込んでいると、「そういえば」とロミが話題を変えた。「ソメヤさんのお見合い、どうだったの？」

ソメヤさんから聞いたお見合いの顛末《てんまつ》を話すと、ロミはえーっとか、うそーっとか、大袈裟に声を上げて目を輝かせた。その翌日、わたしが一人で乙部さんの家を訪ねた話にも、何それ！　と身を乗り出してきた。

「何なの、その行動力？　なんで？　ソメヤさんの代わりに抗議しに行ったの？」

「ううん、その逆。お見合いやり直しましょうって提案した」

「ええーっ！」

ロミはまた大袈裟に驚いて、「なんでえ？」と、目を丸くした。

「よくわかんない。咄嗟に口から出てきた。たぶん、乙部さんに取り入りたいのかも」

取り入るな、取り入ってません、というようなやりとりをマサオさんとしたのに、自分がしたかったのは実際取り入ることだったんだな、とふと思う。

「取り入るう？」

ロミは口をすぼめて、胸の前で腕を組む。

「取、り、入、る」

乙部さんの前ではしなかったけれど、いま自分に向かって、お年寄りに喋るみたいにゆっくり、その言葉を一文字一文字繰りかえしてみると、腹の底に不穏な力が湧いてきた。

「なんだ、それ」

呆《あき》れたようすで、ロミはまた明るくアハハッと笑った。

「おばあちゃんに近づいて、老いを分けてもらおうとしてるの？」

「分けてもらいたいけど、難しい」

「ぶどうみたいに房からぶちっとちぎって分けてもらえるようなもんじゃないよね」

「うん。でも乙部さんといると、時間のかたまりみたいなのを感じる。っていうか、乙部さんじたいが時間のかたまり」

「生きてれば誰だって時間のかたまりになるでしょ。ミナイもだよ」

「そうなんだろうけど……でも、乙部さんのかたまりは、本物。わたしのはまだ試作品って感じ」

「何だそれ」

また話が嘘くさくなってきている気がして黙ると、今度はロミが喋り出した。

「ミナイの言うことはちゃんとはわかんないけど、でもさっきの、子どもの自分にいらいらしたっていうのは、ちょっとわかるよ。わたしは、若いっていうだけで未来とか希望とか勝手に想像されるのがすごくだるい。未来を担う子どもたちに、とかっていう言葉聞くと、もう子どもじゃなくなってほんとよかった、ってつくづく思う。そういうひとたちが言う『未来』って結局、繁殖したり税金納めたりすることでしょ。だいたい、わたしたち若いのがどう頑張ったって、年取ってる人間と取ってない人間の偉さかげんっていうか、言うことなすことの説得力の差って、ぜったい崩せなくない？　長く生きてるだけでポイント稼ぎしてるっていうか」

「ポイント？　なんの？」

「生きてるだけでもらえるポイント。どんな経験したかとかは関係なくて、ただ人間やってるだけでとにかくもらえるポイント。茶摘みのときに背負うカゴあるでしょ、みんながああいう見えないカゴを背負ってて、年取れば取るほどそこにどんどん赤い玉が入っていくイメージかな」

「ポイントがあると偉いの？」

「べつに偉くないと思う。でも、ポイントを多く持ってるほうが相手のことがよく見えるし、喋れる言葉も多いから、結果的に偉く見えちゃうってことかも。それに年取ってるひとらはさ、若いやつを見て、自分があの年だったころには……って、生きてきた記憶のリアルな実感があるわけじゃん。赤の他人に勝手に自分を重ねられるリアルな何かがあるわけじゃん。だからこそ、それに比べていまの若いひとは、みたいな決まり文句が出るわけで。でも、若いひとには逆ができないでしょ？　感慨の非対称。年取ったひと見て、わたしが年寄りだったころには……って振り返れないでしょ？　それがもうずるい。悔しい。だるすぎる」

「うん、わかる」

わかるけど、もし生きているだけで背中のカゴに玉がどんどん入ってくるのなら、わたしはその玉が何でできているか知りたい。分けてもらえなくていいから、ただ見たり触ったりしてみたい。そんなことを言おうか言うまいか迷っていると、ロミが「ソメヤさんって、どうなんだろう」と意外なことを口にした。

「え、ソメヤさん？」

「うん。ソメヤさん、四十二歳だったっけ。ちょっと背中のカゴの重さがしんどくなってきた時期って感じがする。でもそのしんどそうでつらそうな感じが、ぐっと来る」

「ぐっと来るって？」

「なんていうか、助けてあげたいような、重みに負けてぶっ倒れるとこを見たくなるような、ムズムズする感覚？」

「ムズムズ……」

「やりたい、って気持ちと似てるかも」

「やりたい？　ソメヤさんとってこと？」

「ソメヤさんとやりたいっていうわけじゃないけど。でも、ソメヤさんと話してるときに感じるムズムズと、誰かとやりたいときのムズムズが似てる」

似てると同じはどう違うの？　聞きかけたけれど、ロミの欲望のメカニズムをここで開陳させるのも無神経な気がして、黙った。自分はソメヤさんを見て性的にムズムズしたことは一度もないけれど、ロミが言うように、倒れるのか踏ん張るのかの瀬戸際でぐらぐらしている感じならわかる。

「ソメヤさんがしんどそうにしてるのはいつも見てる。四六時中疲れててつまんなそう。わたしはムズムズはしないけど、でもそのしんどさに浸かりきってるっていうか、そこから抜け出すために特に何も努力してなさそうなところが……なんかいらいらする」

「うわ、何もしてないのにミナイからいらいらされて、ソメヤさんかわいそう。しかもそのかわいそうなソメヤさんを、ミナイは乙部さんに取り入るために使っちゃうんだね。悪いやつ」

考えるのに疲れて、わたしは頬杖《ほおづえ》をついてこめかみあたりを揉んだ。

「ねえ、ほんとにもう一回お見合いさせるの？」

「どうしたらいいと思う？　ロミ、どうにかできる？」

「わたし？　なんでわたしが？」

ロミはまた目を丸くしたけれど、おもしろがっているのはわかった。でもロミがおもしろがってくれるうちは、たいていのことはうまくいくのだ。

「ロミからソメヤさんにお願いしてみてくれない？」

「えーっ？　無理！」

十九時過ぎに、ソメヤさんはいつものくたびれたむなしい顔で帰ってきた。

テーブルで向かいあっているわたしたちのほうを一瞥し、ちょっと頭を下げて洗面所に向かったソメヤさんを、ロミが追いかけた。しばらく水を流す音とロミの話し声が聞こえた。二人は一緒に、ソメヤさんの部屋に入っていった。

それから五分も経たずに部屋から出てきたロミは、満面の笑みを浮かべていた。

次の月曜日、ソメヤさんは一度目のお見合いとそっくり同じ格好で部屋から出てきた。

「おはようございます」

無言のわたしの視線に耐えられなくなったのか、そう言って頭を下げる。

いったいどういう心境なんだろう？

わたしはヨガマットの上で開脚をしながら、キッチンカウンターでコーヒーを淹れようとするソメヤさんをちらちら眺めた。

これは復讐？　失礼な扱いをされて憎しみが募って、やり返しにいってやろう、という意気込みなのか。それとも、そんなに悪い話でもないと思い直して、マサオさんの奥さん候補に立候補してみようか、という前向きな気持ちでいるのか。

お見合いのやり直しを持ち出したロミに、ソメヤさんはすこしの間を置いて、「わかりました、行きます」とだけ答えたそうだった。戻ってきたロミからは「理由は自分で聞いて」と言われたけれど、酔っ払っていない、いつものまじめなソメヤさんと立ち入った話をするのは気が引けた。理由はさておき、とにかく本人が行くというのなら、発案者としては動くしかない。翌朝乙部さんに電話をかけて、二度目のお見合いは次の月曜日の同じ時間、同じ場所で、と決まった。

沸いたお湯でコーヒーを淹れているソメヤさんの顔はいつもと変わらない。何を考えているのかはわからないけれど、元気いっぱい幸せいっぱいではない、とははっきりわかる顔。

わたしはマットの上で膝立ちになり、後ろに体をそらしてラクダのポーズをした。さかさまになったソメヤさんと、一瞬、目が合った気がした。

その後コーヒーと一緒に自室に引っ込んだソメヤさんは、またすこしすると部屋を出てきた。膝立ちで前に体を丸めるウサギのポーズをしながら、ソメヤさんの歯磨きの音を聞く。それから顔を上げて門のポーズに移ろうとしたとき、茶色の古臭いショルダーバッグを提げたソメヤさんがリビングに現れた。

行くんですか？　声が出かけたけれど、見ればわかるし聞くまでもない。頑張ってください、って言うのも違う、頑張る理由がわからないし、頑張る予定もないかもしれないし。

行ってきます。

ソメヤさんが小さな声で言った気がした。行ってらっしゃい、とわたしも同じくらいの声で返した。ソメヤさんは玄関で靴を履きかけたけれど、ふと動きを止めて、わたしのところまで幽霊みたいにスーッと戻ってきた。

「どうして行くんだろうって思ってます？」

わたしはポーズをほどいて、なんとなくマットの上に正座した。

「はい」

「自分でもよくわかりません」

「はあ……」

「二度と会うもんか、とは思ったんですが」

「…………」

「そもそも、どうしてわたしが呼ばれたか知ってます？」

「え？」

「このあいだのお見合いみたいなものに。どうしてわたしだったのか、知ってます？」

「いえ、それは……」

「犬に似てるからだそうです」

「え、は、犬？」

「そう、犬。犬です。わたし、あのひとたちが昔飼ってた犬に似てるそうなんです。ハナちゃんって言ったかな。だから気が合うだろうって」

マサオさんのデスクの上のあの写真を思い出した。ハチミツ色の、かわいいワンちゃん。ソメヤさんとは似ても似つかない。

「ひどい理由ですよね。犬？　犬って。そんなこと、はじめて言われた」

このあいだの乙部さんは、そんな話はしなかった。にわかに信じがたいけど、もしそれが事実だとしたら、たしかにちょっとひどい。

「でも、ちょっとおもしろいかもって思ったんです。わたしもその犬に会ってみたかった。自分に似てる犬なんて、めったにいないじゃないですか」

「……だから行くんですか？」

「行ってももう犬には会えないですけど。でもつまらないのよりはいいかもしれないと思って」

ソメヤさんはわたしの返事を待たず、今度はさっさと靴を履いて、静かにドアから出ていった。

予想外の話に思いのほか動揺してしまって、いつもは三十分で終わらせるヨガを、気持ちが静まるまで気づけば一時間も続けていた。

ソメヤさんはテーブルに着いただろうか？　マサオさんはちゃんと来ているだろうか？

ソメヤさんが一人で待ちぼうけをくらったりしていないだろうか？　ヨガマットの上で寝そべりながら、行ったことのない、ホテルのラウンジのテーブルを想像する。いくら想像しても、頭のなかに浮かぶ丸テーブルに二人は現れない。銀のフォークがぴかぴか光るだけで、誰の足音もいつまでも聞こえてこない。

　不安になって起き上がった。

　十一時過ぎだった。お見合いはもう始まっているはず。時計の文字盤を見つめながら、マットに擦れて乱れた髪をほどいてきゅっと結び直す。夕方には久々にコールセンターでのアルバイトのシフトが入っているけれど、それまで何もすることがない。起業の計画は流れてしまったのだから、こういうぽっかり空いた時間でちゃんとした仕事を探すべきなんじゃないか、そんな考えもよぎった。でも、無職で困窮する未来の自分のすがたより、丸テーブルに一人でぽつんと座っているソメヤさんのすがたのほうが、ずっと生々しく想像できる。

　何もしない、ただちょっと、見にいくだけ。

　心配というよりも、ひとつの虫かごに入れた二匹のカブトムシを観察しにいくような気持ちで外に出た。


　駅まで歩くあいだ、すれちがう体ばかり見ていた。

　もう十二月だから、みな厚めの上着を着て、ズボンで脚を覆って、夏よりも丸く小さくなって歩いている。何にも覆われず剝き出しで日を浴びている顔が、ショートケーキの苺《いちご》みたいにぐらぐら危なっかしく体の上に乗っかっている。階段を上ったり下りたりする拍子にごろんと落ちてこないのが不思議なくらいだ。

電車に乗ると、向かいの座席に大人にまじって一人だけ制服の女の子が座っていた。平日のこの時間に電車に乗っているということは、遅刻したのか早退したのか、さぼっているかのどれかだろう。大きく開けたシャツの胸元に小さなネックレスを光らせていたけれど、膝上丈のスカートから伸びる脚がぽちゃっとしていてあどけない感じだった。うつむいて手元のスマートフォンに視線を落としているそのすがたには、まったく焦っている気配もなく、悪びれたようすもなく、自宅のソファの上にいるみたいに彼女の周辺だけ空気がだらっとしなだれていた。

これはたぶん、さぼっているのだ。自分も高校生のとき、一限の体育にどうしても出たくなくて、わざと高校の最寄り駅で電車を降りなかったことがある。

この子もきっとそうなんだろうな、と思ってすぐ、このあいだロミが言っていた、年を取るだけでもらえるポイントの話を思い出した。感慨の非対称。若いひとに自分を重ねてはダメ、だって若いひとは年長者に自分を重ねられないんだから、それはフェアじゃない。たった何歳か年長だというだけで、自分も目の前の高校生に向かって、無意識に年取りポイントを活用してしまっているみたいだった。でもそれは、仕方のないことなんじゃないかとも思う。わたしを見るソメヤさん、わたしを見る乙部さんのまなざしに、ときおり哀れみとも詰問ともつかない色が混ざるのは、きっと彼女たちのなかで、目の前のわたしとかつての彼女たちのすがたが重なっているからだろう。

視線に気づいたのか、制服の子がちらっと目を上げて、こちらを見た。責めているように見えるかもしれないけれど、じっと見返した。いや、実のところはやっぱり、責めているのかもしれない。勝手にあのころのわたしを引っぱりださないで、持っていかないで、と。

彼女は何の反応も見せずまたスマホに視線を落としたけれど、隣の女のひとが、降りるよ、と声をかけると、はーい、と気のない返事をした。ハッとしてよく見れば、目元のあたりが似ている。

なんだ、お母さんと一緒なのか。

気が抜けた。じゃあさぼってるわけじゃない。グレーの薄いダウンコートを着た、化粧の薄い母親らしきひとは、たぶんソメヤさんと同世代だった。ソメヤさんにだって、平日の昼時に制服の娘を連れて、のんびり電車に乗っている人生があったかもしれないのに。ソメヤさんがそうなっていないのは、わたしが勝手に、おかしなお見合いをセッティングしてしまったからじゃないか？

時系列のもつれた後ろめたさが、窓から差し込む日と一緒にじわじわ皮膚に染みてきた。そんなわけない、と思っても、少なくとも、わたしがソメヤさんの人生に後戻りできないくらいかかわりはじめていることはもう間違いなさそうだった。


お見合いのホテルに向かう駅からの地下道は、大きなキャリーケースを引く観光客でごったがえしていた。

高い天井が尽きて地上に出ると、高層ビル群の手前すぐにホテルの大きな建物が現れて、通りに面したガラス張りのラウンジが見えた。十二時五分。お見合いが平穏に進んでいれば、二人はまだきっと席に残っているはずだ。ラウンジは通りよりちょっと高くなっているから、窓にべったり張りついてなかを覗きこむことはできない。できるだけ近寄って、並んで植えられたもみじの幹の隙間からガラスの向こうにソメヤさんを探した。目を凝らすまでもなく、すぐに見覚えのある顔に行きあたった。

マサオさんは窓際のいちばん端のテーブルに、こちらに横顔を向けて座っていた。でも、向かいの背もたれの高い椅子には、誰も座っていない。

ソメヤさんはどこ？　角度を変えてもっと奥を覗こうとしたとき、

「ミナイ」

後ろから声をかけられた。

ぎくっとして振り向くと、そこにも見覚えのある顔があった。一瞬わからなかった。立っていたのは紺色のスーツを着たミツだった。隣には、中身がぎっしりつまった四角いバッグを肩にかけた、ベージュのロングコートの女の子が立っている。

「何してるの？」

何してるんだろう？　説明できずに黙っていると、「やめて、その無表情。怖いよ」とミツが笑った。隣の女の子も、うっすら笑みを浮かべて、重そうな肩のバッグを持ち直した。ミツの彼女だ、と直感した。同期の女の子と付きあっている、と前に聞いたことがあった。そういえば勤め先も、このあたりのビルのどこかだと言っていた。

「ミツは？」聞くまでもないことを聞くと、「仕事だよ、仕事」こちらを下から上までじろっと眺め回してミツは言った。

「これから飯食って、取引先。ミナイは？　飯？　びっくりした、こんなとこで……」

会えば必ず裸になって互いのいろんなところを触りまくっている仲なのに、しっかり着込んで路上で向きあっているこの状態が、裸でいるよりずっと恥ずかしかった。目の前の二人の、ちゃんとしたスーツ、ちゃんとしたバッグ、ちゃんとした靴。わたしはジーンズに着古した分厚いカーディガンを羽織っているだけで、手には何も持っていない。持ちものはみんなカーディガンのポケットに入ってしまって、わざわざバッグに入れて持ち運ぶほどの大事な書類も筆記用具も何もない。

「うん……ちょっと」

二人と向きあいながらも窓の向こうが気になって、ちらちら目をやっていると、ミツも何か気づいたようだった。

「待ちあわせ？」

「あ、まあ……」

「そんな怖い顔して、待ちあわせっていうより、天敵を待ち伏せしてるっぽいな」

「怖い？」

わたしは咄嗟に顔に手を当てた。思いのほか、頬はひんやり冷えていた。ミツは急に苦しくなったみたいにネクタイの結び目を摑んで、軽く引っ張った。その手が二週間前、自分の腰をがっしり摑んで揺すっていたことが、信じがたい。

「いいよな、ミナイは。自由だよな。俺も仕事なんか放り出して、平日の昼間から優雅にホテルでランチしたいよ。あ、この子、大学時代の友だち。ミナイ」

ミツが言うと、隣に立つ彼女はなぜか一歩後ずさって、「どうも」と軽く頭を下げた。目がぱっちりしていて、鼻筋の通った美人だった。

「この子は同期の子」

わたしも小さく「どうも」と言って、頭を下げた。知らんぷりで通り過ぎることもできたのに、悪びれずわざわざ声をかけてくるのが、ミツらしい。

「じゃあ、またそのうち飯食いいこうよ」

あっけらかんとした誘いに、秘密の符牒《ふちょう》めいたものは何もない。

「うん」

「じゃ、行くわ」

「うん」

地下道に向かって歩いていく二人を見送りながら、あの並んで歩いているふたつの体の、右側の体が自分の体と関係ある体なのかと、ひとごとのように思う。明るい野外の日差しの下で、暗い色で覆われたひとの群れのなかから、あの体だけを特別に感じることは難しい。そのかわり、自由だよな、というミツの言葉の切れ端だけがべちゃっと耳たぶに張りついて残った。自分がでっちあげた、中年同士のお見合いを盗み見にくることが自由？これが自由だとしたら、すごくしょぼい自由だけど。

ラウンジのガラスの向こうでは、相変わらずマサオさんが一人でぽつんとテーブルに残っていた。

乙部さんに電話してみようか。でも、息子が一人で置き去りにされていることを知ったら、乙部さんは悲しむだろう。となるとやっぱり、わたしがあの椅子に座りにいくしかないのかも……腹をくくりかけたとき、奥からすっとソメヤさんが現れた。

ソメヤさんは一礼してから向かいの椅子に座った。二人の表情は光の加減でここからはよく見えないものの、何か喋っているようだ。すっぽかしてなかった、よかった、きっとお手洗いか何かで席を外してただけなんだ。ひとまずはほっとする。いまのところ、テーブルの皿が投げ飛ばされるような危うい気配はなさそうだった。それを期待していたわけではないけれど、ちょっと肩透かしな感じもした。これ以上見張っていても何の意味もないだろう。それなのに、もみじの木の陰からはなんとなく立ち去りづらい。考えるのは、この続きのことだ。

万が一にも、もしこのお見合いがうまくいったら……乙部さんの望みどおり、二人はそれぞれ家を出て、世帯を持つかもしれない。二人の体がくっつくところを想像してみても、むかし人形同士をくっつけあったときみたいにぺこぺこしたまぬけな音しか鳴らない。でもとにかく、マサオさんがソメヤさんとくっついて出ていけば、乙部さんは念願かなってあの家で一人暮らしができる。ときどき、一人でいることが寂しくなったりもするだろう。そんなとき、わたしが遊びにいったら乙部さんは喜ぶだろうか？　このあいだ一緒にカレーを作った日みたいな日が、もっと増えるだろうか？

想像からはみだした感情がひだみたいに伸びあがって、いっせいにヒラヒラ揺れ出す感じがした。この感情ってなんなんだろう。わたしはひょっとして、乙部さんをひとり占めしたいのだろうか。父方の祖母も母方の祖母も、わたしが小学校に上がる前に他界した。ロミが言ったように、乙部さんから老いを分けてもらおうとしているんじゃなくて、実のところわたしは、子ども時代におばあちゃんからもらいそこねた孫としてのお楽しみを搾り取ろうとしているだけ、という可能性もある。

くだらないことを考えるのはやめてもう行こうと決めたとき、示しあわせたみたいに窓の向こうの二人も立ち上がった。そのまま待っていると、やがて通りに面したドアから出てきた。二人とも、ホテルの名前が書かれた白い小さな紙袋を手に提げている。もみじの木の陰にいるわたしには気づかぬまま、階段を下りたところで頭を下げあって、あっさりと別れた。マサオさんは地下道に向かい、ソメヤさんは反対方向の地上の道を行った。

思案するまでもなく、わたしはマサオさんのあとを追った。

予想通り、マサオさんは駅に向かい、わたしがさっき乗ってきたのと同じ電車の下りの車両に乗り、同じ駅で降りた。ロータリーをぐるりと回って住宅街に続く小さな通りに入ったとき、マサオさんが振り向いて、目が合った。思わず立ち止まると、マサオさんも足を止めた。

「何？」

さきほどミツに声をかけられたときと同じように固まってしまう。ついてきたのがバレていたのか、いまたまたま振り向いただけなのか、相手の表情からは窺《うかが》えない。とりあえず頭を下げてみたけれど、マサオさんは直立不動のままだった。

「あんた……こないだうちに来たひとだよね？」

「はい」

「何？」

「いえ、何も……」

マサオさんは怪訝《けげん》そうに、そしてやっぱり、ミツがさっきしたみたいにわたしの全身を下から上までじろっと見た。それからまた、家に向かう道を歩きはじめた。

「あの」

その背中に声をかける。マサオさんは足を止めず、無言で振り返った。

「あの、家、行ってもいいですか」

「は？」

「また、乙部さんと話したくて……」

「母親のこと？」

「はい」

「俺に聞かれても」

「乙部さん、いま家にいますか？」

「さあ。たぶんいるんじゃないの」

「じゃあ行ってみていいですか？」

マサオさんはうんともすんとも返してこない。

すこしの距離を取って、そのままあとをついていった。肩幅が広すぎる古くさい焦茶色のジャケットに覆われた上半身は、街のなかでほかの体の群れに溶けていったミツの体よりもくっきり浮き立って、しがみつきやすそうに見える。広い肩幅に日が当たって、金色のふちどりまでが見えるような気がした。

「お見合い」

聞こえてなくてもいいや、と思いながらその背中にしつこく話しかけてみると、肩の線がぴくりと揺れた。

「どうでした？」

マサオさんは肩越しにかすかに振り返っただけで、やっぱり何も言わない。

「ソメヤさん、大丈夫でした？」

「大丈夫って？」

「その……怒ったり、してませんでしたか」

「怒ってはない」

「あの、じゃあ……何話してたんですか？」

「べつに」

「犬に似てるってほんとですか？」

「え？」

「犬。ソメヤさんが。その……ハナちゃんという、前に飼ってたという犬に似てるとか」

「ああ……なんであんたが知ってるの？」

「ソメヤさんから聞きました。乙部さんはそんなこと、言ってなかったんですけど」

「そうだよ」

「あ、やっぱりほんとなんですか？」

「最初は似てないと思ったけど、ぜんぜん似てなくもないと思った、今日」

乙部さんの家が見えてきた。また勢いで来てしまったけれど、来てしまったからには、乙部さんと会って話したい。何を話すかといえばもちろん、次の作戦を練るのだ。ソメヤさんとマサオさんをもっと近くにくっつけるための作戦を。

マサオさんは玄関のドアノブを摑んだけれど、ノブは回らなかった。いないのか、とひとりごちて、ポケットから鍵を出してドアを開ける。そのまま閉まりかけたドアをわたしが押さえて立っていると、マサオさんは靴を脱ぎ、しゃがんでしっかり向きを揃えたあと、黙って階段を上っていった。好きにしろ、ということだろうとわたしもブーツを脱いで、誰もいないキッチンに入った。

流しには何も残っていなくて、四角いテーブルの上もきれいに片付いていた。きっと乙部さんは毎日こうして、何もやりかけにせずキッチンをさっぱりした状態にしておいてから、買いものに出かけたりするんだろう。

他人の家の誰もいないキッチンにこうしてぽつんと座っているのは、不思議な心地だった。博物館の、ロープを張ってある立ち入り禁止の区域にこっそり忍び込んでいるみたいな感じがする。立ち上がって、換気扇の下に吊《つ》るしてあるおたまやしゃもじ、冷蔵庫に貼ってある水道修理のマグネットなんかを、貴重な化石を前にした気分で眺めてみる。このキッチンで毎日立ち働いているひとの気配が、すばしっこいクモみたいに視界の隅にちらっとよぎるけれど、捕まえようとしても捕まえられない。

上でガタン、と音がした。

マサオさんがこちらに下りてくる気配はない。わたしには完全に無関心なんだろう。この前会ったときと同じ憮然《ぶぜん》とした態度だったけれど、ソメヤさんと会ったあとだからか、それともさっき肩に注いでいた日の光のせいなのか、この前に比べれば、まだちょっと、近づけそうな隙があるような気がした。キッチンから出て階段を見上げながら、なんだか危ない、と思う。でも留まろうという気持ちにもならない。だから忍び足で階段を上っていった。昔大学で読んだ小説に出てくる、心惹かれる少女に近づくためにその母親を誘惑した男みたいに、自分はおばあさんに近づくためにその息子を籠絡しようとしているのだろうか、といぶかしみながら。

シールを剝がしたあとが目立つドアを、コンコン、と小さくノックしてみる。ドアの向こうは無音だった。もう一度ノックしようとしたとき、ガチャッとドアが開いた。

「何？」

着替えたらしく、マサオさんはこのあいだ外で草刈りをしていたときと同じ、ジャージすがたになっていた。焦茶色のジャケットとスラックスは脱ぎ捨てられたりせず、ちゃんとハンガーで壁に吊ってある。リラックスした格好なのに、どうしてか、ジャケットのときよりも近づきがたい、頑《かたく》なな雰囲気を漂わせている。

わたしは開いたドアに手をかけ、勝手に部屋のなかに入り、前来たときと同じく椅子の前のフローリングにべたっと座った。マサオさんは「おい」と一言言ったけれど、無理やり部屋の外に追い出そうともせず、ドアを押さえて立ったままでいた。

「待つんなら、下で待ってほしいんだけど」

「下に誰もいないので」

「いや、出てって」

「お母さん、いつ帰ってきますか？」

「さあ」

「買いものですか？」

「さあ」

わたしがあぐらを組んだのを見ると、マサオさんはあきらめたのか、こちらに背を向けて机のパソコンの前に座った。スクリーンには麻雀ゲームの画面が映っていた。

「働いてないんですか？」

マサオさんはすこし間を空けて「誰が？」と答えた。

「マサオさん」

「働いてない」

「自由ですね」

ミツに言われた腹いせみたいに、言った。平日の昼間、家に閉じこもってパソコンで麻雀ゲームをする自由と、わたしの自由ではどちらがよりしょぼいだろう。マサオさんは答えない。

「ずっと無職なんですか？」

「いや」

「働いたことあるんですか？」

「ある」

「いつ？」

「去年まで」

「なんで辞めたんですか？」

「鬱病」

「休職じゃなくて、退職ですか？」

「退職。なんでそんなこと聞くの？」

「すみません」

「そっちは」

「えっ？」

「そっちは、働いてるの」

「いえ、フルタイムの仕事は……コールセンターでアルバイトしてます」

た。

マサオさんはそう言って鼻で笑った。皮肉を言えるくらいの余裕はあるんだな、と思った。

デスクにはパソコンのほかに色刷りのちらしのようなものが重ねられていて、重石《おもし》代わりなのか、その上に鉛筆が一本転がっている。犬の写真はこのあいだと同じところに飾られていた。ハチミツ色のふさふさの毛をした、たぶんゴールデンレトリーバーで、黒い瞳でじっとこちらを見据えて舌を出し、ひとなつっこく笑っているように見える。きっとこれが、例のハナちゃんだろう。やっぱりどこからどう見ても、ソメヤさんにはぜんぜん似ていない。

マサオさんが大きく伸びをして、椅子がぎいっときしんだ。その足元に、ホテルの名前が書かれた白い紙袋が無造作に投げ出してあるのが目に入った。

「それ、なんですか？」

「何？」マサオさんは振り向かずに言う。

「その、白い袋。ホテルの」

「ああ……」

足元に目を落とし、裸足の親指でマサオさんはちょっと紙袋に触れた。薄く緑がかった、いかにも血の巡りの悪そうな足指と、干上がった餅のくずみたいな爪が寒々しい。

「中身、なんですか？」

「クッキー」

「え？」

　マサオさんは右に体を傾げて紙袋を摑み、中身に目を向けぬままわたしの前に突き出した。受け取って覗いてみると、確かにそこにはホテルのロゴ入りのそこそこ大きな白い缶が入っていた。

「ソメヤさんも同じ袋持ってましたよね。おそろいで買ったんですか？」

「いや、俺は買ってない」

「じゃあこれは……」

「くれた」

「くれた？」

「くれた」

「くれたって、ソメヤさんがですか？　なんで？」

「記念に、って」

「記念……って、なんの？」

「さあ」

「記念にクッキーをプレゼントするとか、ソメヤさん、そんなことするタイプのひとには思えないんですけど」

「だから何？」

　何、と言われると、返しようがない。現にこの紙袋のなかに、本人は買っていないというクッキー缶が入っているのだから、ソメヤさんがプレゼントしたことには間違いがないのだろう。にわかに信じがたいけれど、あのホテルの丸テーブルの上でソメヤさんがこの男にクッキーをプレゼントしたくなるほどの何かがあったのだというならば、二度目のお見合いの立案者として、それはぜひとも知っておきたい。

「ソメヤさんとどんな話、したんですか？」

「べつに」

「べつに、じゃなくて。二人とも、ずっと黙ってたわけじゃないですよね？」

「まあ……」

「マサオさんは謝ったんですか？」

「なんで俺が謝るの？」

「だって、ソメヤさんを置いて、一人で帰っちゃったじゃないですか」

「なんで知ってんだよ」

「失礼だと思います。自分が飲み食いしたぶんも、ソメヤさんにぜんぶ払わせるなんて」

「今日は俺がぜんぶ払った」

「当たり前じゃないですか。でもそれで前回の失礼がチャラになるわけじゃないですよね？　ソメヤさんに謝ったんですか？」

「だから、なんで俺が謝るの？」

マサオさんはずっとこちらに背を向けたままで、どんな表情をしているのかはわからない。麻雀ゲームの画面は開いているけれど、マウスを握りしめているだけで、遊んでいるわけではなさそうだった。

「だから……」

説明しかけて口をつぐんだ。この感じからして、マサオさんは何があってもぜったいに自分の非を認めないタイプのひとなのかもしれない。きっと小さいころから、あのお母さんになんでもかんでも肯定しまくられて、謝りかたも、謝るふりも、降参することの屈辱と甘やかさも知らないまま、ここまで来てしまったんだろう。

意固地な背中が何十年もの長きにわたって溜めこんできたお母さんのまなざしが、ぶあつい盾になって世界じゅうの悪意からこのひとを守ってあげている。わたしのうっすらとした悪意も当然、この盾の前ではあっけなく弾かれ地に落ちる。

「もういいです。たぶん謝ってないと思いますけど、あとでソメヤさんに聞きます」

「じゃあもう出てってくれよ」

「出ていくのはマサオさんじゃないですか？」

「は？」

マサオさんは肩越しにちょっとこちらを睨みつけ、また画面に向き直った。

あなたのお母さんは、あなたにここから出ていってもらいたがってるんですよ。

喉元までその言葉が出かかったけれど、ぐっとこらえた。

わたしはひとつ咳払《せきばら》いをして、マサオさんの背中をじっと見つめた。これは盾じゃなくて、的《まと》。的だ。その背に見えないマス目を作って、いちばん端の目から、順々に矢を放つようなイメージで聞いた。

「ずっとお母さんと住んでるんですか？」

「そうだよ」

「これまで、一人暮らしして、自立しようって考えたことないんですか？」

「ないね」

「じゃあお母さんがいなくなったら、何もできないんじゃないですか？」

「やろうと思えばできる」

「お母さんに恋人ができたらどうするんですか？」

「は？」

刺さった。

マサオさんはくるっと椅子ごとこちらに向き直った。もう目が殺気立っている。

「お母さんに恋人。これまで、できたことないですか？」

「あんた、何言ってんの」

「お母さんだって人間です。かわいらしいひとだし、これまでの長い人生のなかで、家の外に恋人がいたときがあっても、べつに不思議じゃないですよね。仮にいままでいなかったとしても、これからもずっといない、って決めつけることはできないですよね」

「あんなばあさんに？　あんた、頭おかしいんじゃないの」

「おかしくないです。可能性の話です」

「いかれてる」

マサオさんは呆れたように言って、椅子ごとまた背を向けた。わたしはその次のマス目に向かって、さらに矢を放った。

「で、どうするんですか？　たとえば明日にでも、お母さんが恋人と一緒にここで暮らしたいって言い出したら、マサオさんはこのまま堂々と居座るんですか？　三人で一緒に仲良く暮らすんですか？」

ちょっとの沈黙を挟んで、「ありえない」とマサオさんはつぶやいた。

「じゃあマサオさんが出てくか、お母さんが出ていくしかないですよね。でもここは、お母さんの家ですよね」

「そうじゃなくて、そんな仮定じたいがありえないんだよ」

「仮定を否定したら、天気予報だって意味なくなりますよ」

ここでまた、マサオさんは椅子ごと振り返った。顔がまだらに赤くなっている。椅子がカタカタ揺れだしたと思ったら、右膝から貧乏ゆすりが始まっていた。

「仮に仮にって言うけど」声もちょっと震えていた。「仮にそんなことがあったとして、そっちになんの関係がある？」

「関係ないけれど知りたいことってあるじゃないですか」

「何が言いたい？」

「マサオさんは、お母さん以外の誰かに興味持ったことってありますか」

マサオさんは前髪の隙間からのぞく眉を思い切りしかめて、こちらを睨みつけた。

「わたし」その苛立った目つきに、どんどん言葉が吸い寄せられていく。「わたし、ときどきひとのことを人形みたいに考えちゃうんです。そこにあるのは体だけっていうか、フォルムっていうか、自分もふくめてしょせん、いろんな似通ったかたちがあちこちで人間っぽく動いてるだけに見えるっていうか」

勢いよく噴き出した言葉に目がくらんで、自分でも何が言いたいのかわからなくなった。混乱の渦に押し流されないよう、目の前で小刻みに揺れる黒のジャージの膝にしっかり焦点を合わせていようとする。この膝が震えているのはわたしのせいで、わたしが火をつけ薪をくべたマサオさんの苛つきが、また言葉をせきたてる。

「でも、どうしてかわからないけど、このあいだ乙部さん、マサオさんのお母さんと下でカレーを作ったときに、なんかふと、自分のかたちがなくなって、台所ごと乙部さんの体のなかにつるっと入っちゃったみたいな、そんな感じがして。それがみょうに心地よくて。スパイスいっぱい使って、鍋でぐつぐつやってたから、湯気で頭がヘンになっちゃっただけかもしれないんですけど。そんなこと、はじめてで……」

「あんた」

膝の震えが一瞬止まった。

「あんたひょっとして、うちの母親のことが好きなの？」

わたしは膝から目を離し、マサオさんの顔を見上げた。さっきまでその顔にまだらに広がっていた赤が、いまはくまなく全面に広がっていた。

「え、好きっていうか……興味あります」

「その興味っていうのは……え、あんた女だよね？　そういうこと？　いや、ありえない、まさか、自分が恋人になりたいっていう意味？」

「恋人っていうのはしっくり来ないです」

「じゃあなんなんだよ」

「わからないです。でも気になるんです」

「俺はもっとわかんないよ。なんなんだよ、あんた」

「マサオさんは、誰かにたいしてそんな気持ちになったことないんですか？」

「つまり、どっかの知らないじいさんを追いかけまわしたりしたことがあるかってこと？」

「おじいさんじゃなくても、誰でも。そもそもいままで、恋人いたことあるんですか？」

「あるよ」

赤く張りつめていた顔の緊張が、ここで一瞬ほどけたように見えた。でもすぐに、さらに激しい貧乏ゆすりが始まった。

「あるんだ。童貞だと思ってました。何人いました？」

「…………」

「一人？　二人？」

「…………」

「まあ一人いたとして。そのひと、犬のハナちゃんには似てたんですか？」

「…………」

「ハナちゃん、かわいいですよね」

わたしは座ったまま背を伸ばし、デスクの上のかわいいハナちゃんの写真に目を向けた。

「でもソメヤさんにはぜんぜん似てない。ソメヤさんがあんな顔で笑ってるの、見たことないです。今日、どこが似てると思ったんですか？」

「…………」

「で、その彼女とはいつ付きあってたんですか？」

「…………」

「お母さんには似てましたか？」

「うるさいんだよ！」

癇癪《かんしゃく》を起こしたみたいに、マサオさんは突然両手で椅子の肘掛けをバンと叩いた。わたしはひるむどころか、その音に鼓舞されたみたいに、膝からぶるぶる震えているマサオさんの両足首をぎゅっと握った。制圧したい、とか、驚かせたい、とか、そういう気持ちを感じる間もなく、衝動的にそうしていた。

「な、なんだよ」

マサオさんは足をバタバタさせてもがいたけれど、わたしは膝をつき渾身《こんしん》の力をこめて、足首を押さえつけた。ジャージのズボンの裾から、体毛の薄い、乾いてもう少しで鱗《うろこ》になりそうな中年の素肌がのぞいた。簡単に手放す気がないと見てとったのか、単にわたしの目つきに慄《おのの》いたのか、マサオさんの抵抗はすぐに弱くなった。危ない。腰の両側がうずく。足首を握る手に力を込めれば込めるほど、腰の両側が、ミツの大きな手で押さえつけられるみたいに熱くなる。手の内にあるのは他人の乾いた足首なんかではなく、自分の突き出た、頑丈で生意気な腰骨であるように思えてくる。

「あんたら、なんでいきなり摑んでくるんだよ」

すっかり抵抗をやめて、歯医者の診療台に載せられた子どもみたいに固まっているマサオさんが、怯えた小声で言った。

「あんたら？」

「放してくれよ。怖いよ」

「怖くないですよ」

わたしは足首を握る力を緩め、そのまま両手を交互に少しずつ、上のほうに移動させていった。ごわごわしたジャージ越しに、ふくらはぎに、膝に、じっくり圧をかけながら、一歩一歩踏みしめるみたいに、体を登っていく。その歩みに合わせて徐々に自分の上半身も起こしていき、膝から垂直になったとき、両手は太腿《ふともも》のきわどい位置にあった。ジャージ越しに、固いけれども張りのない両腿の肉が感じられた。その付け根にあるはずのものは、見たところ何も反応していなかった。

「や……やめろ」

声が裏返っていた。わたしはあっさり手を離し、膝ですこし後ずさってから、おとなしく正座した。

「あ、あんたって、そういうこと簡単にできるタイプの女？」

マサオさんも、椅子ごと大きく後ずさった。息が上がっている。

「わりとできます」

荒い呼吸のあいまに、うわあ、とも、うおお、ともつかないうめき声をあげて、マサオさんは目に埃でも入ったかのように、不快そうに大きくまばたきをした。

「いまみたいなことしたら……だいたいの男のひとはその気になります」

「俺は違う」

「ごめんなさい」

「謝るならやるなよ。それにあんた、危ないよ、自分の体はもっと大事に……」

「マサオさんでもそんなこと言うんですね。意外。マサオさんは、女性から誘われてもしないんですか？」

「俺は……誰でもいいわけじゃない。俺は……」

「もしかして、昔の彼女が忘れられないとか？　そういうのですか？　じゃなかったら……」

マサオさんは膝を摑んでから無言で立ち上がり、多肉植物の鉢が並ぶ窓辺に立った。そのまま息を整えるのかと思いきや、勢いよく窓を全開にした。冷たい風が一気に吹きこんでくる。それでふと、ソメヤさんのことを思い出した。この風に吹きさらされて、いまごろまた公園でやけ酒を飲んでいたりするのだろうか。それとも今日は、まっすぐ家に帰って、温かい紅茶を淹れてホテルのクッキーをかじっているだろうか。

「あんた、無神経だよ」

マサオさんはカーテンを掴み、こちらに背を向けたまま動こうとはしなかった。

ひときわ強い風が吹きこんできて、クッキーの紙袋がかさかさ音を立て、デスクの上の鉛筆が転がり、下に重ねた紙が二、三枚舞い上がる。まるで風だけの力で、わたしを出ていかせようとしているかのようだった。宙に舞った紙の一枚が、膝の前に落ちてきた。うちにもときどきポスティングされる、薄いピンク色の紙に刷られた整体院のちらしだった。何気なく手に取って裏返してみると、

昨日から急に寒くなったね

鉛筆書きの一文が目に留まった。文章はまだ続いていたけれど、マサオさんが振り返りそうな気配を感じ、さっとふたつ折りにして腰の後ろでジーンズとカーディガンの隙間に突っ込んだ。

「帰ります」

マサオさんが振り返ると同時に、わたしは立ち上がった。

「え」

すこし拍子抜けした感じで、マサオさんは口をあんぐりさせた。さっきわたしが強く摑んだせいか、ジャージのズボンがちょっとだけずりさがっていて、小さい子どもに母親がするみたいに腰まできっちり引っ張り上げてやりたくなった。

「おじゃましました」

そそくさと部屋を出て、階段を下りる。台所にはひとの気配がなかったけれど、玄関の狭い沓脱ぎには、マサオさんの革靴とわたしのブーツのほかに、来たときにはなかったベージュのウォーキングシューズとくたびれたキャリーが揃えてあった。

乙部さん、帰ってきてたんだ。気づいたけれど、台所の奥に声をかける気にはならなかった。

門の外に出て振り返って見上げると、ソテツの木の向こうのマサオさんの部屋の窓はすでに閉まっていた。カーテンも端までぴっちり引かれていた。逃げ出してきたわけじゃないのに、見つからないよう体を縮め、路地に差す西日の影に入って足早に駅に向かう。電車と地下鉄を乗り継いで、二人の家からちょっとずつ遠ざかるごとに、見えない追っ手に迫られているような落ち着きのなさは薄れていった。

ひとの家にずかずか上がりこんで平穏を乱したのはこの自分なのに、いまは逆に、空き巣に入られたみたいな心地がしていた。部屋は荒らされているのに、何を盗《と》られたのかはわからない。土足の足跡はあるのに、出ていった形跡はない。落ちた本やお皿をもとの場所に戻したいけれど、もとの場所がどこなのかは、もうはっきりしない。

西新宿の八階建てオフィスビルの六階に入っている不動産会社のドアを開けると、横にあるドリンクコーナーから「あっ」と声が聞こえた。

見ると、上司、と言ったらいいのか、監督、と言ったらいいのか、アルバイトのシフトを管理している社員の鳥本《とりもと》さんが、コーヒーメイカーの下に紙コップを差し込んでいるところだった。

「ミナイちゃん、久しぶり」

「お久しぶりです」

頭を下げて、当たり障りのない微笑みを浮かべる。鳥本さんは少し首を傾げた。「何ヶ月ぶり？」

「忙しかったの？」ネクタイをゆるめながら、鳥本さんは少し首を傾げた。

「えーと……二ヶ月ぶり……くらいだと思います」

「今日は十六時からだよね？」

鳥本さんはさらに首を傾げて、壁掛けの時計に目をやる。わたしも振り返って見た。十六時七分。

「すみません、遅れました」

「遅れるときは連絡ちょうだい、心配だから」

「はい、すみませんでした」

「でも戻ってきてくれてありがとうね。今日はミナイちゃん入れて三人だよ。ほか二人は朝までで、ミナイちゃんは二十二時までね。よろしくね」

カウンターのラックから自分の名前が書かれたタイムカードを取り、旧式の差し込むタイプの機械で出勤時間を打刻して、それほど広くはないフロアの隅にある「コールセンター」に向かう。社員さんたちの半分くらいは出払っていて、キーボードを打つ音だけが重なって響き、この建物じたいが小さく咳こんでいるみたいだった。

　白い仕切り付きの机を四つくっつけた「コールセンター」の奥二席には、見たことのない男性が二人、ヘッドセットをつけてスマホをいじっていた。一人は四十絡みの銀縁眼鏡をかけた撫で肩の男で、もう一人はわたしと同年代くらいに見える若い男。室内なのに、ワッペンがあちこちについたカーキ色のボンバージャケットのようなものを着込んでいる。寒そうにしているひとを見ると、見ているこちらも腕の内側にさあっと鳥肌が立って、心細くなる。おつかれさまですと声をかけると、二人とも目だけを上げて、……です、とかろうじて語尾だけ聞こえるくらいの声で挨拶を返してきた。

　椅子に腰掛けて、パソコンの電源を入れたところでさっそく、入電を知らせる電話の赤いランプが光る。その一秒後くらいにプルルルル、と不穏な高音のベルが鳴る。向かいの机の、撫で肩の彼が受話器を外し、「はい、こちら……」と対応を始めた。ボンバージャケットのほうは、スマホから目を離さず微動だにしない。

　鍵を失くしてなかに入れない、とか、エレベーターが動かない、とか、マンション関係の困りごとに対応するのがこのコールセンターだった。エントランスの掲示板だとか、管理会社のウェブサイトなんかでこのセンターの番号を見つけたひとが、せっぱつまって電話をかけてくる。その話を正確に聞き取り、状況を把握し、鍵なら鍵業者、水回りなら水道業者と、リストにある適切な業者に繋げるのがオペレーターの仕事だった。闇の組織が暗躍しているのではないかと疑いたくなるくらい、電話がひっきりなしにかかってくる日もあれば、水を打ったようにフロアが静まり返り穏やかな数時間が過ぎていく日もある。

「鍵を失くされたということですね。ではお名前、ご住所をお願いします」

撫で肩の彼は、仕切りの向こうで言われた住所を復唱しながらキーボードを打つ。この仕事をするまで考えもしなかったことだけれど、家の鍵を失くしてしまうひとは意外と多い。たいていは一人暮らしの若者だった。片時も離さず握っているスマホに比べれば、家の鍵なんて、存在感はずっと薄い。鍵というものは握っても何も映さないし音も出ないし誰とも繋がれない。あるのはひんやりした、よそよそしい金属の手触りだけで、これが自分の生きる住まい、生活の基盤と直結しているという熱い感触はない。

気づくと撫で肩の彼の電話は終わっていて、ブースの向こうでは鍵業者への架電が始まっていた。とりつくしまのない硬く無愛想な声だけれど、必要事項はしっかり聞き取れる。待機の時間には、席を離れさえしなければ何をしてもいいことになっていた。いつもなら前の二人と同じくスマホをいじっているところだけど、今日は何も見る気にならない。以前には、ブース越しにおやつのおせんべいを分けてくれたり、トイレに立ったついでに入り口のドリンクコーナーでコーヒーを淹れて持ってきてくれるようなひともいて、退屈が紛れた。でも今晩の二人は明らかに、そういうタイプではなさそうだ。

手持ち無沙汰に、ふたつ折りにして腰の後ろにつっこんだ紙を取り出して広げる。

昨日から急に寒くなったね

冷蔵庫のカレーのレシピと同じ筆跡だった。とめるのもはねるのも丁寧な、小学校の先生が黒板に書くみたいな字。すこし空白をおいて「うちの中では」と文章は続いていたけれど、その先はところどころ線で消されていたり、塗りつぶされたりしていて、じっくり目を凝らさないと解読できない。

これは手紙？　マサオさんの机の上には、この紙と同じくメモ帳大に切られたちらしが重ねてあった。でもいまどき、いい大人がちらしを便箋がわりに使うだろうか。手紙じゃないのだとしたら、詩のようなもの？

「何それ？」

ハッとして振り向くと、後ろに紙コップを持った鳥本さんが立っていた。

「ラブレター？」

鳥本さんの口角が上がり、きらっと奥の銀歯が覗く。

「違います」

わたしは慌てたところを見せまいと、ゆっくり紙を元通りに折り畳んで、ポケットにしまった。見えないけれども、ブースの向こうのふたつの意識がこちらに向いているのを感じる。

「俺も送っちゃおうかな」

鳥本さんの手が、椅子の背にかかる。結んだわたしの髪の毛が、きっと手の甲に触れている。いまこの瞬間に電話が鳴ればいいのにと願うけど、そんなに都合良くはいかない。

できるだけ遠いところに目をやり、入り口近くの総務部の女性が郵便物を整理しているのを見つめて黙っていると、相手は何か察したのか、いったん体重を椅子の背にぐうっと預けてから、手を離した。

「ミナイちゃん、いつも姿勢がいいね。ピンと背筋が伸びてて。若い子がいるとやっぱなんかこう、空気が華やぐなあ。あとでフラペチーノ、買ってこようか？」

「フラペチーノ？」

「ミナイちゃん、好きでしょ」

「いえ……」

「遠慮しないでいいよ。俺、もう上がれそうだから」

「大丈夫です」

あとでね、あとでね、と言いながら、鳥本さんは離れていった。バイト初日も、二ヶ月前にシフトに入ったときも、一貫してこんな感じでぐいぐい距離感を詰めてくるひとだった。このまま自分が強く拒否さえしなければ、いつかどこかの薄ら寒いラブホテルで、一緒に布団にくるまることになってしまうかもしれない。

あんたって、そういうこと簡単にできるタイプの女？

急にマサオさんの声が甦《よみがえ》ってきた。

わりとできます、そういうタイプの女です。でも、だから何？　できることをして何が悪い？　性愛にどっぷり浸かりたいわけじゃない。未知の快楽を求めているわけでもない。わたしはただ、ひとの体と自分の体が、公にはさらせないやりかたでぶつかりあっているのを感じたい、そしてそのぶつかりかたの違いを知りたい、内臓の重さとか皮膚に滲む匂いのバリエーションを集めてみたい、ただそれだけ。

心のなかで弁解じみた言葉を並べていると、声に続いて、ジャージ越しに摑んだマサオさんの脚の感触まで戻ってきた。ふくらはぎ、膝、張りのない両腿、静止。

あれは静かな拒絶だった。いまになって、はっきりわかる。不器用だけど、あれはあからさまな拒絶。

男のひとから拒絶されたことは、これまで一度もなかった。べつにショックを受けているわけではない。でもそのことを思うと、いまになって一瞬息が止まるような、一本線の鋭い痛みが背筋を走る。何か見透かされているような気がした。感じたい、知りたい、という単純な理由の向こうに隠されているものを——誰といたってたぶん、わたしはとことん自分本位で、違いなんてほんとうはどうでもよくて、この目が向くのは、たぶんわたし自身の体だけなんだということを。


時間はゆっくり過ぎていった。

十九時過ぎに十五分休憩から戻ったら、机の真ん中にスターバックスの大きなプラスチックのカップが置いてあった。電話が鳴った。撫で肩の彼が取ってくれるだろうと思ったけれど、三回ベルが鳴っても反応なしだった。そっちが取れ、というメッセージだと思い、今日はじめて受話器を外した。家の風呂場の窓にヒビが入ってるんだけど。口調のきつい男性が、せきたてられるように喋りはじめる。緊急ではないことを確認して、住所と名前と連絡先を確認し、後ほど業者から連絡がいくことを伝える。リストにある窓関連の業者に依頼の電話を入れて、報告フォームに必要事項を入力したら、もう仕事は終わりだった。フラペチーノを一口飲んだ。風呂場の窓のヒビは、明日にでも修繕されるだろう。わたしはただで分けてあげられるほどの善意も余裕もない人間だけど、膝に痛みを与えるパッドや視界を狭める眼鏡を作るよりは、この仕事のほうがずっと、ひとの役に立っているという実感が持てる。

仕事上がりの十分前になって、また電話が鳴った。

撫で肩の彼は休憩中で席を外していて、ボンバージャケットのほうは、机に突っ伏して寝ているか、寝ているふりをしていた。ややこしい電話だったらいやだな、と思いながら受話器をとると、「助けて」と女性の声が耳に飛び込んできた。

「どうしました？」

「鍵がない」電話の向こうで、ひゅう、と深く息を吸い込む音が聞こえる。

「鍵がないいんですね」

「そう、ない、ないの。なか入れない。助けて。どうしたらいい？」

呂律《ろれつ》があやしい。酔っ払っているのかもしれない。

「こちらから業者さんに連絡して、開けてもらえるようにします」

「ただで？」

「えっ？」

「そのひと、ただで来る？」

「あ、代金はその場でお支払いです」

「じゃあだめ。お金ないもん」

「その場合は、後日お振り込みというかたちも可能です」

「振り込みなんか、したことない」

わたしは肩越しにちらりと後ろを見やった。鳥本さんは帰ったようだけれど、社員はまだ数人残っている。このまま話が込み入って収拾がつかなくなったら、対応を代わってもらうことになるかもしれない。

「とりあえず、いまから業者さんに連絡を取りますね。そしたら、直接、業者さんからお客さまに電話がかかってきますから、そこでやりとりをしてください。なのでまずご住所と、お名前と、お電話番号を教えていただけますか？」

一瞬の沈黙のあと、相手は思いのほか素直に住所と名前と電話番号を述べた。言われたとおりパソコン上のフォームに入力し、復唱する。ノモトカオリ。それがこの女性の名前で、住まいはここからそれほど遠くない、オフィス街のイメージが強いエリアだった。あのあたりに住むところなんてあるのかなと思ったけれど、必要事項は聞き出せたのだからあとは業者に任せればいいだけだった。

「ではいまから、鍵の業者に依頼をかけますので、連絡をお待ちください」

「だめ」

「はい？」

「来させないで。お金ないんだもん」

「ないと言われましても……」

せりふみたいな言い回しだ。恥ずかしくなって、ブースの向こうを覗き見る。ボンバージャケットの彼は相変わらず机に突っ伏している。

だめだよ、だめ……電話口の相手は繰りかえす。次第に嗚咽《おえつ》みたいなものまでもれはじめる。少女が年寄りぶっているような、あるいは年寄りが少女ぶっているような、ちょっと演技じみた声。その声の出どころである体のイメージが、勝手に像を結びはじめる。華奢で、鎖骨は浮き出てて脚は折れそうに細くて、分厚い上着を着ていて、化粧が濃くて、酒臭くて、マンションの花壇のふちにいまにも崩れ落ちそうな、内側にのたうちまわるものを腰を折り曲げてなんとか押し止めようとしている寂しい体。

「大丈夫ですか？」

　職務上、いちおう心配するようすを見せておくほうがいいような気がして、そう聞いた。

相手は答えず、うっ、うっ、と不規則に苦しそうな呼吸を繰りかえすばかりだった。

「あの、お近くにご家族とか、お友達とか……」

「だ……誰も、いない」

「そしたら……」

「あなたが来て」

「え？」

　ノモトカオリは突如我に返ったように、はっきりそう言った。

「そう、あなた。あなたでいい。ただで来てくれる？」

「わたしですか？　無理です」

「お願い。ちょっとだけでいいから」

「わたしが行っても、鍵は開けられませんので」

「開けなくていい。一緒に鍵、探してくれない？」

「そんなこと言われましても……」

　またせりふじみた言い回しになっている。でも今度は恥ずかしいというより、電話線を伝って相手の一部が自分の口のなかに入りこみ、勝手に声を使われているような感じがした。

「お願い、来て」

「無理です。仕事中なので」

パソコンの右上に表示された時刻を見る。二十一時五十四分。あと六分でこの仕事からは解放される。でも正直にそう口にする気にはならない。このひとは飲酒で酩酊《めいてい》状態にあるとは限らない、もしかしたら薬物とか、もっと危うい状態に陥っている可能性だってある。

「この番号は、お住まいのお困りごと専用のダイヤルなんですが。あの、それ以外の、つまりいたずら電話とか、そういうものはちょっと……」

「いたずら？　そんなわけないでしょ」

ノモトカオリは電話口でいっそう激しく泣きはじめた。わたしはだんだん、うすら怖くなってきた。フロアじゅうに、電話の向こうの見知らぬ女の慟哭《どうこく》が響き渡っていくような気がした。

「あの、落ち着いてください。とりあえずいまから業者さんには連絡しますので。そしたら、いろいろ大丈夫になりますので」

「見捨てる気？」

言葉につまった。そうだ、わたしはすぐにでも電話を切って、このひとの耳から立ち去りたいと思っている。でも同時に、このせっぱつまった声の持ち主がどんなフォルムをしているのか、どんな固さ、どんな柔らかさを持っていて、どんな動きをするのか、想像するのを止められない。背を向けたい気持ちと目を向けたい気持ちが一瞬ごとにくるくる入れ替わって、酔いそうになる。

「業者から連絡が行きます。お待ちください」

「やだ、待って。もうちょっと話を聞いて」

「ごめんなさい。あとは業者さんと話してください」

「お願い、待って、ねえ……」

失礼します、早口で言って、電話を切った。間髪容れずリストの鍵業者に依頼の電話をかけ、最後に「ちょっと酔っているようです」と付け加える。パソコンの報告フォームには、相手が酩酊状態であるらしいことも、来てほしいと頼まれたことも書かなかった。すべて入力を済ませたときには、二十二時三分になっていた。

ちょうど戻ってきた撫で肩の彼と、一瞬顔を上げたボンバージャケットの彼に「お先に失礼します」と頭を下げて、フロアを出た。

たいした仕事はしていないのに疲れがどっと肩のあたりに打ち寄せてきて、肩甲骨が重くなる。たしかにたいした仕事はしていない。でも今日は朝にソメヤさんを見送り、ホテルまで出向いてお見合いを盗み見し、マサオさんのあとを追いかけ家にまで上がり、それからここで働いた。移動するだけで疲れる部位が体のどこかにはあって、そこがじんじんと熱を持って膿《う》んでいるみたいだった。

エレベーターを降り、地下の駐車場を通って、背を丸めないと通れない夜間用出口を出る。冷たい外の空気に肌が触れたとたん、丸めたままの背が固まって二度と戻らないような気がした。カーディガンの前のボタンを首元まで留めて、ポケットに手を入れて歩き出す。仕事は終わったのだから、もう考えるのも終わり。そう心で決めてみても、花壇のふちに崩れ落ちて、電池の切れそうなおもちゃみたいに小刻みに背中を震わせている体の輪郭が、頭の隅にこびりついて消えていかない。どこかの店の換気扇がカタカタ、カタカタ、冷たい風に震えている。その音に合わせて背中が動く。

冷たい風をつむじで受けるように、深くうつむいて歩いた。

想像のなかのノモトカオリの背中は、店の看板が落とす明かりや落ち葉や急ぎ足の革靴に塗りこめられて、もうすこしで消えてしまいそうだった。何か呼びかけなければいけないような気に駆られ口を開きかけたとき、逆に声が聞こえた。行ってきます。今朝リビングで聞いた、ソメヤさんの声。すると消えかけていた背中の持ち主が振り返って、その顔が今朝のソメヤさんの顔になった。彼女はそのまま幽霊みたいにスーッとわたしに近づいてきて、行ってきます、とまた言った。さっき電話で聞いたばかりの声に似ていた。

どうしてソメヤさんは、今朝二度目のお見合いに行ったんだろう。行かなくてよかったのに。これはでっちあげられたお見合いだと、気づいていたかもしれないのに。

行く理由は自分でもわからない、そんなことを言っていた気がする。それから、つまらないのよりはいいかもしれないと思って……とか、そんなようなことを。ソメヤさんが感じているつまらなさがどういうものだか、わたしにはわからない。でもそれがマサオさんに会えばさっと溶け去るようなつまらなさならば、ソメヤさんは今朝出かけてはいかなかったんじゃないか。むしろ、マサオさんと会ったところで易々と消え去るようなつまらなさではないとわかっていたからこそ、出かけていった。そう考えるほうが、まだしっくり来る。

またただ。わたしはソメヤさんのことを考えているようで、たぶん自分のことを考えている。いつもそう。他人のことをあれこれ考えていると、街中の大広場みたいに、どの道を歩いていても気づけば飽き飽きするほど見慣れた自分に辿り着いてしまう。

新宿駅まで歩いてみたけれど、家に向かう電車には乗らなかった。電話口で聞いたオフィス街に出る地下鉄に乗って、うろ覚えの住所をGoogle Mapsで確認して、いちばん近そうな出口から外に出た。地下鉄の車両で汗ばんだ体がまたすぐに冷えた。四車線の大通りから細い通りに入って、とぼしい街灯に照らされる一方で、みずからは明かりを発していない雑居ビルが並ぶほうへ歩いていく。ノモトカオリが口にしたマンションの名前はぼんやり覚えていた。

通りから通りへ、なんとなくの予感だけを頼りに、一人で歩きつづけた。あのひとは明らかに酔っ払っていた。実際に鍵を失くしたのか、あてずっぽうのいたずら電話だったのではないか、いたずらでなくてもでたらめの住所を口にした可能性だってある。ふと顔を上げると、すこし先の街灯と街灯のあいだ、暗闇の薄溜まりに生える白いガードレールに誰かが腰かけているのが見えた。座る、というより尾骶骨《びていこつ》をちょんとくっつけるようにして、くの字になっている。足元には、ガードレールと同じ色の白っぽいもの、ハトの糞《ふん》みたいなものが散らばっている。足を止め、目を凝らした。確信が持てないまままた歩き出し、手を伸ばせば触れそうなくらいまで近づいた。

ハトの糞みたいに見えたのは、吸い口ぎりぎりまで吸われた煙草《たばこ》の吸い殻だった。

「ノモトカオリ、さん？」

声をかけると、相手はいったん首を深くうなだれてから、ハアッと大きく息を吸って顔を上げた。

「さっき電話で話した者です」

わたしの言葉に彼女は目を見開いて、かすれた声で「来てくれたんだ」と言った。

華奢で、鎖骨は浮き出て、脚は折れそうに細くて、分厚い上着を着ていて、化粧が濃くて……電話口の声からそういう外貌を想像していたけれど、現実のノモトカオリはぜんぜんそんなふうではなかった。華奢は華奢だったけれど、化粧っ気はなくて、分厚い上着ではなくフード付きのだぼだぼのスウェットに、スキニージーンズに、かかとをつぶしたスニーカーというういでたちだった。格好の適当さはわたしとたいして変わらない。背丈もほとんど変わらない。長い髪を後ろでひとつにくくっているのも同じだ。

いかにもそれらしい、ドラマチックな容貌を想像していたわりに、そこにいたのは結局、自分と似たような人間だった。ほんのすこしだけ、落胆めいた気持ちが湧いてくる。両方の目の下に紫色っぽい腫れがあったけれど、泣いていたからなのか、誰かに殴られたのか、それとももともとのクマなのか、夜の暗さのもとではわからない。

「来るつもりなかったんですけど。来たんです」

「何それ」

そう言って、ノモトカオリはハハ、とやすりで削られたみたいな笑い声を立てた。酒くさくもヤニくさくもある息が夜風にまじって鼻先にぶつかってきた。

「鍵業者、まだ来てないですか？」

「断った」

「え？」

「言ったでしょ。電話かかってきたけど、お金かかるから断った」

「でもそしたら、家に入れないじゃないですか。家、ここなんですよね？」

「うん」

目の前にあるマンションは、よく見るとほかの古い雑居ビルとはちょっと違って、まだ建って数年くらいに見える。エントランスの両側に並ぶ細長い花壇には、乾いた土が詰まっているだけで、何も植わっていなかった。

「入れないと、困りますね」

「ねえ、煙草持ってる？」

「持ってません」

「だよね」

ノモトカオリはまた乾いた声で笑った。わたしは彼女の足元に円形に散らばって、結界を作っているようにも見える吸い殻をまじまじと見た。

「これ、ぜんぶ一人で吸ったんですか？」

「うん。やることなくて」

「あとで片付けるってことですか？」

「大学生？」

ノモトカオリが唐突に聞いた。

「違います」

「いまの大学生のノリって、そんなんなのかなと思って」

冗談で返したほうがよかったのかもしれないけれど、気の利いた言葉はひとつも思い浮かばない。すると、ためいきともハミングともつかない、うっすら音程を乗せた微妙な呼吸音を挟んで、ノモトカオリはまた聞いた。

「さっきの電話のひとなんだよね？　なんで来たの？」

「なんで来たのか……なんとなく」

「なんとなく？」

「心配で、という気持ちよりは、興味があって、っていうのが近いかもしれないです」

「わたしが来てって言ったから？」

「覚えてるんですね。それもあるかもしれないです」

「でたらめ言ってるかもって思わなかった？　酔っ払いの迷惑電話だって」

「それもちょっと、思ったかもしれないです」

「さっきから、かも、かも、だね」

「いまは自分のことを推定の言葉でしか喋れないんです」

「それもいまの大学生のノリ？」

　電話口での哀れな、すがりつくような声が、嘘みたいだ。いまのノモトカオリは明らかに、めんどうくさそうだった。来てと言われてのこのこやってきたわたしを、うとましがっている、もっと言えば軽蔑しているようにも見える。でも、電話線の向こうに想像していた体が実際にいま目の前にあること、その体が生々しく自分に向かってうとましさを発散していることに、何か体の芯が快く痺れるような心地がした。

　ハーッと今度は明らかにためいきとわかる声を出して、ノモトカオリはおじぎをするみたいに頭を深く垂れた。死にたい、とか言い出すんじゃないだろうな、とわずかに警戒してふと、このひとは何歳なんだろうと思う。化粧の仕方で老けたり若く見えたりすることはよくあるけれど、ときに素顔になるとわかりやすい老若の均衡が崩れて、かえって年齢が不明瞭になるひとがいる。彼女はまさにそういうタイプだった。

「わたし、帰ったほうがいいですね」

「べつに、帰れとは言ってない。いたかったらいれば」

「じゃあどうして、来て、って言ったんですか？」

「わかんない。そのときは来てほしかったから。でもいまは一人でいたほうがましって思ってる」

「わたしも、来なかったほうがましだったかも、って思ってます」

「その、かも、ってやめて。ムカつく」

「わたしもムカついてるかも。あ、この、かも、はわざとです」

ノモトカオリは鼻で笑った。ちょっとおかしくなってきて、わたしも真似をした。

「……そっちも帰る場所、ないの？」

「いえ、あります。あります、自分の家が」

「一人？」

「いえ、同居人がいます」

「男？」

「女」

「恋人？」

「いえ。家賃をもらって部屋を貸してるんです」

「へえ、あなた大家さんなんだ」

「大家って感じではないけど、まあ、家主はわたしです」

「わたしもそこに住まわせてくんないかな？」

「貸せる部屋はひとつしかないので……」

「じゃあそこが空いたら」

　ノモトカオリはいまさらながら夜の寒さを思い出したように、薄い胸の前で腕をクロスさせてぶるっと大きく身震いした。

「寒い。ねえ、何か飲みに……」

　そのとき目の前のマンションの自動ドアが開いて、黒いダウンコートを羽織った大柄な男が出てきた。ノモトカオリが短く息を呑むのがわかった。男は無言で、無表情で、一直線にわたしたちのほうに向かってきて、振り上げた右手で鋭くノモトカオリの頭をはたいた。

「反省した?」

　男はそう言って、よろけた彼女のフードをむんずと摑む。ノモトカオリはうめき声をあげながらそのままエントランスのほうに引っ張られていった。上からフードを摑み上げられているから、だぼだぼのスウェットの裾が大胆に上がり、下着をつけていない白い胸の下半分くらいまでが大きくのぞいた。ノモトカオリは懸命に上半身をよじって、男の手から逃れようとしている。わたしは駆け寄って彼女の左腕を摑んだ。

「やめてよ」

　ノモトカオリが言った。

「やめてください」

　わたしが二人を引き離そうとすると、男はヘッドロックをかけるようにノモトカオリの首に腕を回し、強引にドアのほうに引っ張っていった。

「ちょっと、やめてよ」

フードのなかに溺れかけている彼女を助けたくて、わたしは夢中で男の腕に摑みかかりその力を緩めようとした。そして気づいたときには自分の首が男の腕のなかにあった。

「ちょっとやめてよバカ、その子は関係ないよ」

ノモトカオリが懸命に男の二の腕を揺さぶっている。一瞬力が緩んだと思ったら、腕ではなく両手で首を絞めつけられた。目の前に見える男の目は充血していて、でも顔には興奮や苛立ちというより義務感のような奇妙にストイックな表情が浮かんでいた。そのストイックさに打たれて、思わず全身の力を抜いた。目を閉じたとき首元にすっと冷たい風が入って、次の瞬間、額で鈍い音が鳴った。

「ちょっと、何やってんのもう、死んじゃうよ」

目を開けると、しゃがみこんでこちらを見下ろすノモトカオリの顔がある。

「ねえ、大丈夫？」

わたしが答える間もなく、ノモトカオリはまたフードを引っぱられ、白い腹をのぞかせながらよたよたとエントランスのドアに吸いこまれていった。

混乱しながらも、すこし考えてわかった。ノモトカオリは鍵を失くしたんじゃない。たぶん、ただ、追い出されたんだ……あの男に。ぼんやり事態が理解できたところで、怒りも驚きも湧いてこない。そのかわり、遠くから近づいてくるヘリコプターの音みたいに、痛みが徐々にやってきた。

感覚に集中してみると、ずきずき痛むのは右の眉の上あたりだった。体を起こすと、何も植えられていない花壇のふちに、黒っぽい血のようなものがついている。おそるおそる額を触ってみて、そこから流れた血だとわかった。あたりどころが悪ければ、死んでたかも。でも死ななかった。

　遅れて、心臓がどくどく波打ちはじめるのを感じた。焼きごてと氷を同時にあちこち押し付けられているみたいに、感覚が混乱する。いま、知らない他人に首を絞められて、投げ飛ばされて、花壇に額をぶつけて、でもまだ生きている、そのことが実感としてうまく呑み込めない。生きているという実感は、背骨を駆け上がり唇を内から裂いて遠吠《とおぼ》えする、針の毛を生やした凶暴な獣みたいだった。


　部屋の明かりはもう消えていた。

　きついブーツを脱ぎ捨て靴下のまま部屋に上がった。キッチンの明かりをつけ、ろくに手も洗わず冷凍ブルーベリーとバナナとハチミツと豆乳をフードプロセッサーにぶちこみ、スムージーを作って一気に喉に流し込む。額の痛みはひいていた。そのかわり、ぐっとへその奥に力をこめていないと、脚も腕もバラバラにほどけていってしまいそうな、頼りない感覚がずっとつきまとっている。脚や腕だけでなく、目の前にあるガラスのカップもテーブルも踏んづけている床も、気を抜いたらたちまちかたちを失って、ほどけていってしまいそうだった。ポケットから止血に使ったタオルハンカチを出すと、思ったよりも広範囲に赤黒い血で染まっていた。ぞっとして丸めてゴミ箱に捨てた。その足でソメヤさんの部屋の前に立った。

　ドアの向こうから物音はしない。もう○時近かった。寝ていてもおかしくはない時間だ。リビングのテーブルに戻って、椅子に腰かける。自分の家に戻ってきたのに、床の感触がどこかよそよそしく感じられて、何度も靴下越しに床をこすった。

「ミナイさん？」

顔を上げると目の前に、パジャマすがたのソメヤさんが立っていた。目が合って、その顔に浮かぶいかにも調整中の表情が、中途半端に固まった。

「それ、どうしたんですか？」

額の傷のことを言われてるのだと気づくまで、すこしかかった。

「あ……」

「血が……大丈夫ですか？」

「ひどいですか？　まだ鏡で見てないんです」

「見たほうが、いいかも……」

「血は止まってますから。あとで見ます。ごめんなさい、起こしちゃいました？」

「玄関の音で目が覚めて。あ、あの、それ、どうしたんですか？　転んだとか？」

「吹っ飛ばされて、花壇のふちにぶつけました」

ソメヤさんは、え、と口を開けたまま、言葉を継げないようだった。本気で言っているのか、それとも冗談なのか、ソメヤさんが判定するための時間をあげた。でもいつまで経っても口が「え」のかたちに固まったままなので、

「話してもいいですか？」

とわたしから言った。

「あ、ええ、もちろん……その前に、履いてください」

ソメヤさんは玄関からピンク色のスリッパを持ってきて、「どうぞ」とわたしの足元に

並べた。足をスリッパに滑り込ませると、やっと足裏の緊張がとけて安らいだ。

「まずは傷、消毒したほうがいいかも。マキロン、わたし持ってますので……」

あわてて自室に戻っていったソメヤさんのあとを追って、開きっぱなしのドアからキャビネットをがさごそやっているその背中を眺める。常夜灯のオレンジ色の明かりのなかで、ない、ない、どこだったっけ……と呟きながら、片っ端から引き出しを開けて、わたしのために消毒薬を探してくれている。

「部屋、入ってもいいですか？」

え、とソメヤさんは振り返った。

「ちょっと話したいんです」

中途半端に固まっていたソメヤさんの表情が、ものすごい勢いで明らかな「不安」の表情に席巻されていった。わたしが話をしたい、と言い出せば、ソメヤさんは必ず何かよくない話を想像するようだった。

「じゃあ、どうぞ……」

「消毒はあとでいいので」

わたしは急ぎ足で自分の部屋からお気に入りのアロマキャンドルとライターを持ってきた。

「この明かりでいいですか？　まぶしいのは落ち着かないから」

常夜灯を消し火をつけてまもなく、キャンドルからバニラとシナモンの香りが漂ってくる。わたしは床に直接腰を下ろし、キャンドルを折った膝の前に置いた。ソメヤさんは困ったようにちょっと部屋を見回してから、布団がめくれたままのベッドの端っこにちょこんと腰かけた。

「ソメヤさんが来てから、この部屋に入るのはじめて」

「そうですね」

「今日はさんざんな一日だったんです」

「…………」

「ソメヤさんのせいで」

「え……」

「半分くらいは、ですけど」

ソメヤさんは居心地悪そうにお尻をもぞもぞさせて、床に視線を落とした。キャンドルの明かりのなかで見ると、ソメヤさんは急に幼くなって、修学旅行の真夜中のホテルで見たなつかしい友だちの顔に、こんな顔が交じっていたような気がした。

「わたし今日、ホテルに行ったんです。ソメヤさんとマサオさんがお見合いした」

「えっ?」

ソメヤさんが急に顔を上げた。

「ソメヤさんが出かけていったあと、遅れてようすを見にいったんです。なかには入れなくて、窓の外、通りから見てただけなんですけど」

「それは……気づかなかった」

「何か問題が起こるんじゃないかと思って。でもぜんぜん。ぜんぜん平和でしたね」

「ええ、まあ……」

「そのあと、二人が出てきて、解散したあと……マサオさんのあとを追いかけました」

「はあ……」

「家まで行って。お母さんの乙部さんは留守でした。わたし、上がらせてもらって、マサオさんの部屋に行って、マサオさんに触りました」

「はっ？」

ソメヤさんがまた顔を上げた。その動きで、キャンドルの炎が大きく揺れた。

「触ったというのは……」

「でも、拒絶されちゃって」

ソメヤさんは混乱をきたしているようで、何度も目をパチパチさせた。でもその混乱もすぐにおさまったらしく、また居心地悪そうにお尻をもぞもぞさせて、目を伏せた。

「マサオさんに、無神経って言われちゃいました」

むしんけい、小さくソメヤさんは繰りかえした。それから口元がちょっとゆるんで、微笑んだように見えた。

「そんなこと言われたの、はじめてです。男のひとに拒絶されたのも」

「ミナイさん、ショックだったんですか？」

「そのときは、へえ、と思いましたけど、あとからじわじわ来ました。でも傷ついた、とかそういうのじゃないです」

「それで……そのあとは？」

それからアルバイトに行き、上がり際にかかってきた電話で助けを求められたことを話した。

「え、ミナイさんがそこに行ったってこと？」

「そうです。ふだんなら真に受けませんけど、なんか今日は、行っちゃったんです」

「えっ」

またキャンドルの炎がゆらっと揺れる。

「今日のソメヤさんも、行く理由を自分でもよくわからないでお見合い行ったな、って思い出して。それでなんとなく」

「そうですか……」

「だから、半分はソメヤさんのせい」

「わたしのせいなんでしょうか？」

ソメヤさんはちょっと眉をひそめたあと、やや身を乗り出して、「それで？」と続きを促した。

「言われた住所に行ってみたら、そのひと、ちゃんといました。来て、って言われたから行ったのに、いざ行ってみたら、なんで来たの、って聞かれました。それからしばらく話してたら、急に前のマンションから男のひとが出てきて、そのひとがいきなりその女のひとをばしっと叩いたんです。それから引っ張って、なかに連れていこうとして。わたし、何がなんだかわからなくて固まっちゃったんですけど、女のひとが嫌がってるし、止めなきゃと思って、男のひとに摑みかかったら、あっというまに首絞められてました」

「ええっ」

ソメヤさんはいっそう身を乗り出して、今度はわたしの首を凝視した。ひょっとしたら、額だけではなく首にも何か、アザだか何かが残っているかもしれない。

「女のひとは止めてくれようとしたんですけど、もうダメかもと思ったところで投げ出されて、そのときに花壇のふちで頭ぶつけて、二人はなかに入ったので、わたしも帰ってきました」

「……その男のひとは、誰だったの？」

「さあ。たぶん恋人とか夫とか、そういうのだと思います。電話をかけてきた女のひとは、鍵を失くしたんじゃなくて、たぶん追い出されて、閉め出されてたんだと思います」

「そ、それは……なんていうか、ひどい話」

「そう。そのひとにもわたしにもひどい話ですよね。首絞められて、叩きつけられて、すっごく痛かった。痛みを自由につけたり外したりしたいとか思ってた自分を殴ってやりたいくらい、本気で痛かった」

「そうだよね、痛いよね」

ソメヤさんは噴き出しそうになるのを我慢しているみたいで、ほっぺたがピクピクと動いている。

「でもなんか、そう、笑えて」

「笑える？」

「しっぺ返しをくらったみたいで」

「誰が、誰にですか？」

「わたしがです。誰にかはわからないけど……たぶん、日頃の行いとか、そういうのにたいして」

「どんな行いしてるんですか」

「なんていうか……わたし、矛盾だらけだから」

「よく事情はわからないですけど、ミナイさんがそんな目にあったことと、日頃矛盾だらけであることは、きっと関係ないですよ」

わたしはソメヤさんの顔をじっと見た。ソメヤさんは、心の底からそう思っているのだろうか？　いまはほっぺたがぎこちなく固まっているし、ちょっとあきれたような顔をしている。日頃の言動からして、彼女がわたしのことを、そんなに好きではないことはわかる。好きではない相手にも、言っていいことと言ってはよくないことを、瞬時により分けられるくらいソメヤさんが大人であることもわかっている。

「ほんとにそう思ってます？」

耐えきれずに聞いた。図星だったらしく、ソメヤさんはぎこちない作り笑いをした。

「思ってますよ」

「ほんとに？」

「ほ、ほんとのことを言えば……まあ、ミナイさんがどうしてそんな危なげなひとのところに行ったのか、わからないなって思ってるところもあります」

「わたしもわからなくて。ソメヤさん、今朝、出かけていくとき、お見合いに行くのはつまらないのよりはいいかもしれないと思って、って言いましたよね。それだけですか？　マサオさんのこと、嫌いになったはずなのに、断ることもできたのに、どうしてまた会おうなんて思ったんですか？」

「それは……」

ソメヤさんはすこし首を傾げて、口のなかに押し込まれた未知の果物をこわごわ味わうみたいに、頬をかすかにすぼめたり膨らませたりした。それから上下の唇を互いに擦りあわせたあと、やっと言った。

「雑音を、止めたくて」

「……雑音？」

「体のなかの、いつもガチャガチャ鳴ってる雑音。朝起きて立ち上がったときからずっとガチャガチャ、ガチャガチャ、うるさいんです。自分のなかで何かがガチャガチャ言ってるようにも聞こえるし、自分が箱のなかで振り回されて、ガチャガチャ音を立ててるように感じることもあります。ほんとに聞こえるんじゃなくて、あくまで、そう感じるだけなんだけど。マサオさんに会ってから、いっそうひどくなった気がした。だから、ロミちゃんが二度目のお見合いの話を持ってきたときはとんでもないって思ったんだけど、ソメヤさんは動かなすぎ、と言われて」

ソメヤさんはごくんと唾を呑み込んで、続けた。

「いつも同じ動きばかりでおもしろいですか？　って。歩きかたひとつ取ったって、ほら、あの、膝につけるパッド、ああいうのを無理にでもつけないと、ソメヤさんは一生同じ歩きかたでしか歩けないんじゃないですかって言われて。いまの歩きかたが楽なのはわかるけど、その気になれば走ったり後ろ向きで歩いたり転んだりもできるのに、どうしていつも同じようにしか動かないんですか？　って言われて」

「ロミが……そうですか」

わたしはあの晩、ソメヤさんの部屋から出てきたロミの満面の笑みを思い出した。

「せっかく体があるんだから、いつもと違う動きをしてみたらいいじゃないですか、と言われて。そう言われてみると、確かに、まあ、痛いところつかれたというか……。あのパッドをつけて膝が痛くなるのはほんとに困ったけれど、普段の歩きかたっていうのは、たまたまいま自分にできる、いろんな歩きかたのうちのひとつでしかないんだな、っていうのはなんとなくわかって……。当たり前かもしれないけど、自分は無意識のうちにいちばん楽な方法を選んでただけで、楽な方法を選びつづけた結果、鳴ってるのがこのガチャガチャなのかも、って思ったんです。だから、思いっきり転んで頭を打ったりでもしたら、雑音は止まるかもって」

「それで、止まったんですか、その音」

「ううん。途切れ途切れに、まだ聞こえる気がする」

「いまも？」

「いまは、ちょっと静か」

「わたしの声、聞こえてます？」

「聞こえてる」

ソメヤさんは誰かに聞かれたら困るとでもいうように小声になって、息をつめてそうっと立ち上がった。それから、コートハンガーの端に通勤用のバッグと一緒にかかっている白い紙袋を手に取り、「どうぞ」とわたしに差し出した。

「これ、ホテルで買ったやつですね。マサオさんにもあげたやつ」

「マサオさんに聞いたんですね、あ、見てたのか」

「両方です」

「これ、ミナイさんに、と思って」

「わたしに？」

「そう。お礼」

　ソメヤさんは答えず、黙ってわたしに紙袋を押しつけた。わたしはそれを、お腹に抱くようにして受け取った。ソメヤさんはまたベッドのふちに腰を下ろした。

「なんの？」

　わたしは紙袋越しに、ひんやりしたクッキー缶の輪郭をなぞりながら聞いた。

「ソメヤさん。今日、マサオさんとどんな話したんですか？　マサオさんはちゃんと教えてくれなくて……マサオさん、こないだのこと謝らなかったんですよね？」

「うん。わたしはわたしで失礼なことしちゃったから、多少謝ったけど、いつもの謝り癖みたいなので、本心からじゃない。ずっと、ハリー・ポッターとお母さんの話してた。あとは犬のハナちゃんのことも、すこし」

「あ、やっぱりハリー・ポッターだったんだ。借りた本」

　一瞬気まずそうな顔をしたけれど、ソメヤさんは淡々と続けた。

「でもわたし、ハリー・ポッター読んだことないから。話聞いたところで、読みたいとはあんまり思えなかったけど。マサオさんのこと、年のわりにウジウジしてていやなやつだと思う。でも、今日だけは違うふうに動いてみようと思ったんです。こっちから下手にへりくだるようなことはしたくなかったけど、そういう気持ちはそういう気持ちとしてとっておいて、でもいったん、マサオさんがどういうひとなのか、ちゃんと知ってみようと……」

「すごい」

　わたしは素直に驚いた。ソメヤさんはちょっと恥ずかしそうに付けたした。

「でも限界がありますね。ハリー・ポッターの話が終わったあとは、お母さんのことしか話すことがなかった」

「前に付きあってた恋人の話とか、しませんでした？」

「え？」

「恋人。わたし、今日見つけちゃったんです」

　ほら、とカーディガンのポケットに手を入れたとき、そこに突っ込んだはずのあの紙がないことに気づいた。反対側のポケットにもない。地下鉄の改札でＩＣカードを取り出したとき、あるいは花壇に投げつけられたとき、落としてしまったのかもしれない。

「失くしちゃったみたいだけど、わたし今日、マサオさんの部屋で、書きかけの手紙みたいなの見つけたんです。ちらしの裏に書いてあって、書きかけっていうか、下書きみたいにも見えました。勘だけど、あれは特別なひと、たとえば昔の恋人にあてた手紙なんじゃないかって思ったりして……」

「マサオさんが？」

「ほんとに、なんとなくなんですけど。でも、昔恋人がいた、とは聞きました」

「ミナイさん、すごい」

「べつに、どうでもいいんですけど。でも、あのマサオさんが手紙書くだなんて、ちょっと意外だなと思って」

「確かに、意外かも」

　ふいに沈黙が下りた。ソメヤさんがベッドの端からずり落ちてくるようにキャンドルの向こうの床に座った。炎が消えそうになるくらい、大きく揺れた。わたしは細く息を吸った。

「わたしにも、いつか聞こえるようになるんでしょうか」

「え？」

「その雑音。ソメヤさんに聞こえる雑音。いつか、ソメヤさんくらいの年になったら」

「わかりません。でも、ミナイさんはきっとわたしみたいにはならないと思う」

「前にもすこし話しましたけど、わたし、子どものころから自分が子どもであることにしっくり来なかったんです。子どもの体は窮屈でいろいろ不利益があると思っていて。小さいし、弱いし、周りの注目を集めすぎるし。だから早く大人になりたかったけど、大人って言われる年になってみても、ぜんぜん窮屈だし、自由じゃないし。だから早く年取って、蓑虫《みのむし》みたいに老いっていう覆いのなかに隠れて、もう何も経験しないでのびのび息をつきたいなって、そんなふうに思ったんですけど、でも結局、いつまでも体からは逃げられない」

「それはなんとなく、わかる気がします」

「若かろうが老いていようが、生きてるかぎり体のなかに収まっていなきゃいけないことが、ときどきすごく苦しくなります。いまのわけのわからない不安も、ソメヤさんくらいになったら聞こえてくるかもしれない音も、ぜんぶの災難をこの体ひとつで受け止めなきゃいけないことになってるのが、怖い」

うん、ソメヤさんはうなずいた。

「災難はどうにもできないから、せめて体のほうだけは自分で手なずけておきたいけど、どんなに頑張って体に言うこと聞かせても、言うこと聞いちゃう体は自分のほんとの体だって思えない。ずっとその矛盾を解決できないまま生き続けて、結局老人になったところで、わたしが芯から自分の体にしっくり来ることなんて、永遠にない、息つけることなんてずっとないのかもしれないって、いまからちょっと怖いんです」

「ミナイさん、まじめなんですね」

ソメヤさんはまじめな顔でそう言った。

笑ってしまいそうになりながら、こんなにも近くにいるソメヤさんに、わたしはいまはじめて、ちょっとだけ触れてみたい、と思った。キャンドルの炎にしっかり浮かび上がる輪郭を持ち、いまこの瞬間、つかのまだけでもわたしが逃げ込めそうな小さな皺やくぼみがあちこちに垣間《かいま》見《み》える、その体に。

でも二人のあいだには、わたし自身が吐き出した言葉が降り積もって層になって、近づこうとするわたしの体を押し返してくる。ミツやマサオさんに触るみたいには、ソメヤさんを触れない。人形同士をくっつけあうみたいに、わたしとソメヤさんをくっつけてくれる大きな手も降りてこない。

ソメヤさんは、静かに呼吸を繰り返して、わたしのおでこをじっと見つめている。

お互いの息遣いしか聞こえない、長い、長い沈黙があった。

すこしのためらいのあと、ソメヤさんがひときわ大きく息を吸った。同時に視線をためこんだおでこの表面で、何かがパチンと小さく弾けた。

「おでこ、痛そう」

ソメヤさんのパジャマの袖が持ち上がり、そこから震える指が、ゆっくりこちらに近づいてくる。

額にぴとっと冷たい指先が触れた。指先は傷をなぞるのではなく、そのまわりに優しく円を描いた。魔法をかけるみたいに、何度も何度も、円を描いた。それで気づいた。わたしはこのひとに触れたいんじゃない、逆だ、このひとに触れられたいんだ。いや、でも触れたい。触れられたい。ぐるぐる描かれる円の軌道に、触れたいと触れられたいが混じりあって、みるみる熱を帯びはじめる。

どっちかがついた息のせいで、炎がまた大きく揺れた。

3　サッちゃん

外はまだ暗い。

眠りの潮が静かに引いていくのを感じながら、何度かまばたきを繰りかえす。夢はもう、ほとんど見なくなった。でもときどき目が覚めると、膝から下に何かがまとわりついてくるような、みょうな感じをおぼえることがある。蔦《つた》とか藻とか小さい子どもの腕とか、そんな感じの何かがぐずぐず、未練たらしく、もったりと。そういうときは、夢のなかでどこかを長く歩いていたんだと思う。

今日もそうだった。

一晩の体温でぬくまった布団のなかに頭までもぐりこみ、重たいふくらはぎに触れてみる。思いのほか、近くにある。フリースの寝巻き越しに、まあまあ自分のすねのかたちを感じる。あくまで、まあまあ。どこまでがフリースの厚みなのかは、あやしい。寝て起きたら、自分のすねがぜんぶフリース製になっていても驚かない。いや、驚くか。フリースでできた脚なら、冷えることも痛むこともないだろうけど、ふにゃふにゃしていて歩きづらそうだ。それに、火がついたら燃えやすそうだし。

布団のなかで、だんご虫みたいに体を丸めた。自然と右手の親指が乾いた唇を割ってなかに入ってくる。舌べらはぬくい。見たのかどうかもあやふやな夢のなかで話した言葉が、まだそこに残っているような気がする。口を思いきりすぼめて、きゅううと指を吸うと、爪の先からスポンと何かが勢いよく飛び出てきそうで、出てこない。ちょっと前から、この飛び出てきそうで出てこない何かが、自分の魂なのだと思うことにした。まんがいち飛び出てきても、ごくんと飲みくだせば魂はまた肉体に返るから、どうってこともない。

夜に床につき、眠れぬままに明け方を迎えてしまったいつかの朝、ふと、今日から一日ずつ、目覚めるたびに布団のなかの記憶を遡《さかのぼ》っていこうと思いついた。

上から正雄《まさお》の野太い悲鳴が聞こえて、目を覚ました夜。布団から飛び出してあわててようすを見にいったら、何やらうなされていて名前を呼んでも目を覚まさず、うちわで顔を叩いたらやっと起きた。大きな揺れを感じて、布団のなかで身を縮めた夜。暑くもないのに汗が止まらず、なかなか寝付けなかった夜。しくしく痛む下腹部を押さえながら、ひたすら眠りを待ち望んだ夜。昔のことを思い出して涙した夜。どう寝返りを打ってもしつこくひっついてくる子どもの体温でじっとりパジャマが湿った夜。男の腕に抱かれていた夜。ぎゅっと自分を抱いて寝た夜。途切れ途切れの歌を聴きながら、母の分厚い脇腹に顔を埋めていた夜。

何千何万という夜があった。でも思い出せるのは、ほんのちょっぴり。苦いごちそうのつまみぐいだ。

記憶の遡りは、布団のなかで体を丸め、いっしんに指をしゃぶっていた時代で止まった。もうそれ以上は、戻れない。ここがわたしの人生の、いちばん遠い端っこ。布団のなかの体は指しゃぶりの時代で長らく止まったまま、一日、一日、べつの朝が来る。

鳥のさえずりが聞こえた。布団から顔を出すと、ああまた、ばかのひとつ覚えみたいにまた、新しい朝が来ている。

流しのふちに、カップうどんの容器が洗って伏せてある。正雄が夜中に食べたらしい。いつもならちょっとした物音ですぐに目が覚めるのに、ゆうべはぜんぜん気がつかなかった。

トースターに食パンを二枚並べ、やかんを火にかけ、インスタントコーヒーの粉をふたつのマグカップに振り入れる。流しの前の窓を指一本ぶんだけ開け、夜のあいだに錆《さ》びつきかけた古い空気を入れ換える。二階で正雄がいま起きた。ベッドから身を起こし、床に足をつけた。微妙な壁や天井のきしみでそれがわかる。階段を下りる足音、便所のドアの開閉音に続き、どぽぽぽ……と、力ない放尿音が聞こえる。湯が沸いた。

「おはよう」

台所に入ってきた正雄は、こちらの挨拶には答えず、どかっと椅子に腰掛けてお湯を注いだばかりのコーヒーに口をつける。焼けた食パンを皿に載せて差し出してやると、むしゃむしゃと食べる。わたしと色違いの、上下揃いのフリースの寝巻きを着ているこの息子。この子の父親とわたしが、色違いの服を着たことはない。一度くらい、ペアルックで出かけてみたかった。正雄はわたしに似た。父親の面影はあんまりない。ちびな親二人のあいだにできた子にしては、図体がだいぶでっかい。こっちの家系は皆小柄だったから、あっちの家系が大柄だったのかも。

正雄はあっというまにパンを食べ切り、熱いコーヒーを飲み干した。いつもなら、居間のテレビで朝の情報番組を観て自室に戻るところだけど、今日はなぜか動かない。

「パン、もう一枚食べる?」

「いや」

と、正雄は小さく答えた。さては昨日のことを話す気になったのか。

「どうだった、昨日は」

「いや……」

「パン、もう一枚食べたら。夜中にカップうどんだけじゃお腹すいたでしょ」

正雄は昨夜、夕飯を食べに下りてこなかった。ソメヤさんとのお見合いのやり直しに加え、あの若いお嬢さんとのことで、動揺していたに違いない。

正雄もあの子も気づいていないだろうけど、昨日の午後の二人の話はだいたい盗み聞きしていた。けれども、知らんぷりを決め込むことにした。あんな若くてきれいな女の子とどうにかなれるかもしれないチャンスなんて、この先一生巡ってはこないだろうに。愚鈍な息子よ。でもおまえが、若い女にそう簡単に惹かれないことは母も知っている。

「お見合い、どうだったの? 教えてくれないの」

正雄はああ、とも、うう、ともつかない、赤ちゃんみたいなうめき声を出した。それから口を開いて何か言いかけたのだが、急に気が変わったらしく、いきなり立ち上がり階段を上がっていった。と思ったらすぐに下りてきた。手には白い紙袋がある。

「もらった、これ」

なかにはホテルのロゴ入りの、クッキーの缶。

「ソメヤさんがくれたの?」

だいたいのところは昨日の盗み聞きでわかっているけれど、いちおう聞いておく。

うん、と正雄はうなずいた。

「クッキーだよね。じゃあ、いただこうか」

もう一度湯を沸かし、正雄のマグカップにおかわりのインスタントコーヒーを作った。缶を開けると、薄くて四角いクッキーがきれいに二列に並んでいる。

「これは、許してくれたということかしら」

「さあ」

正雄はつまんだクッキーを丸ごと口に入れてじゃくじゃく嚙み、コーヒーで飲み下した。わたしも一枚、角からかじった。バターの味が濃くておいしい。

「お金はぜんぶこちらが払ったの？」

「払った」

「じゃあ、どうにか挽回できたわね」

「さあ」

「ソメヤさんは、いいひとだと思うのだけど。そう思わない？」

「………」

「次の約束はしたの？」

「してない」

「じゃあお母さんが、頼んでおこうか」

「いい」

「やけっぱちにならないで」

「なってない。余計なことするな」

「だって、正雄は自分からは動けないでしょ。わたしが死んだらどうするの？　ここで孤独死するつもり？」

うるせえ、と正雄は眉をしかめ、コーヒーを一気に喉に流し込んだ。

「そんなに熱いまま飲んだら、喉がびっくりするよ」

うるせえ。

この子はいったい、今年で何歳になるのか。見た目は立派な中年なのに、口ぶりは中学生のころから変わらない。こんな貧相で足の臭そうなおじさんが自分の息子だなんて、信じがたい。いつのことだか知らないが、寝ているあいだにすり替わって、わたしのほんとうの息子はいまも学ランを着てサイダーを飲んだり、本屋で漫画を立ち読みしているのではないか。

正雄はマグカップとパンの皿を流しに置き、上に戻ろうとした。

「今日は何をするの？」

当然、返事はない。わざと音を立てるように、どすどす二階の自室に戻っていく。思ったとおりの反応だから、驚きもない。

さんざん転職を繰り返して、ようやく三年も居つけた職場を正雄が病気で退職してから、もうじき二年になる。半年ほどの休養のあと、ハローワークに通っていた時期もあったけれど、自分に合った仕事が見つからないとぼやいて、いまもだらだらと無職の状態が続いている。これまでのそれぞれの貯金と雀《すずめ》の涙ほどの年金で、この二年、どうにか親子の生活を維持してきた。でもそろそろ、わたしもどこか働きに行かねばならないかもしれない。息子が起きるタイミングも排便するタイミングもなんとなくわかるけれど、働きに出るタイミングだけは、わからない。

　正雄の苦難を自分の苦難のように苦しんでいた時代もあった。でもいつのまにか、かさぶたが傷口からぺろりと剝がれるように、息子の苦しみはわたしから剝がれた。一度剝がれてしまうと、どんなに頑張ってもとの場所にくっつけなおそうとしても、表面を滑って戻らなくなった。自分には自分用の苦難があることを長らく忘れていたのだ。ひとに見せびらかせるような立派なものではない、陳腐でお粗末な苦難ではあるけれど。気づいてからは、それぞれの苦難に専念することにした。

　親指が温かい。はっとして、口から指を抜いた。このごろ無意識に、布団の外にいても指をしゃぶっていることがある。おっかないことだ。布団のなかの時間が、着々と外に漏れ出してきている。指はバターの味がした。


　中綿入りの上着にしっかりマフラーを巻き、毛糸の帽子をかぶって、買いものに出かける。手袋越しに、キャリーの持ち手をしっかりと摑む。

　誰にもあえて弁明することはないけれど、こんな老人じみた小道具がなくても、わたしは一人で道を歩ける。肉だの野菜だのでつまった重いエコバッグだって、手で持てる。歩けるし持てるのだが、あればあるで楽なので、こうして押して出かける。

　キャリーを外出のお供にしはじめたころ、店の大きな窓に映る自分のすがたにつくづく見入った。あまりにも老人らしい。おばあちゃんらしい。何からしい、という感覚は、肌に合わないときにはめっぽう不快に違いないけれど、そうでないときには、諸手を挙げて招き寄せたくなる。すくなくとも、わたしは、自分が老人らしくなってきていることを喜ばしいと感じた。つぎはぎだらけの体でさんざん逃げ回った末に、ようやく隠れ場所が見つかった、という感じだ。

このキャリーだって、隠れ蓑のようなものだった。何年か前に腰を痛めて、そのときに正雄がどこぞのホームセンターで買ってきてくれたものだから、愛着もある。これを押して歩いていると、自分が「老人」という生きものになりすまして生きているような気になってくる。キャリーを押してとぼとぼ歩いている自分は、あくまで表向きのもの。ほんとうの自分は、老人らしさの隠れ蓑の奥で、のびのび羽を伸ばして歌う、もっと自由に生きるもの。とはいっても、ちょっと心配なこともある。みのみの言っても、その蓑の奥の、肝心の中身がからっぽだったらどうしよう、だとか、いつのまにか自分が蓑そのものになっていたらどうしよう、だとか。

「乙部さん」

声をかけられて、顔を上げる。幸い、指はしゃぶっていなかった。手袋をはめた両手はキャリーの持ち手をしっかり握っている。

向こうから角の家の室井《むろい》さんが、わたしのより一回り大きなキャリーを押して、ゆっくり近づいてくる。

「おはようございます」

「おはようございます」

室井さんのキャリーの持ち手に近いふたつの角からは、二本組の長ねぎがそれぞれ鬼のツノのようににょきっと突き出し、めくれた蓋からは冷凍餃子のパッケージがのぞいていた。

「早いね。もう行ってきたの？」

「うん。今日はおねぎが安かった」

「そうなんだ」

「それと、入り口にでっかいクリスマスツリーが立ってたよ。おとついは、なかったんだけど」

「ああ、もうそんな季節なんだ」

「ちょっと遅いくらいじゃないの」

ほらこれ、と言って、室井さんはコートのポケットからスマホを取り出し、撮った写真を見せてくれた。てっぺんに大きな金色の星を掲げている、ばかでかいモミの木。緑の葉の部分に、靴下やプレゼントのかたちをした、ぺかぺか光る小さな飾りがぶらさがっている。

「去年のはこんなに大きかったっけ？」

「そうだよね、こんなじゃなかった気がするけどね。もっと、ちんまりしてたよね」

「そうだよね。それに、短冊がないよ」

このスーパーでは毎年、クリスマスツリーを七夕の笹みたいに客の願いごとが書かれた短冊で飾る習わしがあった。短冊は日に日に増え、クリスマス当日には、葉の緑の部分が見えないくらい色とりどりの短冊でいっぱいになる。

「たぶん、今朝出されたばっかりだから。あたし、いちばん乗りで願いごと書いて飾ってきたわ」

「え、書いたの？　なんて？」

「ひみつー」

このひとは三年前、コロナで夫を亡くした。正雄と同い年の娘がいて、その娘はいま北海道にいる。孫は二人、男の子と女の子でどちらもまだ小学生。娘は父親の葬式には参列できなかった。いまはダックスフントの老犬とふたりで暮らしている。

「えーっ、なんだろう。じゃあ、これから行って、見てくるわ」

「乙部さんも書いてきなよ。あたし一人の短冊だけじゃ、まぬけだから」

そうねえ、と曖昧に返し、じゃあね、気をつけてね、と言いあって別れた。

歩きながら、いまの会話を振り返った。室井さんの「願いごと」がなんなのか、あまり知りたくないような気がする。「お父さんが天国で幸せに暮らしていますように」とか、「お父さんと天国で早く会えますように」とか、臆面もなく、心からそう思って書いていそうな室井さん。そういう無邪気な愛情をひとの目に触れさせることに、抵抗のないひと。旦那さんが生きているときには、よく二人で、手を繋いで道を歩いていた。当時室井さんはまだキャリーを使っておらず、中身のつまった買いもの袋はいつも旦那さんが持っていた。苦々しく思わなかったわけがない。それでいて、室井さんが旦那さんを亡くした、死に目には会えなかったと聞いたとき、わたしはちょっと泣いた。

駅につながる大通りに出て、スーパーまではあともう少しだった。停車中のバスの降車口から、見覚えのあるひとが転がるように降りてくる。

「あっ」

ソメヤさんだった。立ち止まっているわたしに気づくと、一瞬目を見開き、ぺこぺこしながら小走りで近づいてくる。

「おはようございます」

目が、腫れぼったいような気がした。でも、いつもみたいにどことなく気が立っている感じではない。泣いたのか、寝不足なのか。そしてそれは、うちの息子のせい？

「これからお仕事？」

「はい、今日はちょっと、寝坊しちゃって、遅刻です」

「あら、じゃあお急ぎのところ、ごめんなさい」

「いえ、あの、もしかして……待っていてくださったんですか？」

待っている？　一瞬、意味がわからなかった。待ち伏せしているようにでも見えたのだろうか。

「いいえ。わたしもたまたま。そこのスーパーに買い出しに行くところ」

「あっ、そうですよね。すみません、なんだか」

沈黙が下りた。向こうは気まずそうな顔をしている。話を引き延ばすチャンスはまだありそうだ。

「ソメヤさん。昨日はあらためて、息子にお付きあいくださりありがとうございました」

「あ、いえ、こちらこそ……」

「息子も喜んでいました」

「えっ」ソメヤさんはちょっと後ずさった。「そうなんですか？」

後ずさられたぶん、こちらのキャリーを向こうに押し出す。

「息子は気持ちを言葉にするのが苦手なので、わかりづらいかもしれないのですけど。喜んでました。高価なクッキーまでいただいてしまって」

「あ、いいんです、あれは、なんていうか……気持ちばかりのものですので」

「息子はまたお目にかかりたがってます」

「えっ？」

ソメヤさんはますます混乱しているようだった。脈絡を気にせず、話を進められるのは老人の特権だ。

「ですので、またご連絡させてください」

「はあ……」

「ごめんなさいね、お引き止めして」

「あ、いえ」

「どうぞ、行ってください。お仕事、がんばって」

ソメヤさんはぎこちない笑みを浮かべて、では、と図書館のほうに小走りで去っていった。昨日のお見合いに関して、まだ知らない事実を何か聞き出せれば、と思ったのだけれど、残念だ。

すらりとした後ろすがたが、図書館の植栽の陰に消える。やっぱり、あのひとはみずきちゃんにちょっと似てる。息が苦しくなって、胸に手を当てる。

みずきちゃん。

あの子がはじめてうちに来たのは、もう四年前くらいか。ほんとうは、二十年くらいは経っている気もするけれど。みずきちゃんがうちに来ていたあの一年弱は、なんだか特別だった。うちのなかにずっと枯れない満開の花が活《い》けられてるみたいだった。正雄が成人してから、いや、正雄が二階の自室で眠るようになってからのこの四十年くらいのなかで、あのころがいちばん幸せな時期だったような気がする。

みずきちゃん、と心のなかで呼びかける。会いたいけれど、あの子はたぶんもう、うちには戻ってこない。正雄だって、それをきっとわかってる。でも待ってしまうのだ。

ソメヤさんが犬のハナちゃんに似てるというのは、あながちでたらめではない。返事に困っているときの目が、「お手」と手を差し伸べてもキョトンとしていたころのハナちゃんの目にけっこう似ている。みずきちゃんもハナちゃんに似ていた。ひとなつこい、ハチミツ色の犬みたいな顔でいつも笑っていた。

「あのひとはハナちゃんに似ているね」

そうわたしが言ったとき、正雄は否定した。でもこっちの言いたかったことは、きっとわかったはずだ。

ソメヤさんのことをどうするかは、また正雄のようすを見て、頭を絞らなくてはいけない。みずきちゃんの代わりとして息子にあてがおうとしていることを、ソメヤさんに申し訳ないとは思う。申し訳ないから、わたしはちゃんと、ソメヤさんだけのいいところも見つけようとしている。ハリー・ポッターの本を探すのを手伝ってくれた。ハリー・ポッターの本を貸してくれた。ソメヤさんは、あれはあれでいいひとだ。みずきちゃん並みの愛《あい》嬌《きょう》、優しさ、明るさを求めるつもりはない。みずきちゃんは唯一無二のひとだから。ただ、欲を言えば、もうすこしあの険のある感じがやわらいで、情感のこもった目でわたしたちを見てくれると嬉しいのだけど。

スーパーの入り口には、室井さんのスマホで見たとおりの、ばかでかいクリスマスツリーが飾られていた。室井さんはいちばん乗りだったと言っていたけど、まばらな飾りのすきまに、短冊がもう何枚もぶらさがっている。室井さんの短冊は探すまでもなく、いちばん目立つ、正面の目線の高さにぶらさがっていた。

娘の家族がみな元気でありますように　　淑子

そっちだったか。ちょっと意外に思う。でもそれはそうだろう。おばあちゃんとして、しごくまっとうな願い。わたしも室井さんの娘家族が元気であってほしいと思う。

みどりが第一志望の高校に合格しますように
世界が平和でありますように
おじいちゃんの手術が成功しますように
ニンテンドースイッチがほしい

ぶらさがっている短冊の願いはみな平凡で、平凡だからこそみな正直に見えた。久々に、自分も何か願ってみようか。水色の短冊を選んで、傍《かたわら》に置かれたペンを握ってみたけれど、すぐには言葉が出てこない。ペンを握ったまま、何か願いがほしいという願いを込めて水色の短冊をじいっと見つめていると、

ちゃんとした年寄りになれますように

そんな言葉がポッと浮かんで、苦笑した。ちゃんとした年寄り、ね。ふりだけの年寄りではなく、ちゃんとした、本物の年寄り。そんなの、放っておいたら誰だって勝手になれるだろうに。

キャリーを押したり、聞こえないふりをしたり、みずから年寄りの型にはまりにいっている自覚があるということは、自分はぎりぎり年寄りではない何者かであるという、うぬぼれがあるんだろう。いや、うぬぼれというか、あるていど長く生きた人間であれば当たり前に備わっているらしい、悟りみたいなのとか、知恵みたいなものがなんにもないという、引け目に近いのかもしれないけれど。

七十代も半ばを超えて、なんだかいま自分がすごく、はんぱものに思える。なさけない。この国でちょっと年のいった女は、おばさん、だとか、おばあさん、と呼ばれることになっている。わたしは長いこと、おばさんだった。自分で決めたわけじゃなくて、小学校とか中学校の組分けみたいに、いつのまにか「おばさん」の組に入れられて、その組のなかでずっと、古タオルで雑巾を縫ったり鍋の焦げをこそげとったり米を炊いたり庭の落ち葉をかきあつめたりしてきた。でももう、わたしの片足は「おばさん」組からはみだしている気がする。片足どころじゃなくて、片足以外は、かもしれないけれど。ほとんどの女が、生まれて死ぬまでのあいだ、いちばん長く過ごすであろう「おばさん」組から、皆いつ、どんなきっかけで離脱していくんだろう。一年二組がそのまま二年二組に繰り上がるみたいに、皆でいっせーの、で「おばあさん」組に進級するのだろうか。いや、単純に、生きてきた年齢だけで線が引かれているわけでもあるまい。だったら選ばれたものだけが、あるいは、自ら飛び出ていくものだけが、一人でえいやっと「おばあさん」組に進級していくのか。

短冊を見つめすぎて、目のふちに涙がにじんできた。指の腹に水分を吸わせていると、泣いていると思われたのか、顔見知りのスーパーの店員さんが近づいてきて、「大丈夫ですか？」と声をかけてくれた。

「大丈夫ですよ。ちょっと目がショボショボしただけ」

自分がおばさんなのかおばあさんなのかよくわからなくなって、と正直なところを話したら、このひとはどんな顔をするだろう。

よく野菜の品出しをしている、このふくよかな茶髪の店員さんも、世間の言いかたでは「おばさん」だろう。でも、自分よりあきらかに年下のこの女性に、わたしは「おばさん」と呼びかけられる気がしない。このひとは「おばさん」だと考えることもできない。このひとがいくら年取ったところで、わたしにはたぶん「若いひと」にしか見えない。それでふと思った。「おばあさん」には組なんかないのかも。おばあさんは皆一人でやるしかない。組の外、壁の外に出て、森の木陰にひそんで外からひたすら「若いひと」組の人数がふくれあがっていくのを見つめ、見つめ、見つめつづける、それがわたしがなりたいと願う「ちゃんとした年寄り」ってことなのかも。

「じゃんじゃん、飾ってくださいね」

ペンを握りしめているわたしの手にちょっと目を留めて、店員さんはにこっと笑ってくれた。こちらが何を書こうとしているのか、ちょっと好奇心が透けて見えた。考えがまとまったところで、「ちゃんとした年寄りになれますように」なんて、恥ずかしくて書けない。

じゃなくて、何かもっと、明るい何か。のんきで、罪がなくて、正直なやつがいい。

ハリー・ポッターになりたい

というのは？

それならまああ正直だし、このひともっと笑ってくれそうな気がする。

ハリー・ポッターの本はおもしろかった。読みたがったのは正雄だけれど、台所のテーブルに置き忘れていたのをちょっと読んでみたら、すぐに夢中になってしまった。カタカナの名前ばっかりで頭がこんがらがるので、こまめにメモを取りながら読んでいたのに、一巻目を読み終える前に正雄に全巻返却されてしまったのが悔しい。あの子は全巻読んだ、と胸を張っていたけど、ほんとうのところはどうだか。小学生のころ、野口英世《のぐちひでよ》の伝記を途中で投げ出して以来、正雄がまともに本を読んでいるのは見たことがない。

正雄に内緒でまた借りにいこう、と思っていたのに、自分のために借りるとなるとなんだか気恥ずかしくて、あれから図書館には行っていない。でもときどき、ハリーのことを考える。わたしもほうきに乗って自由自在に飛んでみたい。ビュンビュン高度を上げて、できたら空港のほうに飛んでいって、飛行機と競走してみたい。バカみたいな願い。でも、この願いは楽しい。

あれこれ考えているうち、店員さんは無言で野菜の品出しに戻ってしまった。心を決めて、握ったペンでいざハリーのハの字を書こうとして、手が止まる。本の最初のほう、ハリーが魔法学校に入学する前に、長く続いた彼の苦難の生活のことを思い出してしまったのだ。両親を亡くして、親戚の家に預けられ、物置部屋に住んでいたハリー。家の子のようには愛されず、いつものけものにされ、いじめられ、ひとりぼっちのハリーくん。

かわいそうで、胸がぐっと締め付けられ、あのあたりを読んでいるときだけは、胸の奥底に溜まった小石がじゃらじゃら揺らされるような感じがした。わたしも幼いころに母を亡くして、父の姉の家に何年か預けられていたことがあった。伯母夫婦はハリーの親戚のようなひとでなしではなく、きちんと食べさせてくれたし、いとこたちと同じ部屋に寝かせてくれた。ハリーよりはぜんぜんましだ。でも一度だけ、同い年のいとことおはじきの数をめぐってけんかになったとき、「よそもののくせに」と言われたことがある。わたしが帰っているのに気づかないおばさんが、「早く食べちゃいなさい」と、いとこに大福を食べさせているのを見たこともある。

ハリーには魔法学校から手紙が来た。でもわたしに手紙をくれるひとは誰もいなかった。特別な子どもの印である、稲妻のかたちのおでこの傷もなかった。伯母の家を離れることになったのは、ロンドンのなんとか駅から出るなんとか特急に乗るためではなく、おんぼろの軽トラに乗った父が突然現れて、「行くぞ」と言ったからだった。

そんな自分が、七十を過ぎて「ハリー・ポッターになりたい」と願ってしまうことが、なんだか悲しい。じゃあ誰になったらいい？　いつもハリーと一緒にいるあの弁の立つ女の子は、かしこすぎてすごく遠いひとのように感じる。ほかのハリーの友だちの名前はみんなすっかり忘れてしまった。ああでも一人、あのひとならいいかもしれない。名前はやっぱり忘れたけれど、親戚の家にハリーを迎えにきた大男がいた。学校の外の森に一人で住んでいた、あのはみだしものの森番の男。あのひとにだったら、願えばなれるような気がしないでもない。

でも、と、また我に返って、思う。どうしてわたしは、この期におよんで何かになりたがっているんだろうか？　どうして願いと言えば、何かになることなんだ？

三日分の食料をキャリーに詰めて、道の端をゆっくり歩いていたら、急に後ろから「乙部さん」と呼ばれた。振り返ると、派手な蛍光黄色の大きなかたまりが目に飛び込んできて、心臓がドキンと跳ねた。

「ごめんなさい、急に」

かたまりの上のほうから声がした。目の前に立っているのは、蛍光黄色のウィンドブレーカーに、脚のかたちがくっきりわかるピタピタでツルツルのスパッツを穿いた、ミナイさんだった。シャカシャカ音を鳴らして、すぐ目の前まで近づいてくる。ピタピタとかツルツルとかシャカシャカとか、この子のまわりには、いつも何かしら、にぎやかなカタカナの音が鳴っている。

「ミナイさん」

「こんにちは。お買いものですか？」

さっき会った室井さんのキャリーと同じく、鬼のツノのようにねぎが突き出しているわたしのキャリーをじろじろ見て、ミナイさんは言った。

「そう。たくさん買ってしまって……ミナイさんは？」

「わたしは、その、ランニング中です」

ミナイさんは遠慮がちに、でも同時にこちらに有無を言わせぬようすで、すばやくわたしの全身に視線を走らせた。今日もわたしが、彼女の望ましい老人像にあてはまっているかどうか、確かめているらしい。この子がわたしを聖なるおばあさん扱いしようとしている気配は、はじめて会ったときから感じていた。

「持ちましょうか、それ？」

ミナイさんはキャリーのほうに手を差し出した。

「大丈夫。ありがとう」

待ち伏せされていたのかもしれない。偶然を装って、ものかげでずっと見られていたのかも。さっきはわたしがソメヤさんを待ち伏せしているみたいだった。待ち伏せがじゃんけんみたいにわたしたち三人のなかでぐるぐる回っている。ちょっと会釈して歩き出すと、当たり前みたいにミナイさんも斜め後ろからついてきた。

今日はお天気ね、くらい言ってあげてもいいような気がしたけれど、たまにはちょっと意地悪してみたくなって、黙って歩いた。シャカシャカ、シャカシャカ、子どもの歯磨きみたいな乾いた音を鳴らして、ミナイさんは黙ってついてくる。忠告してやったほうがいいのだろうか、うちの正雄があなたに恋することはないよ、と。そしてわたしは、あなたの思うようなりっぱなおばあさんでもないのだよ、わたしはただの、ひげもじゃの大男の森番になってみたいだけの、どこにでもいるはんぱものだよ、と。

そういえば前に、この子にどんな体になりたいか聞かれたことがあった。ああ、ここでもまた、「なりたい」だ。どうしてひとには「なりたい」ものがあるという前提なんだろう。できればわたしはもう、何にもなりたくない。だからといって、いまさら自分自身でありたいともあんまり思わない。なる、とか、ある、とか、そういう言葉があらわす状態がだんだん、この身にそぐわなくなってきた気がする。でも確かあのときは、たまたま目に入った窓辺の多肉植物が亀みたいに見えて、亀になりたい、なんて口走ったんだった。思いつきだったけど、まあまあいい答えだった。亀。飛び回れはしないだろうけど、甲羅があれば安全。何かあれば甲羅の内側にひっこんで、そこにはいるけど、柔らかいところには誰も触れない生きものでいられる。

「昨日」

ミナイさんが突然口を開いた。

「おうちにおじゃましました」

「そうなのね」

白々しいけれど、また知らんぷりをする。

「乙部さんがお留守のときに、マサオさんの部屋に上がって。帰るときにはもう、乙部さんはお帰りだったと思うんですけど」

「あら、ぜんぜん気づかなかった」

「マサオさん、何か言ってませんでした？」

「正雄が何か？」

「いえ、言ってないなら……いいんですけど」

「今日は朝からお天気ねえ」

こちらが突然話を変えたので、相手はちょっと面食らったようだった。でももう、このくらいのズレにならこの子は慣れている。めんどうくさいときには、遠慮なく話をずらす。するとそれも、老いた人間独特の話法だと受け入れられるから、楽だ。ズルいことをしていると思うけれど、一日に使えるエネルギーは限られているのだからこのくらいは許してほしい。相手が若ければ若いほど、なめさせて、みくびらせておいたほうが楽なのだ。

「わたし、謝ったほうがいいのかな、と思って」

「今日はねぎが安かったの。ご近所さんが教えてくれて……」

「謝ったほうがいいのかな、と思ってるんです」

ミナイさんはためらいなくわたしの言葉をさえぎった。今日のところは、こちらが遠慮なしなら、相手も遠慮なしと来たらしい。だったらお互いにいつまで我を貫き通せるか、やれるところまでやってみようじゃないの。

「スーパーに大きなクリスマスツリーが出ててね、もうそんな季節なのね」

「わたし、勢いで悪いことしたかもしれません」

「あなた知ってる？　あそこのスーパー、クリスマスツリーにも七夕みたいにお願いごとの短冊飾るの。おかしいわよね」

「なので、今日はマサオさんに謝ろうかと思って」

「わたしも何かお願いしようかと思ったんだけど、何も思い浮かばなくて。ちょっと思ったことはあったんだけど、肝心のことが思い出せなくて」

「これから一緒に、おうちに行ってもいいですか？」

「ハリー・ポッターに出てくる、森番のひとの名前」

「いきなりで申し訳ないんですけど」

「わたし、あのひとみたいになりたいと思ったんだけど、名前がどうしても思い出せなくて。あのひとの名前、知ってる？」

「わたし、マサオさんの手紙を盗んだかもしれません」

足が止まった。隣のミナイさんも一瞬遅れてピタリと止まった。

「手紙？」

「手紙……かどうかわからないけど、とにかく、手紙みたいなもの。ちらしの裏に書かれてたので、下書きみたいなものかもしれないんですけど」

「……なんて書いてあった？」

「ええと……うろ覚えですけど、最近寒くなったね、みたいな」

「見せて」

「あの、それが、どこかで失くしちゃって……外にいるときに落としちゃったみたいです」

「それ、正雄は知ってるの？」

「たぶん知りません」

「じゃあ言わないで」

しまった。ミナイさんがちょっとひるんだような、緊張のおももちになっている。なめさせておいたほうが楽なのに、つい真剣な物言いをしてしまった。口のなかをモニョモニョさせて、硬くなった顔をほぐす。また短冊の話に話題を切り替えようとすると、

「あれ、誰宛ての手紙なんですか？」

ミナイさんが、浮かべた表情のわりに遠慮のない口ぶりで言った。

「それは……」

みずきちゃんに決まってるでしょ。答えは決まっている。でもそんなこと――みずきちゃんとわたしたち、三人の幸福な時間のこと、それに続くこの何年か、わたしたち二人が

それぞれ置き去りにされた子どもみたいに彼女のことを一心に待ち続けていることを、この蛍光黄色のかたまりが理解できるわけがない。

「個人的なことだから」

「個人的なこと？」

「見なかったことにして」

また真剣な顔をしてしまっているような気がして、口をモニョモニョさせる。向きあっているのがいけないのかも。そう意識するとよけいにまじまじと相手の顔を見てしまう。おでこにまだ新しそうに見える傷があった。ハリーのおでこにあったみたいな、特別な子の印、小さいころのわたしがほしかったかもしれない、あの傷が。

「それ、どうしたの？」

自分のおでこを指して、聞いた。

「あ、これ……」

ミナイさんも鏡写しみたいに、同じポーズになる。

「昨日転んだっていうか、その、投げ飛ばされた、っていうか……」

「投げ飛ばされた？」

「はい。ばかなことして」

「誰に？」

「知らないひと……」

自分で言っておかしくなってきたのか、ミナイさんはふふっと笑った。一瞬、正雄がやったのではないかと思ったから、ほっとした。

「知らないひとって……どうしてそんなこと」

「わたしが悪かったんです。よけいなことに首突っ込んで」

「でも、投げ飛ばすなんて……」

「護身術でも習っておけばよかったです。いきなりのことで、体がぜんぜん動きませんでした」

「でも、それくらいですんでよかった」

　昨日の正雄とのことといい、この子は好奇心だか何だかが強すぎて、身の安全を最優先に考えるタイプではないらしい。いつか痛い目にあっても（もしかしたらもうあってるかもしれないけれど）、傷の痛みにさえ気づかぬまま、ためらいなく危ない水溜まりにざぶざぶ突っ込んでいきそうな感じがする。こういう子の親になったらさぞかし寿命が縮まることだろう。

　キャリーを押して、また歩き出した。後ろからシャカシャカ音がする。やっぱり家までついてくるつもりなんだろうか。

　それにしても、正雄。あの子、まだ書いてたんだ。なんというか、いじらしいというか、未練たらしいというか。ちらしの裏に下書きして、あとで便箋に清書するつもりだったたってこと？　みずきちゃんの住所なんて知らないはずなのに。

　みずきちゃんが最後にうちを訪ねてきて、もうここには来ないと言った日から、正雄とわたしは毎日みずきちゃんにメールを送った。戻ってきてほしいだとか、どうして来てくれないんだとか、いつまでも待ってるだとか、そういうせつない、うらみがましいメッセージじゃなくて、うちの台所のテーブルで交わした、なんてことのないお喋りみたいな内容のメールを。今日は雨だね、寒いね、あったかいものが飲みたいね、とか、どこそこの公園で梅が咲いてるかもしれないね、みたいな、ほんとうになんてことのないメールを。最初のうちは、正雄と二人で内容を相談して、できるだけみずきちゃんがふらっと戻ってこられる雰囲気を心がけて、楽しいメールの文面になるように頭を絞った。でも半年くらい過ぎたとき、今日からは自分一人で考えて送る、と正雄が宣言して、以来わたしはみずきちゃんとの唯一のつながりから弾かれてしまった。さすがにもう、メールは送っていないだろうと思ったけれど、まさか手紙を書いているとは……。

「ハグリッドですよ」

わっ、と声が出そうになった。隣を歩くひとがいるのを一瞬忘れていた。

「え？　はい？」

「ハグリッド。さっき思い出せないって言ってましたよね。ハグリッドです。ハリー・ポッターに出てくる森番。小学生のときに読みました」

「ああ、そう……」

「ハグリッドになりたいんですか、乙部さん」

「え、ええと……」

「次にスーパー行ったとき、書けるといいですね」

こっちは向こうの言うことを聞かぬふりをして実際ほとんど聞いていなかったけれど、しゃくなことに、向こうはこっちの言うことをちゃんと聞いていたらしい。

「早足ですね」

動揺して、つい早足になってしまった。

もとののろのろ歩きに戻ってひとつ角を曲がると、もう我が家だった。さて、正雄とミナイさんをこのまま会わせてよいものか。謝りたいというミナイさんの真意がわからない。姿勢が良くて、冷静で、かしこそうで、ひとの目をまっすぐ見て喋るミナイさんみたいな女の子は、子どものころから正雄がいちばん苦手とするタイプだ。一時期小学校に行けなくなったとき、先生の命令で正雄を引っぱりだしにきた学級委員長も、こんな感じの女の子だった。正雄にお似合いなのは、こういう輝かしい優等生じゃなくて、ソメヤさんみたいな地味な余りものなのに。

「正雄はいま、留守にしてるかも……」

「じゃあ、待っててていいですか？」

門の前でそんな会話をしていると、タイミング悪く玄関のドアが開いた。正雄だった。朝に見たときと同じ寝巻き姿で、わたしたち二人を見て固まっている。

「よかった、いましたね」

隣でミナイさんが言った。正雄はぴしゃりとドアを閉め、閉めたドア越しに、すごい勢いで階段をダダダと駆け上がっていく音が聞こえた。

「あなたのこと、怖いみたいですね」

「ですね。怖がられてるみたい」

昨日、上の部屋での二人の会話を盗み聞きしていたとき、ドアの向こうで何十秒かの沈黙があった。あやしいと思ったけれど、そのあと「やめろ」と正雄の声がして、何かしたのは女のほうらしいと見当がついた。いったい何が行われようとしていたのか、ドアのこちらからはわからなかった。でもあの沈黙の何十秒か、この子が魔法のような何かを使って正雄をどうにかしようとしていたことは間違いない。

「怖い思いすると、めったなことじゃ出てこなくなるの。昔からそう。あの子が小学生だったとき、この近所にアオダイショウが……」

「無理にとは言いません」

　正雄の小心なところを説明するのにぴったりのアオダイショウの思い出話を、ミナイさんはさらりとさえぎった。もう四十年来の、わたしのお気に入りの話なのに。あの日、空き地の茂みから首をもたげたアオダイショウのような目で、ミナイさんは玄関のドアをじっと見ている。

「そう……そう？」

　ミナイさんは答えない。言葉とはうらはらに、いまはどちらかというと好戦的な表情を浮かべているけれど、それでもうっすら焦りのようなものが、見える。見える、というか、におうのか。香水なのか、柔軟剤なのか、さっきからこの子が身動きするたびふんわり香るユズみたいないいにおいにまぎれて、苦い焦りのにおいがする。

「ねえ。あの子に何がしたいの？」

「はい？」

　ミナイさんは虚を衝《つ》かれたように、やっとわたしのほうを見た。あらためて見ても、まあ美人。シュッとして、姿勢が良くて若くて健康そうで、どうしてこんな子が、うちの息子にしつこくこだわっているんだろう。

「なんていうか……うちの子に近づいても、なんにも、たいしたものは……出てこないと思うのだけど」

「べつに、何か取り出そうっていうわけでは」

「ほんとに、なーんにもないの。お金も。仕事も。元気も。ひとにあげられるようなりっぱなものは何もない。わたしがあなたから取り出したいくらいだもの」

　ミナイさんはぷっと噴き出した。

「急に手厳しいですね。そこまでお母さんに言われたら、ちょっとかわいそう」

　つられてわたしもちょっと笑った。確かにちょっとひどい言い草だったかもしれない。アオダイショウの話なら、きっと誰が相手であろうと、十分くらいは話が持つ。子ども時代の正雄の話なら、十分ずつ話せる話が思い出のなかにだんごみたいにごろごろ、いくらでも転がっている。でもいまのあの子は、味のしない、かさかさしたただの串みたい。それで突き刺せるような弾力のある、おいしい話がどこにもない。

「わたしは、マサオさんから何か取ってやろうとか、思ってません。ただ人間として、フェアでありたいだけ」

　フェア？　よくわからないことを言う。なけなしの財産を奪ってやると脅されるよりも、なんだかおっかない。財産だって家だって取られたらそりゃあ困るけれど、それ以上に取られたら困るものがある。かたちのはっきりしない、わたしと正雄が息をひそめて暮らすこの家の見えない心臓のような、何かだ。この子が狙っているのはそっちのほうな気がして、怖い。

「あの子に会いたいなら、直接あの子に聞いて」

　門を開け、キャリーをちょっと乱暴に引きずったら、段差で車輪が跳ねてねぎが一本地面に落ちた。わたしが腰をかがめるより先に、ミナイさんがすばやく腰をかがめてねぎを拾って、キャリーに戻そうとした。それを横から奪って、自分でぐさりと隙間に白いところを突き刺し、一人で家に入った。

ドアを閉めて上《あ》がり框《がまち》に腰掛けると、なぜだか息が上がっていた。心臓がどきん、どきん、と波打っている。キャリーの持ち手に手をかけたまま、しばし呼吸を整えた。二階の正雄の部屋からは、物音ひとつ聞こえない。こちらのようすをうかがっているんだろうか。お母さんだけだよ、と声をかけてやってもいいような気がしたけれど、気がしただけで、声は出てこなかった。

じっとしていてもなんだか苦しくて、キャリーのほうに前屈みになって、目をつぶった。ねぎのにおいがぷんと漂う。青臭い、目に沁《し》みて涙を誘うにおい。自分の心臓の肝、というのもおかしいけれど、古びた心臓の芯にある、生まれて一度も外気に晒《さら》されず、いつまでも汚れずまっさらなところも、こんな青臭いにおいを放っているような気がする。このにおいだって、わたしは誰にも取られたくない。

ねぎのにおいをかいでいたら、思い出した。昼間には麻婆《マーボー》豆腐を作るつもりだった。まだ息は整わないけれど、フンヌ、ときばって立ちあがる。辛いものを食べて元気を出さねば。

キャリーを台所に運び、豆腐のパックを開けて皿に出した。ペーパータオルを一枚挟んで、上から水をたっぷり入れたボウルを載せる。買ってきたほかの食品を冷蔵庫や戸棚にしまい、といでおいた米を炊飯器に入れてスイッチを押し、しょうがとにんにくとねぎをまな板で細かく切り刻んでいるうちに、やっと息が楽になってきた。包丁を水で流し、さて今度は調味料の配合にかかろうとして、ボウルの下の豆腐が重みに耐えきれずぐちゃっと崩れているのに気づいた。

急に力が抜けた。

椅子に腰掛けると、また心臓がどきん、どきん、と波打ちはじめる。

視界がふっと、昏《くら》くなる。動かなきゃ、と思いながらも腰が上がらない。むかしから、ときどきこうなる。向こうから、不幸がおいでおいでと楽しそうに手招きをしている。おまえさん、お母さんにもお父さんにも置いていかれて、夫にも置いていかれて、かわいそうな子だね、こっちにおいで——いや、やめて。わたしはそっちへは行かないから。じっとして、ふんばらないと、やすやすと不幸に身を委ねてしまいそうになる。これまでずっと、身を固くして、息を潜めて、世のいう不幸に巻き取られないように、流されないように、一生けんめい抗ってきた。でももう、きつい。二日に一度くらいならふんばれるかもしれないけれど、日に何度も、というのはもう、ちょっと……。手招きされるほうにハイハイとすんなり招かれていって、不幸でもなんでもいい、とにかく自分より力の強いものに包まれてちやほやともてなされたい、そういう気持ちにもなってくる。

ああ、みずきちゃんがいてくれたら。

そう思いかけて、ぐいと舵《かじ》を切る。みずきちゃんとわたしの不幸を結びつけてはだめ。みずきちゃんを不幸の壺みたいに使ってはいけない。こういうときに便利なのは、使っていいのは、正雄のお父さん。あのひと、生きてるのかしら。死にいく、もう帰らない、忘れろ、とか言って出ていったけど、ほんとうに死ねたのかしら。出ていかれてしばらくは、生きていてほしい、と思っていた。でもいまは、安らかに悠々と死んでいてほしい。お父さんのいないこの世はもう、お父さんにはなじまない。

ゆっくりと時間をかけて、お父さんはわたしのなかで夫でもなく、息子の父親でもなく、丈夫で便利な壺になった。不幸に取り巻かれふんばりきれなくなったときには、うまくその勢いをいなして、お父さんの壺のなかに流し込んできた。お父さんのなかになら、不幸はどんどん、いくらでも入る。底なしの、ものすごい吸い込み力の、のっぺらぼうの壺。壺になったひとに、いまさら甦られても困るのだ。

ピンポーン、チャイムが鳴って、はっとした。反射的にハーイ、と声が出る。金縛りがとけたみたいに、難なく立ち上がれてしまう。玄関に行ってドアを開けると、蛍光黄色のかたまりが立っていた。豆腐が崩れた瞬間から、この子のことをすっかり忘れていた。

「まだいたの?」

「マサオさんに、直接聞いてみようと思って」

「何を?」

「謝っていいかどうかを」

「ああ……」

ミナイさんはちらりと階段の上に目をやった。会話はたぶん、上には筒抜けだろう。

「とりあえず、ちょっと入って、こっち来て」

台所に戻ると、ミナイさんも堂々とついてくる。つい先ほどまでわたしがなまくらにふんばっていた椅子にさっと腰を下ろして、姿勢を正した。

「何作ってるんですか?」

「えーと……麻婆豆腐。でも、水切りしていたらお豆腐が崩れちゃって……」

「どうせ炒めてるうちに崩れるじゃないですか。わたし、何か手伝いましょうか?」

「手伝うほどのことはないの。簡単だから」

「麻婆豆腐、好きです」

あら、またご相伴にあずかろうって魂胆？　そう思ったけれど、聞かなかったことにした。追い返すのももうめんどうだ。今日はもうこれ以上、ふんばれない。

崩れた豆腐を電子レンジで加熱して水気を飛ばしているあいだ、ミナイさんは蛍光黄色のウィンドブレーカーを脱いだ。なかにはなんていう服なのか、暗い黄土色の薄いぴたっとしたものを着ていた。果物の皮が剝かれて、食べごろの実が出てきたみたいで、ちょっぴりなまめかしい。

調味料を配合してしまうと、やることがなくなった。米はまだ炊けていない。ひとまずお茶でも淹れようと、急須に二人ぶんの茶葉を入れた。後ろで何やらぶつぶつつぶやく声が聞こえて振り向くと、ミナイさんは求人広告の切り抜きを見ていた。わたしが出がけに朝刊のちらしから切り抜いたばかりのものだ。

「クリーニング店受付補助、時給一二六〇円。清掃スタッフ、マンションの日常清掃、時給一二〇〇円。商業施設の清掃スタッフ、時給一二〇〇円。マンション清掃員、時給一三〇〇円……」

目を上げてわたしが見ていることに気づくと、「お掃除の仕事が多いんですね」とちらしを指差した。

「そうね。いまはお掃除か、警備員の仕事が多いみたい。掃除ならわたしにでもできるから。資格もないし、パソコンもできないし。警備員も一回くらいやってみたいけどね、わたしみたいなおばあちゃんじゃ迫力ないでしょ」

笑いを誘ったつもりなのに、ミナイさんはニコリともしない。

「働くんですか？」

「まだわからないけど」

答えて急に、恥ずかしくなった。ミナイさんの真顔、特になんの表情も浮かんでいないそのまなざしが、痛い。家の外の知らない大勢のひとたちからのメッセージが、カラオケの画面みたいに、ミナイさんの顔の上に文字になって浮かび上がる。働く、だって？　いったいお前に何ができるんだ？　見ていると、目の奥がぼってり重たくなってくる。

「前に、そろばんの先生やってたって言ってましたよね」

「え、ああ、前にね……正雄が子どものころはね」

「また始めたらいいんじゃないですか？」

「昔のことだから……」

「いま、習わせたがってる親、けっこういるらしいですよ。そろばんは地頭がよくなるからって」

「じあたま？」

「なんだろう、生まれつきの頭の良さ、みたいな？」

「そろばんは練習あるのみだよ。生まれつきの才能とは、あんまり関係ないの」

「お掃除もいいけど、乙部さんがいちばん得意なことをやったらいいんじゃないですか」

「そうね。でもいまはたぶん、そろばんよりも掃除のほうがよくできると思うから……」

そうですか、とミナイさんは短く答えて、切り抜きをまとめて重ね、もと通り調味料入れの下に挟んだ。

思いがけずそろばんのことを聞かれて、ちょっとだけ目の前が明るくなった。そろばん教室を開くことを勧められたことが嬉しいのではなくて、わたしはかつてそろばんの先生であった、そのことを知っている、覚えてくれている人間がいることじたいが、嬉しい。当然ミナイさんが生まれる前の話ではあるけれど、それでも、思いがけなく街角で幼馴染に再会したように、心の奥がつーんと温かくなった。ポットの湯を急須に注ぎ、湯呑みをふたつテーブルに載せ、ミナイさんの向かいに座った。

「ねえ」

この際思い切って、言ってみる。

「笑わないで聞いてね。こんな年寄りがばかみたいって思うかもしれないけどね、わたしはね、ほんとはお掃除のパートにもそろばんの先生にも、もうなりたくないの。そうじゃなくて、ハリー・ポッターに出てくる森番みたいになりたいの」

「ハグリッドですよね。さっき外で聞きました」

「言ったかもしれない。でも何度でも聞いてほしくて。ああ、あのね、いまそんな気がむくむくしてきたんだけど、何度だって言ってやりたいような気分。わたしは森の外れの小屋に一人で住んで、誰にも邪魔されないで、好きに暮らしてみたいの」

「一人暮らしがしたいっていうのも、前に聞きました。そのときは、森の外れ、とは言ってませんでしたけど。気持ちはなんとなくわかります」

「でも正雄を見捨てることはできない」

「マサオさんも森に連れていったらいいんじゃないですか」

「それじゃ意味がないでしょう」

「ですよね」ミナイさんはチラリと視線を廊下に走らせ、声をひそめた。「でも、だからといって、ソメヤさんにもらってもらおうっていうのも、ちょっと勝手なような……」

「そうよね」わたしも同じくらい声をひそめて、前かがみになってミナイさんに顔を近づける。「それはわたしも、ちょっとは思ってる。正直、あなたでもいいんだけど、いかんせんあなたは正雄には若すぎるし、ちょっと頭が良すぎる感じがして。ソメヤさんくらいの、くたびれてちょっと調子が悪そうな余りもののほうが、正雄を理解しやすいのじゃないかと思って」

「それはちょっと、ソメヤさんに失礼なような……」

「そうね。ごめんなさい。でも、あの子は根は優しい子で……」

「根が優しくてもそうでなくても、ソメヤさんの意思とは無関係ですし。それからもちろん、マサオさんの意思とも」

耳に一瞬、ひやっこいものを流されたような感じがした。意思、か。久々に聞いた、ごりっぱな言葉だ。前かがみになっていた上半身を後ろに引き、ちょっと大きめの声で言い返す。

「そうね。もちろん、二人には意思があるはずだものね」

「でも、万が一にも、二人がひっそり惹かれあってて、何かきっかけがほしいっていうなら、わたしは協力しますけど」

「いまのとこ、それはないわね」

「どうしてですか？」

「正雄には忘れられないひとがいるの」

「やっぱり」

そう言って、ミナイさんは今日はじめて満足そうな顔をした。湯呑みにお茶を入れてやると、さっそくひとすすりして、ペロリと薄い唇を舐めて言う。

「勘なんですけど、もしかしたらそうじゃないかと思ってました。昨日……」

「あの手紙のはしくれみたいなもので？」

「それもちょっとありますし……わたしが触っても、マサオさん、何も反応しなくて」

やっぱりそうだった。ミナイさんは慌てたように、また声をひそめて続けた。

「ごめんなさい。お母さんに話すようなことじゃないですよね。でも、あの、わたし、ちょっとショックだったみたいで。拒絶されたあとに気づいたんですけど、自分が拒絶されるとはあんまり思ってなくて。ていうか、男のひとから拒絶されたのはじめてで」

「それは忠節よ」

「は、忠節？」

「そう。あの子は好きなひとを裏切りたくなかったの」

「え……」

「それか、更年期なのかもしれない」

「あの、どっちにしろ、わたしが見た手紙みたいなのも、そのひと宛てなんですか」

「たぶんね」

耳に神経を集中して、上の気配を感じ取ろうとした。何も音はしない。でもこの耳はもう、半分当てにはならない。そうっと立ち上がって、台所の開いたドアから顔を覗かせて、階段の上に息子のすがたがないことを確認した。

それからもう一度ミナイさんの前に座り直し、息を深く吸い込んだところでハタと気づいた。ほんとうに正雄に聞かれたくないなら、わたしはそこのドアを閉めたはず。もう一度腰を上げてドアを閉めることもできたけど、体は椅子にひっついたまま、もう話を始めたくてうずうずしている。

「あのね」

口を開いた瞬間、懐かしさが口いっぱいに広がった。近しい友だちとのあいだに内緒話の花がパーッと開いて、歯がフワフワになって飛んでいきそうになる、あの感じ。

「内緒の話よ」

みずきちゃんがはじめてうちに来たのは、梅雨が始まる直前の、太陽が歯を剝き出すようにカッと晴れた六月の日曜日のことだった。

一人じゃなくて、犬と一緒に来た。

旦那さんに嚙みついて、こんな犬は捨ててこいと言われて困っていたところに手を差し伸べたのが、というか、困ったみずきちゃんに白羽の矢を立てられたのが、うちの正雄だ。二人は職場の同僚だった。彼女がどうして正雄に目をつけたのか、わからない。前々からうっすら好意を持ってくれていたのか、あるいは何かの折に、同僚の無口な男がいい年をして母親と一戸建てに二人で暮らしていることを知って、飼えなくなった犬を押しつけるのにうってつけだと思っただけかもしれない。

連れてこられた犬は、飼い主に嚙みつくすがたなど到底想像できない、ひとなつこいかわいい犬だった。ハチミツ色の、ふさふさの女の子。こんな子が嚙みつこうとするなんて、旦那のほうが相当悪人なんだろうと思った。ハニー・アンというしゃれた名前だったけれど、うちにそんな名前は似合わないから、ハナちゃんと呼ぶことにした。正雄が小学生のころ、どこからか汚い野良の子犬を拾ってきたことがあった。珠算教室を開いたばかりで、二人食べていくのにやっとで、犬を飼うだなんて、とんでもなかった。もとのところへ戻してきなさいと言うと、正雄は泣きながらおとなしく従った。犬一匹ぐらい、どうにかなっただろうにといまになって思う。かわいそうなことをしてしまった。でもあのときは、ほんとうに余裕がなかった。正雄も正雄で、養われている幼い身ゆえ、親の言いなりになってしまった後ろめたさがあったんだろう。見捨ててしまったあのときの子犬のぶんまで、罪滅ぼしのようにわたしたちはハナちゃんをかわいがった。そうやって、犬だけなら面倒なことにはならなかったのに、わたしたちがとりこになったのは犬だけじゃなかった。

みずきちゃんは、ハニー・アンを手放したことが悲しくて、毎週末、犬の顔を見にうちにやってきた。いつもケーキだの、サンドイッチだのこじゃれた手土産を持ってきてくれて、もらうだけだと申し訳ないので、自然と昼食をごちそうするようになり、するとみずきちゃんは昼食だけじゃなくて夕食も一緒に食べていくようになり、いつしかハナちゃんのお気に入りの寝床がある正雄の部屋に泊まっていくようになった。嘘みたいに、するっと、あれよあれよというまに、自然に。

さすがに毎日というわけではなかったけれど、週に一、二度は、二人は会社から一緒に帰ってきて、朝は一緒に出勤するようになった。

みずきちゃんは人妻であり、それも、犬に噛みつかれるようなろくでもない旦那持ちであることは、わたしにだってちゃんとわかっていた。このままではいつかきっと、やっかいなことになるかもしれないと。でもほんとうにかわいいひとだったのだ、みずきちゃんは。ハナちゃんと同じくらい、ひとなつこくて、愛嬌があって、体ぜんたいでいつも明るく笑っていた。古ぼけた狭い家で、ずっといじけた顔を見合わせて暮らしてきたわたしたち二人に、そんなひとをどうやって追い返せる？　光と花の香りとヒバリのさえずりを腕いっぱいに抱えて、大笑いして体当たりしてくる春風から、鈍くさいわたしたち二人が、どうやって身をかわすことができる？

わたし、ずっとここにいられたらいいなあ。

みずきちゃんはよくそう言った。ずっとここにいるための具体的な手立ての話はいっさいせずに、ただそれだけを、ほんとうに、心の底からそう思ってるみたいに、嬉しそうに、せつなそうに、映画の予告編で流れる決めぜりふみたいに、ここぞという場面で何度も言った。

「それで、どうなったんですか？」

テーブルの向こうのミナイさんは、ぴんと背筋を伸ばしたまま、無表情でじっとこっちを見つめている。顔が、びっくりしていない。続きが気になってしかたがない、という感じでもない。内緒話でフワフワ浮きかけていた歯が、もったり、ぐずぐず、歯茎に沈んでいく。これじゃあなんだか、取り調べを受けてるみたい。この話、もしかしたら、そんなにたいした話ではないのかも。わたしと正雄にとっては、ほんとうに、嘘みたいに歴史的な日々の話なのだけど、じつはよくある話なのかも。

「それで……ちょっとあとでわかったことなんだけど。みずきちゃんはね、わたしたちが知らないあいだに犬をいじめる旦那と離婚してたの」

「えっ、は？」ミナイさんは目を見開いた。「え、知らないあいだにですか？」

「そう。知らないあいだに」

「でも、毎週家に来てたんですよね？　彼女、何も言わなかったんですか？」

「そう。何も言わなかった」

「え……気づかないもんですか」

「気づかない。気づかないもんなの」

ミナイさんは眉間にぎゅっと皺を寄せた。きれいな顔がだいなし。でも、ちょっと安心する。この皺は、長い年月ではなく、いま出て消えた、このわたしの言葉が作った皺。なんておろかなんだろうこのひとたち。皺の奥から、ミナイさんの心の声が聞こえるようだ。ああでも、そう、この感じ。相手の目と耳と、こっちの喉の奥で順番待ちをしている言葉のあいだに、見えない通路がちゃんとできている感じ。だから安心してまた歯がフワフワになって、力む代わりにごくんと軽く唾を呑むだけで、言葉は自然と転がり出てくる。

「それだけじゃないの。みずきちゃんはね、わたしたちの知らないあいだに離婚だけじゃなくて、結婚もしてたの」


どうしてそんなことができるのかさっぱりわからなかったけれど、本人いわく、子どもがいないからけっこう簡単なんですよ、ということだった。

わたしが気づいたときには、みずきちゃんはもう再婚二ヶ月目の新妻だった。気づいたときには、というか、台所でみずきちゃんと並んでゆで卵の殻を剝いているとき、みずきちゃんがぽろっと、今度の旦那は卵アレルギーだから卵料理を出せない、と呟かなかったら、一生気づかなかったかもしれない。今度の、と言われててっきり、例の犬をいじめる旦那の前に、結婚していたひとがいたのかと思った。でもそうじゃなかった。犬の旦那とはもう離婚して、またべつのひとと新たに結婚したのだと言う。

確かにその二ヶ月ほど前、インフルエンザかもしれない、と断って、珍しく一週間くらいみずきちゃんがうちに来なかったときがあった。でもわたしたちとは毎日メールで連絡しあっていて、戻ってきたときにはちょっと顔がやつれているように思ったけど、けろっとしていた。じつはあのころ、新婚旅行で沖縄に行っていたのだと言う。

うそついてたの？　と聞いたら、ごめんなさい、言いづらくて、と、みずきちゃんは伏し目になってしょげた。

ずっと言わなきゃと思ってたんですけど、サッちゃんとマサくんに嫌われたくなくて。

わたしをお母さんでもなく乙部さんでもなく幸子《さちこ》でもなくサッちゃんと呼んでくれるのは、この世でもうみずきちゃんだけだった。サッちゃん、と呼ばれるたび、脇腹を優しくキュッとつままれるような感じがして、くすぐったくて、ほかの話はよく聞こえなくなる。

ごめんなさい。ずるいですよね。大人になったら家はみんな一人ひとつって決まってるのに、わたしだけ、ずるしてふたつ。

ここはみずきちゃんの家だよ。

ごめんなさい。でも嬉しい。

涙ぐんでいるみずきちゃんが笑ってくれたから、ほっとした。怒る気にはならなかった。

みずきちゃんがここに来たくて来ているなら、それはみずきちゃんの自由だ。結婚していたって、息抜きのために、隠れ家のひとつやふたつ、持ったっていいじゃないか。世間さまの尺度で測ればとんでもない女であっても、わたしと正雄にとって、みずきちゃんが唯一無二のかわいいひとであることに変わりはない。納得するのは簡単だった。まあ、いま思えば、知らんぷりを決めこむことで、それ以上のやっかいごとから逃げた、ということになるのかもしれないけれど。

みずきちゃんの新しい旦那さんは九州で働いているそうで、会うのはひと月に一度という取り決めになっているそうだ。なので、わたしはけっこう自由にやれるんです、と、みずきちゃんは恥ずかしそうに言った。それ、正雄は知ってるの？　聞くと、みずきちゃんは首を横に振ってうなだれた。じゃあ、わたしが話しておくね。とっさに口走ってしまった。え、わたしが話すの、こんな話を？　そう思いながら、正雄はものわかりのいい子だけど、難しい話をするときには、ちょっとコツがあるからね、なんて、ペラペラ調子良く喋ってしまっていた。

コツ？　コツなんて、ない。

お父さんが出ていったとき、わたしの口からそのことを知った正雄は、暴れた。壁をひっかき、冷蔵庫の中身を片っ端から床にぶちまけ、引き裂いたカーテンにくるまって泣き喚《わめ》いた。三日間、ほとんど飲まず食わずだった。でもあのときは、まだ十歳にもなっていなかったから。四十を超えた正雄が、こんな話にどう反応するのか、見当もつかない。最悪、また壁紙を張り替え、夜中まで床掃除するはめになってもいい。でも、そうではなくて、それほどのエネルギーがみずきちゃんに向いてしまったら？

怒号をあげて、みずきちゃんをひっかき、みずきちゃんの中身をぶちまけ、みずきちゃんを引き裂こうとする正雄、そんな恐ろしい想像をかき消せるだけの、正雄にたいする信頼が、ない。母親のくせに、息子のことを信じられない。大人になった正雄は、一度何かに絶望したら、簡単に放火魔だとか殺人鬼になってしまうタイプな気がして、怖い。抱きしめて、一緒にカーテンにくるまり一緒に泣き喚くことは、わたしにはもうできない。

「それで、乙部さんは話したんですか、そのこと、マサオさんに」

「話せなかった」

ああ、言ってしまった、ずっと内緒にしてたのに。ちょっとの後悔が、舌の先に苦く残る。

「えーと……」

ミナイさんは眉間にさらに深く皺を寄せ、すうーっと細く長く息を吸いこんだあと、口を開いた。

「つまり、マサオさんは知らないんですか？　彼女が離婚して、再婚したこと」

「たぶん知らない。いまも。わたし、言ってないから」

眉間をきつく縫いあわせていた糸がプツンと切れたように、ミナイさんの眉毛がもとの位置に戻った。皺のあとはすぐに消えた。そこから滲み出ていた険しさの余韻だけが、霞《かすみ》のように顔ぜんたいに漂っていた。

「大丈夫なんですか、それ」

「大丈夫かというと……」

「で、そのあとはどうなったんですか？」

「そのことを聞いてまもなくして……ハ、ハナちゃんが死んじゃったの」

「えっ」

「バイクにはねられてしまって。みずきちゃんと正雄と、散歩に出てるときだった」

ええええ、と声を引き伸ばし、ミナイさんは絶句した。

「みずきちゃんは自分のせいだって、ずっと泣いて……あんまりずっとぼろぼろ涙がこぼれるもんだから、脱水症状になっちゃうんじゃないかって、わたしは何度もお白湯を作って……そんなことはどうでもいいんだけど。ずっと泣いて泣いて、止まらないから、おかしくなっちゃわないか、すごく心配だった。正雄も泣いてた。わたしももちろん泣いた」

「………」

「みんなで一晩、ハナちゃんの周りで過ごして、段ボールに入れて焼き場に運んで、骨になったハナちゃんを連れ帰ってきて、正雄がスーパーで買ってきたおにぎりを食べて、それっきり」

「え、それっきりって？」

「みずきちゃんは、ハナちゃんのお骨を抱えて、もうここには来ません、って言って……ほんとに、来なくなっちゃった」

「はあ……」

「すこし落ち着いたら、きっと戻ってきてくれると思ってたの。あんなにかわいがってたハナちゃんのことだから、死んじゃったのを受け止めるのにちょっと時間がかかるんだろうって。でも、そのあといくらメールを送っても、電話しても、なしのつぶて。会社もやめちゃった」

「そんな……」

「ハナちゃんのことがショックで、もしかしたら、その……最悪、みずきちゃんは死んじゃってるんじゃないかって、正雄もわたしも口にはしなかったけど、ちょっとそう思った。でも、生きてるのか死んでるのか、もし死んでたらどうしようって、確かめるのが怖いし、確かめようもなくて。おかしなことだけど、わたしたち、あんなにみずきちゃんと一緒にいたのに、みずきちゃんがどこに住んでるのか知らなかったから。でもね、半月くらい経ったところで正雄が会社の総務のひとに聞いたら、退職関連の書類のことでつい昨日彼女とやりとりしたって言ったそうだから、生きてはいたらしいの」

「生きてたんですか、よかった」

「そう。生きててくれるなら、いったんは、それでいいわよね。それからも変わらず、いつでもうちに戻ってきてねって、わたしと正雄で毎日みずきちゃんにメールを送ったの。ハナちゃんのことはすごくつらいけど、それを書くと、みずきちゃんが自分を責めちゃうかもしれないから、あえてハナちゃんのことは書かなかった。ただいつもみたいに、寒いね、とか、暑いね、とか、どこそこでなんの花が咲いてたよ、とか、前にしてたお喋りみたいな内容の、なんてことないメールを毎日、毎日」

「毎日ですか……」

「半年くらいしたころ、正雄が今日からは自分一人で書くって言い出して、わたしはもう、何も言えなくなっちゃったけど。それからは正雄一人でずっとメールを送ってるものだと思ってた。そのころから、みずきちゃんの話はなんとなくしづらくなって……きっといまでもメールを送り続けてるんじゃないかと思ってたけど、手紙を書いてるなんて知らなかった」

「お話をうかがうと、やっぱり昨日のあれは、そのみずきちゃんへのお手紙ですよね」

「きっとね。まだあきらめてないのね。いつか戻ってきてくれるかもしれないって、いまも思ってるわけよね。でもわたしもそうなの。しつこいかしら」

うううううん、ミナイさんの閉じた口から地鳴りのような低いうめき声が長く漏れた。

「正雄がいつまでもこの家に居座って、出ていく気配がないのは、たぶんそのせい。みずきちゃんを待ってるの」

「マサオさんはともかく……乙部さんは、もし彼女が戻ってきたら……三人で暮らしたいって思ってるんですか」

「そうね。そう思うんだけど、でもさっき言ったみたいに、森の外れに一人きりで暮らしてみたいとも思ってる」

「それがいいと思います。そっちがほんとうの、乙部さんの気持ちだと思います」

「そうはっきり言われると……違うような気がする」

「気分を害されたらすみません。でもわたし、そのみずきちゃんてひと、ほんとにとんでもないひとだと思います。百人いたら百人、みんなとんでもないって言うようなひとだと思います」

「そうね、そうなんでしょうね」

「とんでもないっていうか、ひとでなし？」

「ひとでなし……」

「乙部さんとマサオさんのこと、なめすぎてると思います。二人の弱みにつけこんで」

弱み、という言葉にわたしが何か反応したのか、ミナイさんは言葉を止めた。

「ごめんなさい」

「いいの。弱み……ね。確かにね。そういうもののなかで、みずきちゃんは心を休めたかったのかも。旦那さんにいじめられて、たいへんな思いをしてたんだから……」

「乙部さんたちが弱いと言ってるわけじゃなくて。不公平だと思っただけです。彼女はまだ若くて、いくらでもこれからやっていきようがあるのに、無邪気に、無責任にお二人のところに飛び込んでいってさんざんひっかきまわして……」

「そんなに若くないわよ」

「え?」

「四十五歳」

「はい?」

「うちに来たとき、みずきちゃんは四十五歳だった」

ええーっ、と力ない声を出したきり、ミナイさんはまたしばし絶句した。

「もっと若いと思ってた?」

「はい。てっきり、わたしよりちょっと上くらいかと……」

「わたしもあとになって聞いて、驚いたの。かわいらしいひとでね、とてもそんな年には見えなかったけど。いまの旦那とはもう二十年も一緒にいるって聞いて、年を聞いたらそう言ったの。でも年のことなんか、わたしも正雄もちっとも気にしてなかった」

「つまり、マサオさんよりも……」

「ちょっと上、くらいかしら」

はああ、とミナイさんは長いためいきをついた。

「いや、ほんと正直言って、てっきり若さを武器に、お二人に取り入ったのかと……」

「わたしたちに取り入るのに、若さなんか、いらない。わたしたちに笑いかけてくれて、話を聞いてくれるだけでじゅうぶんだった」

急に寒気を感じたように、ミナイさんは胸の前で腕をぎゅっと組んで、肩をすくめた。それから何か言いかけて、ちょっと唇をすりあわせたあと、こう言った。

「素敵なひとだったんですね」

「そう。素敵なひとだった」

「それで、彼女が戻ってくるのをいまでも待ってるんですね。同時に、乙部さんは一人暮らしがしたくて、マサオさんをソメヤさんとくっつけようとしてるんですね。でもそれってかなり、矛盾してませんか？」

「そうね。矛盾してるわよね。おかしいわよね」

「はあ……」

「がっかりした？」

「え？　わたしがですか？」

「そう。年寄りっていうのはもっと分別がついてるものだと思ってたんじゃない？」

「いえ、そういうわけでは……」

「ひとによると思うけど、わたしはぜんぜんそうじゃない。ごめんなさいね、あなたのお手本になるような年寄りじゃなくて」

「お手本にしようとか、思ってません。ただわたし、年を取るってどんなことか、興味があって、その……子どものときもいまも、わたし、自分の若い体が居心地悪くて。年取った体になってはじめて、自分のありかたに納得できるんじゃないかって、そんなこと思っちゃって」

「だからわたしを観察してるの？」

「観察というか……はい、そうかもしれません」

「わたしも知りたい。年を取るのがどういうことなのか。わたしはぜんぜん納得してない。だってあまりに支離滅裂なんだもの。いまここでお喋りしてる自分、この家、上にいる息子、使ってる湯呑み、いまここから見えてるもの、これ以外のちゃんとした、もっと立派ではっきりしてて、納得できる答えを、知りたい」

それからわたしたちは黙って二杯目のお茶を飲んだ。二階から相変わらず物音は聞こえない。ああ、ほんとに喋っちゃったんだ。でも、すっきりした。爽快。正雄はぜんぶ聞いちゃったかしら。今晩は、何十年ぶりかの荒くれる正雄を見ることになったりして。でももう、どうしようもない。

上に行って正雄と話をするか念のために聞いたところ、ミナイさんは、今日はやっぱりいいです、と引き下がった。

玄関の上がり框に腰掛け、ブーツのジッパーを上げているミナイさんを見下ろしながら、見えない何かがこのミナイさんの若い体に乗って、外に運ばれていくような気がした。この家の梁《はり》に長らくひっついていた、見えない布きれとか、ビニール袋みたいなものが。

「自分で、探しにいかないんですか？」

ドアの前で振り返って、ミナイさんが言った。

「えっ？」

「みずきちゃんのこと」

声をひそめないと、ここでは上まで丸聞こえだ。階段を振り向いたけれど、上はまだ静まりかえっている。

「探しにいくって……」

戸惑いながらミナイさんの顔を見て、わかった。ミナイさんはわたしだけじゃなく、上の正雄にもこの言葉を聞かせたがっている。

「待ってるだけじゃなくて、探しにいくことだってできるんじゃないですか？」

「でも、どこにいるのかわからないもの」

「マサオさんは知ってるんじゃないですか。手紙書くくらいなんだから」

ミナイさんは階段の上をキッと見つめた。わたしも振り返った。大きな雪玉とか、熱された鉄球とか、何か恐ろしいものがそこから転がり落ちてくるのを、息をつめて、二人して待ち受けているみたいだった。

じゃあ、と浅く一礼して、ミナイさんは帰っていった。

誰もいない台所に戻って、いつのまにか炊飯器の米が炊けていることに気づく。忘れていた。そういえば、麻婆豆腐を作ろうとしていたのだった。電子レンジを開けると、黄色っぽくなった豆腐がごろんと皿の上に横たわっていた。まな板の上には刻んだしょうがとにんにくとねぎが散らばっていた。

作らなきゃ。

刻んだ薬味を炒めているうち、すっきりした心のうちがなんだかすうすうしてきた。出ていったものは、もう二度と戻らない。さっきミナイさんの体にくっついて外に運ばれていった見えない布きれとかビニール袋みたいなもの、あれはやっぱり、かさぶたみたいに自然に剝がれていくのを待って、大事に放っておくべきものだったのかもしれない。

そして正雄だ。正雄とわたしだけが、またこの家のなかにいる。麻婆豆腐ができあがったら、正雄を呼んで、ここで二人で向きあって食事をすることになる。どんな顔で、何を言えばいい？

頭のなかで、考えになりきらない考えの切れ端が出たり入ったり、さわがしい。でも手は自動的に動いた。気づくといつもどおりの麻婆豆腐ができあがってしまっていた。いい香りがして、おいしそうだ。

「正雄」

階段の下に立って、上に呼びかけた。返事はない。

「正雄」

もう一度、さっきよりちょっと大きな声で呼ぶ。

「正雄、お昼できたよ。麻婆豆腐。できたよ」

ここでこうして、何度息子の名前を呼んだことだろう。制服すがたの正雄が下りてきた。パジャマすがたの正雄が下りてきた。泣いている正雄が下りてきた。お腹をすかせた正雄が下りてきた。みずきちゃんとふざけながら正雄が下りてきた。ぜんぶわたしの息子、何十年ぶんの、何千何万通りもの正雄が下りてきたこの階段。

「大丈夫？」

気づくと、お父さんの顔が目の前にあった。

「お母さん。大丈夫？」

心配そうな顔をしている。お父さん、じゃなくて、これは正雄だ。いやでも、正雄にしては、白髪が多すぎるしシワシワしている。正雄って、こんなおじいさんみたいな顔してたっけ？　息が荒い、と思ったけれど、それは自分の息だった。

「そんなに何度も呼ばなくても、聞こえてるから」

わたしの肩から手を離して、お父さん、じゃなくて正雄は台所に入っていった。いやいまの、ほんとうにほんとうに、正雄だった？　わたしの息子、本物の正雄は、まだ階段の上、青い毛布のなかに縮こまっているんじゃないの？　わたしに首根っこをつかまれ、下に引き摺《ず》り下ろされるのを待っているんじゃないの？

「お母さん？」

声をかけられて、我に返った。

台所に戻ると、正雄は椅子に腰掛けて、一人で食事を始めていた。大皿によそった麻婆豆腐が、もう半分に減っている。

背を丸め一心不乱に食べている正雄の目は、いつも半分閉じている、ように見える。口にものが入っていくのに、まるで一口ごとに見えない泡をぶわぶわ噴き出しているみたいに、首を上下させて、不器用に、ぎこちなく食べる。カバとかアシカが人間のすがたに変えられ、はじめて箸を持たされたら、こんなふうに食べるんじゃないか。

「そんなにがっつかないで」

れんげを麻婆豆腐のこんもりしているところに突き刺し、どろどろの豆腐をがばっとすくい、それをさらに茶碗のご飯につっこみ、白いのと茶色いのが入り混じってこぼれ落ちそうになっているのを、半端に開いた口に入れる。入りきらなかった豆腐のひとかけが、口の端からぽろっとテーブルに落ちる。もともと真っ白なご飯茶碗の、白い地がまったく見えなくなっていて、なんとなく気持ちが翳る。ひどい食べかた。子どものころに、もっとおとなしい、上品な食べかたをきちんと教えてやるべきだった。

「聞いてたの？」

咀嚼に合わせて揺れる正雄の首が、一瞬止まった気がした。でも、ほんの一瞬。半分閉じた目は、麻婆豆腐の大皿のふちのあたりにぼんやり向けられていて、口がせっせと働いているあいだは、見ることを休んでいるようだ。

「ねえ。さっきの話、聞いてた？」

聞きながら、聞かなきゃいいのにと思っている。もう、どっちだっていいじゃない。聞いてたとしても、言ってしまった言葉をひっこめることはもうできないし、聞いてなかったら、そもそもこんな質問をする必要はないのだし。

れんげを握る正雄の右手と口まわりだけが、決まった動きを繰りかえし、皿の上の麻婆豆腐がみるみるうちに減っていく。止まっているはずの皿が、すごい速さでぐるぐる回転する。目が回る。

足元までその流れに巻き込まれそうになって、立ち上がった。自分の茶碗に炊飯器からひとすくいだけご飯をよそい、テーブルに向き直ったときには、麻婆豆腐は皿の隅にほんのちょっぴり残っているだけだった。お腹が空いているなんてそれまでちっとも感じてなかったのに、そのほんのちょっぴりを目にしたら、むしょうに悔しくなってきた。息子の口のなかを何度も出入りしたれんげで、さんざんかきまわされたすえの、この、ほんのちょっぴり。縮こまってしぼんで、小さくなったわたしの胃にふさわしい、この、ほんのちょっぴり。

「ぜんぶ食べちゃいなさい」

大皿を向こうに押しやると、正雄はチラリとわたしを見た。半目じゃなくて、しっかり開いてる目で。それから皿のふちを摑んでじかに口まで持っていき、れんげをひとかきふたかきして、残った豆腐を唇のあいだに流し入れた。それだけたいらげても、満足そうではない。それどころか、なんだか悲しげ。いやちがう、いつも悲しそうなのが、食べているときだけ引っ込んでいただけなのか。

戸棚から出したお茶漬けのもとを茶碗のご飯に振りかけ、ポットからお湯を注ぐ。一口すすってみても、あんまり味がしない。目の前には、空っぽの大皿だけがあった。ミナイさんが食べてくれればよかった。こちらから頭を下げて、一緒に食べてもらえばよかった。

「……の」

正雄が何か言った。唇の輪郭を、ステッチみたいに茶色いソースがふちどっている。

「何？」

「さっきの。話」

「さっきの話。何？」

「聞こえた」

「あっそう」

食ってやれ。今度はわたしが食う番だ。ぬるくて味の抜けた、さえないお茶漬けであっても、これはわたし一人だけのためのお茶漬けなんだから。好きなだけ、たっぷり時間をかけてシャンデリアがじゃんじゃんぶら下がるお城のばかでっかいテーブルで食べるみたいに、大事に大事に優雅に食うのだ。

わたしが食べ終えるまで、正雄はじっと座って待っていた。食べかたは汚くても、待ちかたはよくしつけられている。待つのだったらうまくできる。

茶碗がやっと空になると、急須に残っていた出涸《でが》らしの茶葉にもう一度湯を入れ、ほとんど色の出ないお茶を茶碗に注いだ。正雄の茶碗は汚いので、ちゃんと湯呑みに淹れてやる。

「で、何？」

聞くと、正雄は湯呑みに両手を添えて口ごもった。我が子ながら、見てくれはもう立派なおじさんなのだから、そういう子どもじみた仕草をされるとゾッとする。それなのに、いらいらするのと同じくらい、ホロリと来るものがある。

「さっきの話」

「はい、さっきの話」

「聞こえた」

「それはもう聞いた」

こういうやりとりは、いままでもう何千回と繰りかえしてきた。向こうに何か、言いたいことがある。でもそれをうまく言えない、口火を切る勇気が出ないでいるのを、こっちから助け舟を出してやるのだ。ああなの？　こうなの？　とあれこれ選択肢を出してやって、はじめて言いたいことのあらましがつかめて、足りないところをうまく補って、最初からあらためて整理する。ときには紙に書いて作文してやったりもした。でも今日は、それはなし。さっきミナイさんにさんざん喋りまくったせいだろうか、あごのあたりがだるくてちょっと熱っぽい。

味の薄いお茶を飲み終えても、正雄が話し出す気配は見えなかった。今度はじかにポットからお湯を注いで、ほんのり、だしだか茶だかの味がする白湯をすすりながら待つ。正雄はまだ湯呑みを両手で握り、占い師のように小さな水面をじっと見つめている。そんなとこ見てたって、なんのお告げも浮かんできやしないだろうに。

また茶碗が空になって、散歩にでも出かけたくなった。どっこいしょ、と腰を浮かしかけたところで、「知ってたよ」正雄が言った。

「はい？」

「知ってた。みずきちゃんの再婚のこと」

テーブルの上できつく組まれた正雄の手が、小さく震えはじめた。緊張したり、追いつめられたりすると、いつもこうやって手が震える。

「知ってた？」

正雄は目を伏せ、無言でうなずいた。

「知ってたっていうのは……」

「だから、みずきちゃんが再婚してたこと。離婚して、再婚して、新婚旅行に行ったことも」

ほんとうに驚いたときには言葉よりも先に体が反応するのか、下瞼《したまぶた》が細かく痙攣《けいれん》しだすのがわかった。ぎゅっと強く目をつむって抑えようとしても、ムカデがもぞもぞうごめくみたいに、収まらない。

「ちょっと、ちょっと待って……それはいつ、いつごろ知ったの？」

「最初から。離婚することも知ってたし、再婚することも知ってた。相談されたから」

「相談？　何を？」

「だから、離婚することも再婚することも、それから、新婚旅行の行き先も」

待って、待って、と言おうとしても言葉がすんなり出てこず、口だけがパクパク動いて止まらない。湯呑みから離した両手をテーブルにバンとつき、勢いをつけて正雄は立ち上がった。

「そういうことだから」

台所を出ていこうとする背中に向かって、「待ちなさい」と、やっと裏返った声が出た。

「ちょっと待って。急じゃないのよ。まずは食べた皿を片付けなさいよ」

正雄は表情を変えず、粛々と空の大皿に自分の茶碗と箸と湯呑みを載せ、流しに置いて、水道水で汚れを軽く流した。座りなさいとこちらが言わずとも、正雄はまたテーブルの向こうに回って腰かけた。

「いまの話をもう一回言って」

「だから、みずきちゃんが離婚することも再婚することも、ぜんぶ俺は最初から知ってたってこと」

「それじゃあ……知ってたうえで、みずきちゃんとずっと一緒にいたってこと？」

正雄はうなずいた。さっきこのテーブルでミナイさんに話したことのぜんぶが、早回しでもう一度、頭のなかを流れていく。

「でも……」みずきちゃんのうなだれた顔が、いまは笑い顔のように思い出される。「みずきちゃんは……正雄は何も知らないって言ってたけど？」

「嘘だよ」

「嘘？」

「離婚のことも再婚のことも、俺がお母さんには言わないでって、頼んだ。でも結局、ぽろっと話しちゃったんだな。俺が言わないでって頼んだことが、気に入らなかったのかも」

「なんでよ。どうしてよ。なんでわたしには最初から教えてくれなかったの」

「そりゃあ……怒るだろうから」

「怒る？　わたしが？」

正雄はテーブルに肘をつき、組んだ両手に顔を載せて、ああ、と短くうめいた。

「怒らないよ。それどころか、話を聞いたときにはほっとしたんだよ。みずきちゃんがこの家でのんびりできるなら、それでいいと思ったんだよ。どうして早く言ってくれなかったの。わたしだけ、ばかみたいじゃないのよ」

「でもお母さんだって、俺に言わなかっただろ。みずきちゃんが再婚してること知ったあと、俺にそれ、話そうとした？　しなかっただろうが」

そのとおり、そのとおりなのだ。結果的にわたしは正雄を、ばかみたいな状態に長く置いてしまっていた、いや、置いているつもりでいた。そのことはまたあとでゆっくり考えるとして、ぜひとも聞いておきたいことがある。

「手紙のことだけど」

「は？」

「あんた、手紙を書いてるらしいじゃない」

正雄は組んだ手をほどいてテーブルに投げ出し、天井を仰いだあと、今度は椅子にふんぞりかえった。

「ミナイさんが言ってた。昨日、来てたでしょう。そのとき、手紙の下書きみたいなのを見つけたんだって。さっき話してたの、聞こえてたんでしょ。ねえ、それって、みずきちゃんへの手紙なんじゃないの？」

正雄は天井からテーブルに目を落とし、黙っている。

「ね、そうでしょう？　みずきちゃんの住所、知ってるの？　手紙書いたら、返事は来るの？　わたしの知らないところで、二人で文通してたってこと？　あの子、いまも元気にして……」

「知らない」消え入りそうな声で正雄が言った。

「何？」

「だから、知らない」

「……知らないの？　何を？」

「何も」

「じゃあなんで手紙なんか書くの？」

「書こうとしてるけど……うまく書けないから、出したことはない」

「うまく書けない？　メールで書いてたみたいに、話しかけるみたいに、気楽に書けばいいじゃないのよ。同じようにしたんじゃあだめなの？」

ハアア、と正雄はこれみよがしのためいきをついた。そのふてくされたような、バツの悪そうな表情を前にして、はたと気づいた。またた。これはまたいつものやつ。こっちから聞き出して、選ばせて、まとめにかかろうとしてしまっている。

「謝りたい」

　正雄がぼそっと呟いた。

「は？」

「謝罪したい」

「謝罪？　みずきちゃんに？　何をよ？」

「ハナちゃんが死んだこととか」

　できれば二度と思い出したくない、あの日のことが甦る。向かいの家のモッコウバラがもうすぐ満開になりそうだった、ぽかぽかの春の日。血だらけのハナちゃんをだっこして、真っ青になった正雄と、大泣きしているみずきちゃんが帰ってきたあの日。

「俺のせいだから」

　目の前の正雄はあの日のように青ざめてもいないし、泣いてもいない、もうあらかじめ言うことは決まっていた、というように、淡々と喋る。片方の手はテーブルクロスの端をつねり、もう片方の手はテーブルの上に投げ出されて、また細かく震えはじめていた。

「妊娠したかも、って言われた」

「え？」

「あの日、散歩の途中に。いきなりそう言われて、つい力が抜けて、リードが手から離れて、そこに公園の方からフリスビーが飛んできて、ハナちゃんが道に飛び出したところにバイクが……」

「もういい」

あっ、と正雄が声を出した。気づくと両手で、テーブルの上の震える手首をぎゅっと握っていた。

「もうたくさん。やめて」

正雄は息を呑んで、身じろぎひとつしなかった。わたしも黙った。ちょっとでも動けば、ぜったいに漏れてきてはいけない何かが正雄の手首からいまにも漏れ出してきそうで、わたしも身動きせず、渾身の力を込めてただただそこを握りつづけた。

でも、年寄りのりきみは持続しない。すぐに力は出なくなり、呼吸だけが荒くなった。力の抜けた手のなかで、ほんのり正雄の脈が感じられた。その脈を百くらい数えてから、聞いた。

「それは、ほんとなの？」

正雄は目を上げない。

「みずきちゃんが妊娠したというのは、ほんとなの？」

「わからない」

「してるとしたら、あんたの子かもしれないの？」

「わからない」

「嘘かもしれないわよね」

言ってすぐに、胸がチクッと痛んだ。みずきちゃんの言ったことが、結果的に嘘だったとわかるのはいい。でも、自分で先回りして、みずきちゃんの言葉を嘘かもと疑うのは、裏切りではないか。

「あんたはみずきちゃんに謝りたいし、ほんとのところを知りたいと思ってるのね。だから手紙を書こうとしてるのね」

　いつもの段取りでまとめてやると、「違う」と正雄ははっきり否定した。

「違う。みずきちゃんとのことは、お母さんにはわからなくていいことだから」

「正雄。あんた、みずきちゃんの住所、ほんとは知ってるんでしょう」

　知らない、知らない、正雄はしばらく言い張りつづけていたけれど、しつこくやっていると、やがて観念した。クリスマスにほしいものはあるけれど、サンタがどこに住んでいるかわからないからサンタに手紙は書きたくないと言い張るような子どもだった。そもそも出すあてのない手紙なんか書くはずはないのだ。勘は当たった。みずきちゃんが退職して数週間後、会社の総務課にあった退職関連の書類の宛先を盗み見て、メモしておいたのだと言う。見せてみろと二階の部屋に引っ張っていくと、正雄は素直に机の引き出しの奥からそのメモを出してきた。

　意外なことに、同じ区内の、一軒家らしい住所だった。最初に会った日、みずきちゃんにもらった名刺の苗字は「田沼」だったけれど、メモでは「小山内」になっていた。

「知ったとこで、どうすんだよ」

　正雄がメモをひったくった。わたしはそのメモをひったくり返した。

「お母さんが書く」


　スーパーの入り口を入ってすぐの、生鮮食品の特売コーナーに、今日はブロッコリーが積まれている。遠目に見ると、緑色の赤ちゃんの頭がもがれてゴロゴロ積まれているようで、ちょっと怖い。高知産、ひとつ百三十八円。

ふたつくらい買ってもいいかもと思い、できるだけ房の大きいものを吟味していると、隣にわたしと同じくらいの、まあ、おじいさん、と呼んで差し支えのないような白髪の男性が立って、こっちがあたりをつけていたうちのひとつに手を出した。そのままカゴに入れるかと思いきや、おじいさんは房ぜんたいを素手で握ってもみもみし、それで何か気に入らないところがあったらしく、すっともとの山に戻した。それからまたべつのブロッコリーを手に取って、同じことをやりだした。

「不衛生ですよ」言ってやろうかと思ったけれど、おじいさんの目つきは鋭く、鼻まわりのシワの入りかたになんとなく陰険な感じが漂っていて、声をかけるのがはばかられる。じじい、何を触ったかわかんない手で赤ちゃんみたいなブロッコリーを汚すな。心のなかで悪態をついて、顔をしかめていることしかできない。結局ひとつのブロッコリーもカゴに入れぬまま、おじいさんは魚売り場の方へ遠ざかっていった。つくづくああいう年寄りにはなりたくないものだ。でも正雄は、いつかああなるかもしれない。あのおじいさんもかつては誰かのかわいい息子だった、それはわかるけれど、ブロッコリーをいじくりまわすこととそれは、またべつの問題だ。

あたりをつけたブロッコリーをカゴに入れようと、棚の下にS字フックでひっかけてあるビニール袋を一枚ひっぱったら、手元が狂って、一枚だけじゃなくS字フックごと袋の束を床にぶちまけてしまった。あっ、と一瞬立ちすくんで、腰をかがめて拾おうとしたところ、誰かの手が横からさっと伸びてきて、ひったくるように袋の束を掴んで、フックをもとの場所にひっかけてくれた。

顔を見ると、まだ大学生くらいに見える、若い女の子だった。ありがとう、と言ってもニコリともせず、いかにもじゃまくさそうにわたしをよけて、手近なブロッコリーをろくに見もせずじかにカゴに入れて、おじいさん同様魚売り場のほうに離れていった。

一瞬の出来事だった。

おじいさんを見て、ああいう年寄りにはなりたくない、と思ったことが、急に恥ずかしくなってくる。わたしだって、あの若い子に、ああいう鈍臭い年寄りにはなりたくない、と思われているかもしれないのに。あの子からしたら、ブロッコリーをじかに握るあのおじいさんも、ビニール袋を床にぶちまけてしまうこのわたしも、おんなじ迷惑な年寄りに見えるだろう。あの子は、わたしの顔を見もしなかった。おじいさんかおばあさんかだって、区別がついていないかもしれない。

あたりをつけていたブロッコリーがどれだったのか、もうわからなくなっていた。あらためて、取りつけられたビニール袋から慎重に一枚取ってなかに手を入れ、手近なところにあったブロッコリーをひとつ選んで、袋越しに掴んでカゴに入れた。わたしがそうして山からひとつ減らしても、ブロッコリーはまだ、まだまだたくさんある。緑色の赤ちゃんの頭が、ごろごろ。でも赤ちゃんなんて、ここしばらくさわってない。なんとなく、立ち去りがたかった。ここに積まれているブロッコリーの山の上に身を伏せて、握るどころではない、じかに頬や鼻の先をすりすりと擦りつけてみたくなった。ずっと昔、赤ちゃんだった正雄の甘い匂いのする頭に、よくしたように。

レジで支払いを済ませると、図書館に向かった。

ブロッコリーの一件がなんだか尾を引いて、誰のじゃまにもならないよう、キャリーを押しながら道の端っこを歩く。ブロッコリーがつぶれないように、段差があるところはゆっくり押す。後ろから、どけ、と言われている気がして、何度も振り向く。

久々に図書館に入ると、カウンターにソメヤさんが座っていた。昨日の朝バス停の前で会ったときとは別人のように、図書館の紺色のエプロンを着けていると、ソメヤさんはほんとうにあたりさわりのない、それどころかすごく親切そうなひとに見える。わたしに気づくと、あ、と小さく頭を下げてくれた。

「本を借りにきました」

近づいて言うと、ソメヤさんは「何かお手伝いしましょうか?」とぎこちない笑みを浮かべた。

「手紙の書きかたの本を借りたいの」

「手紙の書きかた……どういうお手紙ですか?」

「謝罪文」

「謝罪文。はい」

ソメヤさんは顔色ひとつ変えずパソコンに何かカチャカチャ打ち込んだあと、「ご案内しますよ」と立ち上がって、カウンターから出てきた。

「こちらです」とスタスタ行きかけて、ソメヤさんはふと振り返った。

「それ、押しましょうか?」

視線の先には、わたしの古ぼけたキャリーがある。親切そうに見えるだけではなくて、ほんとうに親切なことを言ってくれる。でもそうやっていたわりのまなざしを向けられると、なぜだか、キャリーのなかのブロッコリーがぜったいに誰にも気づかれちゃいけない、危ない爆弾みたいに思えてくる。

「大丈夫。自分で押せます」

「そうですか」

書架のあいだをゆっくり歩くソメヤさんのあとを、キャリーを押してついていった。いちばん奥の書架の前でソメヤさんは立ち止まり、上から下までさっと目を走らせたあと、迷いなく一冊の本を取り出した。

「いま、書架に出てるのはこれです」

差し出されたのは、黄色い表紙の『誰にも聞けない文書の書き方』という本だった。

「そう、こういうの」思ったより声が館内に響いて、あわててひそめる。「こういうのを探してたの。誰にも聞けない、ってところがいい。それから文書、っていうかたい感じも」

書きかたを誰にも聞けない文書。わたしがこれから書こうとしているのは、まさしく、そういうたぐいの手紙だ。手に取ってみると、見た目よりずっしり重い。ぱらぱらめくってみる。四角い枠で囲まれた文書の例がたくさん載っている。

「書庫にも似たようなものがありそうですけど、お持ちしましょうか？」

「いいえ。これでじゅうぶんみたい」

「そうですか。ほかに何か、気になるものはありますか」

「気になるもの……」

目をそらしたところで、おかしな視線とぶつかった。新聞コーナーの近くの細長い窓の前で、ソメヤさんとおそろいのエプロンをつけた中年の男が、とがめるような面持ちでこちらをじいっと見ている。正雄と同じく白髪交じりだけど、なかなかの男前。キャリーのなかのブロッコリーが、ぶるんと震えた気がした。

「ごめんなさい、わたし、うるさかった？」

ソメヤさんはわたしの視線を追って振り返った。するとエプロンの男は、いかにも不自然に窓の鍵をちょっといじくって、こちらに背を向けた。ソメヤさんはフッと短く息をついた。

「大丈夫ですよ。うるさくないです」

それから腰をかがめて、わたしの耳元でささやいた。

「あれ、うちの副館長です。わたしが利用者をいじめてないか、見張ってるんですよ」

まあ、と声を出さずに口を動かすと、「じゃあ、わたしは向こうに戻りますので」とソメヤさんは姿勢を正した。

「ほかにも気になるものがあれば、どうぞゆっくりご覧になっていってください」

「ありがとう。助かりました」

遠ざかっていく背中を見つめながら、心のなかで声をかける。待っててね、これが終わったら、このかたがついたら、また息子のことであなたに助けてもらうことになるかもしれないから。あとほんのちょっと、待っててちょうだい。

ほかに気になるものは、と聞かれて思い出したのは、ハリー・ポッターのことだった。入り口に近い児童書のコーナーに行ってみると、平日の午前中だからだろうか、走り回るような子どもは一人もいなくて、おんぶひもで背中に赤ちゃんをおぶった小柄なお母さんが隅の赤いスツールにちょこんと座って、絵本を開いているだけだった。以前ソメヤさんに案内された書架には、読みかけのまま正雄に返却されてしまったハリー・ポッターの一巻だけが、ほかの本にまじって残っていた。

カーペットの上にペタンと腰をおろして、本を開いてみる。どこまで読んでいたのかも、忘れてしまった。一生けんめいメモに書いて覚えた名前が目に飛び込んでくる。ネビル？　ミセス・ノリス？　クィディッチ？　このひとたちは、どういうひとだったっけ？　ハリー以外は誰が誰だか、もう記憶があやふやだ。それでも、こうして一人きりでぽつんと物語の前に座っているると、心がすこし浮き立ってくる。お話を語る言葉の波が、たぷんたぷんと足元に打ち寄せてきて、こんな公の場で、中途はんぱに一人その波に浸っているのが、ちょっと後ろめたくて、気持ちいい。

子どものころ、手持ちぶさたで寂しくなったときには、いとこや近所の子どもたちのところに行くしかなかった。邪険にされてさっぱり相手にされなくたって、懲りずにぶつかっていく鈍感さが子どものわたしにはあった。図書館に行くなんていう発想はみじんもなかった。誰かが教えてくれればよかったのに。自分のほうからがつがつ打ち寄せていくんじゃなくて、打ち寄せられる存在になれば、こんなにも心はしっとり、穏やかでいられるんだよって。

「乙部さん？」

声をかけられて、はっとした。見上げると、書架の向こうからソメヤさんが、なんだかいけないものを見てしまったような目でこちらを見下ろしている。もう一回、はっとした。右の親指がなまあたたかい。あわてて口に入っていた親指をひっこぬき、さりげなく上着の裾でつばをぬぐった。

「ごめんなさい。ちょっとぼうっとしちゃってたみたい」

キャリーの持ち手を支えにしてよっこいしょ、と立ち上がる。ソメヤさんはわたしの手元のハリー・ポッターにちらりと目をやり、表情を変えず「またマサオさんにですか？」と聞いた。

「いえ。今度はわたしが読みたくて」

「あ、そうですか」

「手紙の本と一緒に、借りてくわね」

「どうぞ」

「あ、それから……いま思いついた。地図の本はある？」

「地図ですか。ありますよ」

「東京の、地図の本がほしいのだけど。できれば、持ち歩けるようなちいちゃいやつ」

案内された地図コーナーで、いちばん小さなポケットサイズの地図を選び、手紙の本、ハリー・ポッターと合わせて、三冊の貸し出し手続きをソメヤさんがしてくれた。

「キャリー、重そうですね」

エントランスの外までついてきてくれたソメヤさんが、ふくらんだキャリーを見ながら言う。

「そうね。でも慣れてるから、大丈夫」

「便利ですね、キャリー」

「ええ、まあ便利」

「わたしも使ったらいいのかもしれない。重いバッグを持つかわりに」

「まあ、あれば楽だけどね。でも、おばあちゃんみたいに見えちゃうわよ」

「楽したいのは、おばあちゃんだけじゃないです」

ちょっと黙って、ソメヤさんは珍しくふふふっと笑った。こんなふうに笑うんだ。

「おばあちゃんじゃなくたって、誰だって、重いのをがまんして持つより、転がしたほうが楽じゃないですか？」

「確かにね、そうよね。みんな重たいバッグをやめて、なんでもこれで転がしてったらいいわよね」

「キャリー、買おうかな」

「これはね、ずっと前に正雄が買ってくれたの」

正雄の名前を出しても、ソメヤさんは無反応だった。おたがいに何か言えそうで言えない時間がちょっと過ぎた。じゃあ、と立ち去ろうとしたとき、ソメヤさんが言った。

「またうちで、一緒にご飯食べませんか？」

「えっ？」

「うちでご飯、食べませんか？　ミナイさんも一緒に。このあいだみたいにデリバリーでカレー取って、もう一回。今月の、最後の週あたりとか……」

「ええっと……」

「よかったら、マサオさんも一緒に」

「え、正雄？」

今日いちばんの大声が出た。ソメヤさんもびっくりしたみたいだった。それまで紺色のエプロンのポケットの端を摑んで、こねこねしていた指先が一瞬、止まった。

借りてきた本の目次を開いて、この世にはこんなにもたくさんの「文書」の種類があるのかと驚いた。

息子の就職の依頼状（父から知人へ）。納入品に不良品が混入していた始末書。引越しの手伝いを依頼する（妹から兄へ）。スキーの借用を依頼する（友人へ）。知人に借金を依頼する。進学祝いのパーティに招く。知人に鯛を贈る。兄嫁の出産を祝う。父親から娘の縁談を依頼する。県議当選を祝う。再婚希望の本人から知人に縁談を依頼する。見合い後交際を希望する（男性から）。政治家の後援会の入会を断わる。ピアノの練習時間について隣人への誓約書。

自分にはいっさい無縁に思える状況が事細かに種類分けされた文書のなかで、「わび状」の見出しには五つの例が載っていた。「借金返済の遅延をわびる」、「約束の取り消しをわびる」、「不在をわびる」、「伝言を忘れたことをわびる」、「夕食会招待の不参をわびる」。ぜんぶ読んでみたけれど、書きたいわび状の方向とはちがっている気がした。でもこんなふうに、わたしがいまからみずきちゃんに宛てて書きたい手紙にタイトルをつけるとしたら、どんなのになるだろう。「息子の別れた恋人に、不始末をわびる」？「息子の別れた恋人に、愛犬を事故に遭わせてしまったことをわびる」？「息子の別れた恋人に、もっと話を聞いてあげられなくてごめんねとわびる」？「息子の別れた恋人に、まだしつこく想っていてごめんねとわびる」？

わびたい。でも、言葉にすると、そんなことじゃあないんだと思う。そもそも、わたしのなかにあるみずきちゃん絡みのごちゃごちゃした感情は、わび状という形式のなかにきっちり収められるものなんだろうか。

みずきちゃんへ、とちらしの裏に書きはじめた一行のあとが、続かない。

寒くなりましたね、とか、もうすぐ年の瀬、一年はあっというまですね、なんていう、あたりさわりのない文章に、手紙の魂みたいなものはちっとも宿らない。

鉛筆を離し、もう一度ぼんやり本の目次を眺めていたら、「息子の死を知らせる（母親から息子の恩師に）」という見出しにいきあたり、一瞬、息が止まった。

一度顔を上げてまた見下ろすと、この一行から目が離せなくなった。胸がどきどきしてきた。息子の死を母親が恩師に知らせる？　その息子はいくつなの？　恩師っていうのは、小学校の恩師なの、それとも中学、高校、大学の恩師なの？

いけないと思いながらも、正雄の小学校六年生のときの担任の顔が甦ってくる。三者面談か何かでいろんな先生に会ったはずだけど、顔を覚えているのはその先生だけだ。当時のわたしよりちょっと年が上で、中年の、結婚しているけど子どものいない、膨れたほっぺたに尖った顎の、赤ら顔の女の先生。名前はなんて言ったっけ、でも子どもたちには〝赤福《あかふく》〟と呼ばれていた。赤福はちょっとお母さんに似てる、と正雄がぼそっと言ったことがあるから、それでなんだか、忘れられないのだ。正雄が死んだことをお知らせする先生がいるとしたら、あの赤福先生以外にはたぶんいない。赤福先生に、正雄が死んだことをどう伝えたらいい？

あわてて目次に示されているページを開くと、手紙は「次男健二は、十月十八日八ヶ岳で死去いたしました。」の一文で始まっていて、それだけで目の前が真っ暗になった。八ヶ岳で死んだ？　そんな、そんなのはとても無理。わたしならぜったいに正雄を八ヶ岳になんか登らせたりしない。胸のどきどきがひどくなって、息苦しい。水を飲もうと立ち上がったところで、台所の敷居に正雄が立っているのに気づいた。

「正雄」

生きている。しがみつきそうになるのをぐっとこらえる。

八ヶ岳で命を落とさず、この古ぼけた家の台所に突っ立っている正雄は、テーブルの上に伏せられた本に目をやり、近づいて手に取った。表紙を眺めて、ひっくり返し、「何これ？」と言った。

「手紙の書きかたの本。図書館で借りたの」

「夫は急死してないだろ」

本を突き返されて、気がついた。開いたページの左にある「次男健二は」に気を取られ見落としていたけれど、その右側には、「夫の急死を知らせる」という見出しのもと、「夫直昭儀、去る六月七日午前十時十五分、交通事故のため急死いたしました。」と始まる文例が載っていた。

「そうね。わたしもお父さんはたぶん、急死してないと思う。ゆっくり死んでいってると思う」

「とっくに死んでるかもな」

父親のことを口にしたのはずいぶん久しぶりだ。さっきのとはまたちがうどきどきがやってきて、コップに水道水を注いでぐいっと飲んだ。

「それなら、うちにこんな手紙が届かなくてよかったわよね」

「なんで死んでることになってんだよ」

「正雄が言ったんじゃないの」

顔を見合わせて、どちらからともなく、かすかに笑いがもれた。この家のなかで正雄がこんなふうに笑うのも、わたしがこんなふうに笑うのも、珍しい。正雄はすぐに真顔に戻った。わたしのほうがちょっと長く笑った。

「お父さんのことを書くんじゃなくてね。みずきちゃんに書くために、借りたの。手紙なんて、もう長いこと書いてないから、書きかた忘れちゃった」

正雄はテーブルの向こうにどさっと腰かけて、胸の前で腕を組んだ。わたしも座って、下書き用のちらしをふたつに折った。

「でもいざ書こうとすると、なんて書けばいいのかわかんなくて。おわびをしようと思っても、何をおわびしたものか、思い当たることはいろいろあるんだけど、なんだかどれもほんとうのこととはちがうような気がして……正雄もそうなの？」

正雄は腕を組んだまま、何も言わない。

「みずきちゃんのことは、どうしても言葉じゃうまくつかまらないのよね。言葉にならないものがよりあつまってできてるのが、みずきちゃんっていうひとなのよね」

「…………」

「結局わたしたち、あの子に何をしちゃったのかしら」

「…………」

「わたしたち、みずきちゃんに何か悪いこと、した？」

「した」

短い返事があったあと、また静かになった。向こうの居間の砂壁が、みしりときしんだ気がした。

「わたしたち、何がいけなかったの？」

「……神さまみたいに思ってたこと」

ボソリと正雄が言った。

「え？　神さま、って言った？」

「勝手に神さまみたいに思ってたんだよ、俺も、お母さんも」

「神さま……」

「神さまじゃなかったら、妖精とか、精霊とか、そういうの。人間扱いしてなかった」

「そんなことは……そうなのかしら」

「俺たちに合わせてくれてたんだ、みずきちゃんは。そういうみずきちゃんから俺たちは、ただでご利益《りやく》をひっぱりだしてたんだ。だから愛想を尽かされた」

「ただじゃないわよ。わたしたちだって、みずきちゃんに精いっぱい優しくしたじゃない。優しくしようなんて思わなくても、優しくしたくなったじゃない。それだけじゃ、足りなかった？」

「何かべつのものがほしかったんだと思う」

「べつのものって、なんなの」

「わからない。でもとにかく、それはここにはなかった。俺が謝りたいのはそのこと」

正雄はガタンと音を立てて立ち上がり、流しに回ってコップに水道水を注いだ。

「でも、わからないものにたいして、謝ることはできないんじゃない？　それがなんなのか教えてくれなきゃ、謝りようがないじゃない」

正雄は答えずコップの水を飲み干して、台所を出ていこうとした。

「待って」

細長い背中が上に遠ざかっていく。

「食事に誘われたわよ」

「は？」

正雄が足を止め、振り向いた。

「びっくりでしょ。ソメヤさんから今日、図書館で誘われたの。ソメヤさんとミナイさんのおうちで、一緒にご飯食べませんかって。正雄もどうぞって言ってくれたのよ」

「……………」

「せっかくだから、行くわよね？　お母さん、行きたいの」

「……勝手に行けば」

「勝手にじゃなくて、正雄と行きたいの」

「いつ？」

「今月の最後の週」

「……予定、見とく」

予定なんかあるわけないじゃないの、そう言いかけて、ぐっとこらえる。

「それから、またべつの話だけど。赤福、って呼ばれてた女の先生のこと、覚えてる？」

「小学校の？」

「そう」

「赤福が、何？」

「ううん、ふと思い出しただけ」

「あのおばさんももう、死んでるかもな」

「それはだめ」思わず返して、あわてた。赤福先生が死んじゃってたら、正雄にもしものことがあったとき、知らせるひとが誰もいなくなってしまう。

「死んでなくても、もうババアだろ」

正雄には思いもよらないだろう、その「ババア」こそが、自分の訃報に触れる唯一のひとになるかもしれないということに。

生まれたばかりの正雄をはじめてこの胸に抱いたとき、この子の一生を見届けるまでは死ねないな、と思ったことを思い出した。なんでまた、そんなふうに思っちゃったんだか。この子は長生きする。でもこの子に肉と骨を分けてあげた自分はもっと、もっと長生きして、いつかおじいさんになったこの子を守ってあげる。痛みと疲労でもうろうとする頭で、そんなふうに誓ってしまった。

おじいさんになった正雄のめんどうを見るだなんて、いまとなってはまっぴらごめんだ。勘弁してほしい。でも、あれから年を経て、こんなに具体的に老いが体に満ち満ちてきても、この世がすごくつるつるなものに感じられて、自分の手でがっしり摑めるとっかかりなんかもうひとつも、どこにもないように思えても、あの誓いのせいで自分が生き延びてしまいそうなことが、おそろしい。死ぬことよりも、一人で生き延びてしまうことのほうがずっとこわい。醬油の賞味期限が切れていたことにふと気づくみたいに、こと切れたあとで自分が死んでいることに気づくような、できればそういう死にかたがいいけれど、もしあの誓いを途中で放り出してしまったら……もっとこっぴどい、地獄の先取りみたいな死にかたが用意されている気がして、それもこわい。

気づくと、階段に正雄のすがたはなかった。

でも心のなかが、なんとなくホカホカしていた。久々に正雄の笑みめいたものを目にできたからだろうか、それとも、ソメヤさんたちとの食事会が楽しみだからだろうか、あるいはただ単純に、正雄もわたしもいまのところはどっちも死んでいない、そのことにほっとしているからだろうか。

何日経っても、何を書いても、手紙の先はいっこうにつながらなかった。

ちらしの裏には、書き出しの文章だけがぽつぽつ散らばってゆく。正雄が小学生のころ、教室でのクリスマス会か何かのために色紙をどっさり持って帰ってきたことがあった。これで輪飾りを作るんだと言うから、一緒にはさみを握ってあるだけ細長く切っていったけど、たまたま家に糊を切らしていて、輪っかはひとつもつながらなかった。なんだか、あのときとおんなじみたい。わたしの書く文章にも、糊になるものがないみたい。量だけはいっぱいあるのに、ひとつもつながらなくて、ぜんぶばらばら。

いきなり重たい手紙を書こうとするから無理があるのだ、とも思った。べつの相手に、もっと気楽な手紙を書くことから始めてみたら？　かといって、気楽な手紙を書ける相手なんか、一人も思いつかない。しいて言えば、赤福先生か。死んでない息子の死去を知らせる手紙を書くなんて、不謹慎？　そんなのじゃなくて、もっとふつうの手紙を書けばいい。季節の変化に触れたり、近況を問いかけたり、体の不調を嘆いてみたり、ご多幸を祈ってみたり。でも手を動かす前から、なんとなく、わかっている。いざというときの儀礼とか、社交辞令のためにとっておいたはずの言葉は、気づかないうちにもう枯れきってすっかり外に掃き出された。何十年ものあいだ正雄一人に、ご飯だよ、と呼びかけたり、どうしたの、と問いかけたり、ごめんね、と謝ったりしているうちに。言葉はひとりでにわんさか繁茂するものじゃない。大事に取っておいたつもりでも、水をやって養分を与えなければ枯れる。一度枯れてなくなってしまえば、あとにはもう何も生えてこない。

それとは反対に、水も養分も何もあげなくても、心の隅っこに勝手に根付いてぐんぐん茂っていくのが、妄想だ。

スーパーに山積みされていた、緑色の赤ちゃんたち。あの子たちのことが、頭から離れない。書きかけの文章を前に途方に暮れるうち、気づけばぼんやり考えている。あのとき、みずきちゃんのお腹のなかには新しい命が宿っていたという。それは、誰の子なの？　正雄の子なの、前の、あるいは新しい旦那の子なの、それとも第三の男の子なの？　その子はぶじに生まれたの、そうじゃなかったら途中でだめになったの？　もしくは……まぬけな正雄がたんに聞き違えただけのこと？　緑の赤ちゃんの一人が、むくりと丸い頭をもたげる。

孫がいるかもしれない。孫がいる、かもしれない。

心のなかに呟くだけで、心臓がビヨンと跳ねあがる。ああ、冷や汗が出そう。考えないほうがいい。いちばんほっとするのは、それがみずきちゃんの気まぐれな、ほんのちょっとした冗談だった、という場合。それこそ不謹慎な冗談だけど、あの正雄が誰かの父親であることの不謹慎さに比べたら、なんてことない。え、それって、正雄には誰かの父親になる資格なんてないってこと？　いや、このわたしにそれを判断する資格なんてないはず。でもどう考えても、やっぱりありえない。ちょっと待って。偉そうにそんなこと言うけど、赤の他人じゃない、自分の血を分けた孫から「おばあちゃん」と呼ばれる想像に、一瞬たりともうっとりしなかったたって言える？　いいえ、それは否定できない。でも血を分けた、なんて言いかたは、なんだかいや。わたしの血はわたしのなかにしか流れていないんだから。ずっと昔に取った子宮のできもの、あの血まみれのどろどろした代物だって、わたしの一部。あんなのを、おいそれとひとさまには分けられない。お醤油とか余った果物をお裾分けするみたいに血を分けることなんて、誰にもできない。あ、ほらまたそうやって、ごまかしてる。誰もお醤油の話なんてしてないでしょ。それとも、このあいだ失敗した煮豚の話でもする？　ねえ、ほんとのこと言って。自分は誰かのおばあちゃんになってもいいくせに、正雄が誰かのお父さんになることは許せないの？　それってつまり、嫉妬しているだけなんじゃないの？　この期に及んで正雄がわたしの息子の正雄以外の存在になることが、許せないだけなんじゃないの？

やめよう。

両側から、ほっぺたをぴしゃりと叩いた。思いのほか手が温かい。まだ生きてる。この温かさが、いまいちばん信じられるわたしの現実。

下書き用のちらしが、あと数枚しか残っていない。毎朝新聞に挟まれて届くちらしの束のうち、裏に何も書かれていないちらしは、最近とみに少なくなった。いまや、真っ白な紙は貴重品なのだ。みな、答案用紙をがむしゃらに埋めるみたいに、隅から隅まで空きを埋め尽くそうとがんばっている。わたしもどうせはんぱな文しか書けないのなら、とにかくこの空白にできるだけ目の細かい文字の巣を張り巡らそう。そうすればいつか、ちょうちょが蜘蛛《くも》の巣にひっかかるみたいに、みずきちゃんにほんとうに伝えたい言葉がひっかかってくれるかもしれないから。

このあいだ正雄に、新聞を取るのはもうやめないかと言われた。それがこの家のいちばんの金の無駄遣いだそうだ。確かに。

さっきまでにぎやかに言い争っていた大勢のわたしも、声をそろえる。確かに。

ソメヤさんとミナイさん宅での食事会は、クリスマスの二十五日に開かれることになった。

「マサオさんも絶対連れてきてください」

当日の昼過ぎ、電話口でミナイさんに念押しされた。

「もう人数分、注文しちゃったんですから。絶対、連れてきてくださいね」

階段を上って、それをそのまま、正雄に伝えた。麻雀牌の映るパソコンの画面に釘付けになったまま、正雄はこちらを振り向かず、何も言わなかった。背中が痩せてきた、としみじみ思う。正雄の縮みを感じると、手首の内側とか膝の裏とか、へんなところに緊張が走る。

「七時から始めるそうだから、六時三十分には家を出るよ。準備しておいてね。ちゃんとした格好して」

どうせ来ないだろうと期待せず階段を下りたけれど、六時二十五分になると、正雄は正装して部屋から下りてきた。このあいだソメヤさんと食事に行ったときと、同じ格好。お父さんが置いていった焦茶色のジャケットが相変わらずぜんぜん肩に合っていないけれど、ジャージでお邪魔することになるよりはずっといい。

「きちんとしてるわね」

言ってふと、自分の格好はこれでいいのか不安になった。昨日丹念に毛玉取りをした分厚いセーターに、ウールのズボンに、中綿入りのコート。スーパーに出かけるときよりはだいぶまともな格好だけど、ジャケットすがたの息子と並ぶと、老人ホームに着の身着のまま連れられていくおばあさんみたいに見える。

「ちょっと待ってて」

部屋に戻って着替えた。靴下の引き出しのなかから、ぎゅっと縛ってあった灰色のストッキングを引っ張り出して、結び目をほどく。クローゼットから正雄の授業参観のときにいつも着ていた明るい藤色のワンピースを探して、クリーニングの透明の袋をビリビリと破く。

「何その格好？」

部屋から出てきたわたしを見て、正雄は眉を寄せた。

「わたしもきちんとしようと思って。お呼ばれするのは久々だもんね。早く靴履いて」

「ぶかぶかじゃん」

正雄は靴箱から茶色の革靴を出した。これは最初の就職のときにデパートでちょっと奮発して買ってあげた靴だけど、いまでもピカピカだ。あれから二十年以上、持ち主が足を入れるたび、わたしがしっかり磨いておいたのだから。

靴を履いた正雄が狭い玄関から先に出たあと、中綿入りのコートを羽織り、靴箱の端からかかとのあるベージュ色のパンプスを取り出した。もう履く機会はないものと思っていたけど、まだあった。足を入れて立ち上がってみると、たかだか数センチのかかとのおかげで、いつも目の高さにあるドアの傷がずいぶん下のほうに見える。パアッと目の前が明るくなって、すぐに落ち着かなくなった。足まで縮んでいる。つま先が靴のなかでばらけて、踏ん張れない。

結局、足元だけはいつものウォーキングシューズで出かけた。キャリーのなかには、スーパーの贈答品売り場で買っておいたゼリーの詰めあわせが入っている。正雄はキャリーなんて持っていくな、袋は自分が持つから、と言い張ったけれど、暗い夜道を歩くのに手になじんだ支えがほしかった。こんなものなくても歩ける、といまでも思ってはいるけれど、息子の手は握れないから、せめてキャリーの持ち手をぎゅっと握っていたかった。

ちょうど学生や勤め人たちが家に帰る時間帯だろうに、年の瀬だからだろうか、住宅街の青白い街灯に照らされた細い道には、わたしたち二人しか歩いていない。

「ソメヤさんとミナイさんのおうちはね、すごくすてきなマンションなの。おしゃれな置きものとか、敷きものがあって、たぶんみんな外国のだと思う。雑誌に載ってそうなおうち」

斜め後ろを歩く正雄はむっつり押し黙り、相槌のひとつも打たない。

「前にお邪魔したときにね、お母さんもこんな家に住んでみたかった、ってつくづく思った。いまの家に来る前は、ほんとに狭くて古い家ばっかりで、家っていうか、屋根がある駐車場みたいなところに住んでたこともあるしね。子どものころ、お父さんと二人だったときにね」

「お父さんと二人だったとき?」

「あ、正雄のお父さんじゃなくて、わたしのお父さんのこと。お父さんは、まあ、いい加減なひとだったから」

「………」

「仕事もいつも転々としてたから。だからお父さん、あ、これは正雄のお父さんのことね、お父さんと一緒になって、あの家に暮らせるようになったときはほんとに嬉しかった。中古の小さな家だけど、二階があるし、庭もあるし、木も生えてるし」

「あの家の金ってどうなってるの？」

「え、金？」

「金。ローンとか、どうなってんの」

「あ、それは、ええと……お母さんは、払ってない」

「だよな」

「お父さんが……払ってくれてたと思う」

「それって、あのひと、やっぱりどっかでのうのうと生きてるってことだろ」

痛いところを突かれた。一括払いで買ったわけではないから、お父さんが家を出ていったあとも、当然ローンの返済は続いていたはずだ。金を払う人間がいなくなっても、わたしたちがあそこを追い出されなかったのは、お父さんか、お父さんに代わる誰かが律儀に残りの金を払いつづけてきてくれたからだろう。でもわたしは、あえてそのことは忘れることにした。ほかに考えなきゃいけないことがたくさんあったから、知らんぷりを決め込んだ。それで逃げ切るつもりだった。そうしたら、実際に逃げ切れそうなのだ。いや、いまのところは、ということだけど。

「結局俺たちは、ひとの金で生きてるってわけだよな」

「違う。お母さんだって働いたし、あんただって働いた」

「このままだと、二人で行き倒れになる」

「そんなにあせらないで。お母さん、来年からまた働こうって思ってるし」

「は？　その年で、何すんだよ」

「仕事はたくさんあるの。マンションのお掃除とか。朝にほんの二、三時間だけとかね」

「死ぬぞ」

「お掃除くらいで死なないわよ」

「掃除で死ぬやつだっている。前の会社で、上から鉄板が落ちてきて死んだ清掃員がいた。掃除してるときに死んだ」

「かわいそうに。運が悪かったのね。お気の毒」

「だから掃除でも死ぬぞ」

「あんたこそ死ぬよ」

「は？」

「ずっと前に新聞で読んだんだけどね。この国で死ぬ人間の十人に一人以上は、家にいるときに死ぬの。老衰で、とかだけじゃなくて、熱中症でとか、お風呂でいきなり心臓が止まっちゃってとか、いろんな理由でね。新聞も、ずっと読んでると、ときどきおもしろい記事に行きあたるわね。そんなにお金の無駄ではないのかも。とにかくだから、その十人に一人に当たっちゃったら、正雄も死ぬわよ。家にいるだけで」

「死なねえよ」

「ほらね」

「…………」

「お掃除してても、家にいるだけでも、わたしたちは死なない。大丈夫」

「なんでそんな断言できるんだよ」

「誰にも断言できないけど、自分のことにかぎっては断言できちゃうときもあるの」

チッと正雄が舌打ちした。わたしもチッとやり返した。これから若いひとたちとの楽しい食事会だというのに、どうしてこんな辛気臭い話になったんだか。

「ねえ、それよりいい、ひとさまの家ではあんまりがっつかないでね。行儀良くして」

いつのまにか正雄は隣を歩いていた。それからは黙って歩いた。きりきり冷えた夜の空気のなかで、二人の吐く息が白い。その白さの濃淡から、正雄の喉も肺も、わたしのより大きいことがわかる。

すこしだけ欠けた月が明るい。キャリーのがらがらいう音が、いまは乳母車の音みたいにも聞こえる。もうちょっと、こうして静かに二人で歩いていてもいい。


「いらっしゃい、どうぞ」

笑顔でドアを開けてくれたのは、ソメヤさんでもミナイさんでもなかった。小柄で色白の、見覚えのある女の子。キョトンとしていたところ、「わたしです、ロミです、前にここでご一緒した」と言われてやっと思い出した。前回ここに招かれたときに一緒にご飯を食べた、たしか、ミナイさんのお友だちだ。

「まあ、お久しぶりです」

「お久しぶりです。寒いからどうぞ、早く上がってください」

玄関の上がり口にはキラキラした飾りつきのピンクのスリッパが二足ぶん、きちんと並べて用意されていた。背後にいる正雄は何も言わなかったけれど、ロミちゃんはそっちにも軽く頭を下げ、二人の上着をあずかり、壁のコートハンガーにかけてくれた。テーブルの前にソメヤさんがすこし気まずそうに立っていて、「こんばんは」と頭を下げた。「こんばんは」とわたしも頭を下げた。窓辺の観葉植物の隣には輝く星がてっぺんに飾られた、小さなクリスマスツリーが飾られている。

テーブルの上ではもう食事の準備が整っていて、オレンジ色や緑色のカレーがきれいに器に盛られていた。このあいだは、運ばれてきたプラスチックの容器のまま出されていたけれど、わざわざ器に入れ替えてくれたらしい。皿のあいだに、ワインの入ったグラスがみっつ、散らばっている。

「外、寒かったですよね」

水色のとっくりセーターを着たミナイさんが、キッチンのカウンターから聞く。

「何飲みます？　ビール、ワイン、炭酸水、ふつうのお水、冷たいコーン茶、いろいろありますけど。ごめんなさい、わたしたちはちょっと先に始めてて」

「ええと……じゃあ、ビールでもいただこうかしら」

後ろで「え」と正雄が小さく呟くのが聞こえた。家ではビールなんて、もう何十年も飲んでない。

「マサオさんも？　ビールにします？」

ミナイさんに聞かれると、正雄は「あ、はあ」と、しけた面がまえで答えた。せっかくの貴重なお呼ばれなのだから、もっとニコニコしてほしいところだけど、招いた二人もたいしてニコニコしていない。そういえば、この二人が顔いっぱいに笑っているところなんて、見たことがなかった。

　案内されるまま洗面所で手を洗って部屋に戻ってくると、ロミちゃんが白いダウンコートを羽織っていた。

「じゃあわたし、行くね」

「えっ、行っちゃうの？」

　てっきりロミちゃんも食べていくものかと思ったのに、彼女は「はい」と言うと飲みかけのワイングラスをぐっとあおった。

「食べていかないの？」

「ごめんなさい、わたしは仕事帰りにちょっと寄っただけなんです。これからダンスのワークショップがあるので」

「え、ダンス？」

「いろんな体の動かしかたを知りたくて、最近ちょこちょこお試しで通ってるんです。今日はモダンダンスの教室。あ、ワインもう一本、持ってきたのがあるのでよかったらあとで飲んでくださいね。あの、マサオさん、ですよね？」

　ロミちゃんは急に、わたしの後ろに立つ正雄に声をかけた。振り返ると、正雄は「はあ」と愛想なく答えた。

「どんなかたなのかお会いしてみたくて。ちょっと意外」

「意外？」

　わたしが聞くと、ロミちゃんは「あっ、言っちゃった」と屈託ない笑みを浮かべた。

「二人の話聞いてたから、もっと話の通じないかかしみたいなひとが来るのかと思ってました。ちゃんと人間だった」
「ちょっと、ロミ」と、ミナイさんがたしなめる。
「ごめんなさい、失礼なこと言って。でも、あの、よかった」
言われた正雄はなんと返せばいいのかわからないようで、下を向いて顔をしかめている
だけだった。こういうとき、さらっと軽口のひとつも返せないのが情けない。でも軽口の
教育をしなかったのは、わたしの怠慢だ。
「じゃあ、わたしはこれで。お二人とも、楽しんでってください」
ロミちゃんはダウンコートのジッパーを顎まで上げて、にっこり微笑んだ。それから急
にわたしのほうに近寄り、耳元でこそっと「あとでプレゼントがありますよ」とささやい
た。
プレゼント？　と聞き返すすきもなく、ロミちゃんは「じゃあね！」と手を振って、つ
むじ風のように玄関から出ていった。賑《にぎ》やかなひとが去り、一瞬場がしんと静まったあと、
「おしゃれしてきてくれたんですね」
と、テーブルに缶ビールを並べたミナイさんが真顔で言った。
「あ、正雄がね……はりきって、ジャケットを着たものだから。わたしもきちんとしよう
かと思って」
「写真館の外の壁に飾ってある、家族写真のひとたちみたいな感じ。あ、ほんとに撮りま
しょうか」
カウンターに置いてあったスマートフォンが手に取られたかと思うと、かしゃかしゃシ
ャッター音が続いた。作り笑いをするひまもなかった。

「カレー、冷めちゃいますから」傍で見ていたソメヤさんが声をかけると、ミナイさんはスマホを置いて、缶ビールを手に持った。

「どうぞ、こっちに座ってください。乾杯しましょうか」

ソメヤさんとミナイさんが並んで座ったので、わたしたちはその向かいに並んで座った。プルタブを起こし、正雄以外はかんぱーい、と声をあげて缶を合わせた。一口ビールに口をつける。苦い。何年か前に、法事の席でちょっと口をつけたとき以来。隣を見ると、正雄は女性たちの前で虚勢を張っているのか、ぐびぐびと音を立てて勢いよく飲んでいる。あとでどうなっても知らないよ、心のなかで茶々を入れる。

ミナイさんと並んで座っているソメヤさんは、図書館にいたときとは違って、あんまり親切そうには見えなかった。でも、なんだか前とは違う。秋にここにお邪魔したときはソメヤさんは口数少なくて、居心地悪そうで、椅子から半分お尻が浮きかけているような感じがした。むかし珠算教室にも、ああいう感じの子がうんといた。でも、いまはそうじゃない。口数はまあ、相変わらず少ないみたいだけど、お尻はぴったり椅子にくっついてるし、手前にそろばんを差し出したら、喜んでパチパチやりだしそうな雰囲気さえある。

「食べましょ」とミナイさんが言った。「このあいだよりちょっとカレーの種類を増やしてみました。乙部さん、サグ・チキンがおいしいって言ってましたよね。この、緑のほうれん草のカレーです。どんどん、お好きなだけどうぞ。マサオさんもご遠慮なく」

名を呼ばれて、正雄の肩がわずかにピクリと揺れた。緊張しているのだろうなと思ったけれど、それよりミナイさんがほうれん草のカレーのことを覚えていてくれたことが、嬉しい。わたしが「いただきます」と手を合わせるより先に、正雄は無言で手前に置かれた大きなナンをちぎって、何もつけずにむしゃむしゃ食べはじめた。

「ちょっと頼みすぎたかも。ロミも残りなよって、言ったんですけど」ミナイさんが言った。「ダンスが楽しいみたいで」

「うきうきしてたわね」

「ロミは最近、バイトしてたイベント系の会社で社員になったんです。いつも忙しそうにしてます」

そういえばミナイさんは何をして生活しているんだろう。ふと思ったところ、顔に出たのか、

「わたしはほぼ無職です」

と、向こうから教えてくれた。

「いまは週に何度か、アルバイトしてます。コールセンターで」

「電話番をしてるの？」

「まあ、そうです」

ミナイさんは何か思い出したのか、ちょっとだけ笑ってビールをごくごく飲んだ。

「わたしもやってみようかしら」

呟くと、隣の正雄が「無理だろ」とここではじめてまともに口を開いた。

「無理じゃないですよ」すぐにミナイさんが助けてくれる。

「乙部さんくらいのお年のかたも、たまにいますよ」

「電話を誰かにつなげばいいの？　しんどい仕事？」

「鍵をなくしちゃったひととか、給湯器が壊れちゃったひとの話を聞く仕事です。ひとに

よっては、まあまあしんどいかも」

「しんどいのなら慣れてる」

「ですよね」

ミナイさんは笑い、ソメヤさんも遠慮がちにちょっとだけ笑った。

「わたしみたいなのより、乙部さんみたいなひとが電話に出てくれたほうが、かけるほうもほっとすると思います」

「そう？」

「だいたいみんな、困った事態に陥って電話かけてくるから、いらいらしてるかもう怒ってるかのどっちかなんです。相手が乙部さんみたいなひとだったら、いらいらもちょっとはおさまるかも」

「それはわからない。知恵のある優しい年寄りだったら、うまくなだめられるかもしれないけれど」

「乙部さんもそういう優しいお年寄りじゃないですか」

「ううん、たぶん違う。わたしだけじゃなく、たいがいの年寄りもたぶんそうじゃないの？　人間がほんとにまともに生きてたら、そう簡単に優しくなんかならない。不良がいきなり善人になるわけでもないし、心が広くなるどころか狭くなる一方だし、我慢できないものが増えてくるし、辛抱する元気もなくなる」

「そうですか。うん。そうなんですね」

ミナイさんは何か言いたいことがありそうだったけれど、ちょっと口をつぐんだ。待っていたけれど口を開く気配がなさそうなので、ナンにかぶりつきかけたところで「あの」

とまた始まった。

「前に乙部さん、自分の体のこと、なじみの鍋みたいに、まだ壊れてないから使ってるだけ、って言ってましたよね。そのこと、最近ときどき考えてます」

「ああ、そんなこと言ったような……」

ミナイさんは口先から逃げていく何かを唇でぱくぱくつかまえるように、せわしなく続けた。

「わたし、自分がどうなりたいのか、まだ摑み損ねてばっかりなんですけど。たぶんいろいろ勘違いして思い込んでるばっかりだけど、でも勘違いでも思い込みでもいいから、なんでもいったん呑み込んで、あれこれ間違いまくったすえにいつかそういうふうに感じられたら上々なんじゃないかって、ちょっと思うようになりました。自分の体を、細かい傷にいろんな味のしみこんだ、丈夫でなかなか壊れないなじみの鍋みたいに思えるくらい、ただひたすら、気長に時間をかける。せっかちだから、わたしには難しそうなんですけど」

そう言うミナイさんのつるつるしたおでこには、ハリー・ポッターのおでこにあったみたいな傷跡がまだ薄く残っている。こんなきれいなおでこに、わざわざ傷なんてつけなくていいのに。でもどんな人間だって、いつまでもピカピカの新品ではいられない。生きていれば、熱い火にさらされて、油まみれ、泡だらけにされて、ときにはぶん投げられたり、誰かの頭に振り下ろされたりすることだってある。

「マサオさん、こういう話わかりますか」

ミナイさんに突然矛先を向けられ、正雄はゴホッとむせた。

「自分の体を、なじみの鍋にするっていうような話。わかります？」
正雄はあわててビールを喉に流し込み、激しくまばたきをした。顔が真っ赤になってい
る。それからもガホ、ガホとひとしきりやったあと、
「いや、さあ、自分には……」
と、やっと答えた。
「わかんないですか。ですよね。そっか」
「じゃあ自分の体が」それまで黙っていたソメヤさんが、ふいに口を開いた。「貯金箱み
たいに感じられることってあります？」
「え、貯金箱？」
「貯金箱の小銭みたいに、体が狭い箱のなかでガチャガチャ振り回されてるような不快な
感じがしたり、逆に自分の体が貯金箱になって、首でも足でもちょっと動かすと、中身が
ガチャガチャ嫌な音を立ててるような感じとか。そういうのなら、わかります？」
「まあ……わからなくもないというか……」
「わたしはずっとそうです。鍋というより、わたしはこの箱から逃れたいです。でもとき
どき、音が変わることもある。閉じ込められてはいるけど、箱の外から何かが飛び込んで
きて、新しい音が鳴る」
ソメヤさんはちらっと隣のミナイさんの顔を見た。そのミナイさんは探るような眼差《まなざ》し
をまっすぐ正雄に向けていた。当の正雄は黙ってまたビールの缶を持ち上げた。口をつけ
たけれど、中身がもう空になっているらしく、テーブルに置かれた缶はトンと軽い音がし
た。

「ビール、もっと飲みます？」

ミナイさんは返事も聞かず、冷蔵庫から新しいビールを取ってきた。受け取るとすぐに正雄はプルタブを上げ、ぐいぐい喉に流し込んだ。

「ちょっと、飲みすぎないで」

「自分は」正雄はドンと缶をテーブルに置いて言った。「自分は、鍋とか、貯金箱とか、考えたことはない。でもいつも邪魔だと思ってる。体があるからどこにも行けない」

「逆でしょ。体があるから、歩いてどこにでも行けるんじゃないの」

わたしが口を挟むと、正雄はまたビールをぐいぐい飲んで、大袈裟にハーッと息をついて続けた。

「せめて四つ脚で生きれればって思う。犬みたいに。この世にたいして必要以上に垂直でいたくない」

「は、垂直？」

「体の向きがおかしい。人間は縦に長くなるんじゃなくて、横に長くなったほうが、空が広くなる」

もう相当酔っ払っているのか、正雄は唾を飛ばして熱弁した。あわてたけれど、意外なことに、ソメヤさんもミナイさんもそうだそうだ、と声を上げて笑っている。正雄が女性を笑わせている。そんな芸当を教えた覚えはない。誇らしいような、さびしいような、みょうな気分だった。わたしが知らなかっただけで、もしかしたらみずきちゃんと二人のときも、正雄はこんなふうにおかしなことを言ってみずきちゃんを笑わせていたのかもしれない。

「わかる気がします」ソメヤさんが言った。「体があるからどこにも行けない。そうですよね。この体が重たいせいで、場所をとるせいで、それなのにどれくらい重くてどんなかたちでどれくらい場所塞ぎなのか、自分ではっきりとはわからなくて、だから足がすくんでいまいるところから動けなくなる」

「自分のかたちがわかるのは、ぶつかったときだけ」今度はミナイさんが口を挟んだ。「誰かと、何かとぶつかったとき、ようやく自分の輪郭がここまでだってわかる。鏡に映して目で見る輪郭とはまたべつの、自分のかたちと重さがわかる」

言いながら、ミナイさんはテーブルに置かれたソメヤさんの手の甲のまんなかをちょこんと人差し指で押した。目の前で起きたふいの接触に、ドキッとした。そしてふと、台所のテーブルで正雄の手首を握ったときのことを思い出した。ぶつかってわかる自分のかたち、か。だとしたら、わたしがあのとき百まで数えていたのは、もしかしたら正雄の脈ではなくて自分の脈だったのかも。正雄がわたしの時計になって、生きている体の時間を教えてくれていたのかも。

カレーもナンも、正雄がいちばん多く食べた。ナンはテーブルに用意されていただけではなくて、カウンターの向こうから追加で四枚も出てきた。正雄はビールも三缶飲んで、食事が終わってからもミナイさんに勧められるがまま、今度はロミちゃんのおみやげの白ワインを飲みはじめた。正雄がこれほど飲める口だとは知らなかった。でも顔は真っ赤っかだ。目もとろんとしはじめている。

黙って半分眠りかけている正雄をよそに、女三人で話した。ソメヤさんは来年の三月でいまの図書館での契約が切れるので、べつの場所で新たに職を探すのだという。

「ここからも引っ越そうと思ってます」

「えっ」

素っ頓狂な声が出てしまった。

「引っ越すって、どこに？　遠くに？」

遠くに行かれたら、困る。ソメヤさんと正雄のあいだに、これからまだ何か起こることがあるはずなんだから。

「まだはっきりとは決めてないですけど、ぜんぜん知らない街に行ってもいいかなって思ってます」

「知らない街……」

ショックを受けているのが顔に出てしまったのか、ミナイさんが「大丈夫ですよ」と言い添えてくれた。

「縁があれば、勝手にいろいろ進みますから」

ミナイさんは意味ありげに正雄のほうに視線を投げた。正雄の目はもう完全に閉じていた。首ががくんと前に垂れて、じきにいびきでもかき出しそうだ。ソメヤさんは「やめて」と苦笑いしている。

「すっかり酔っ払っちゃって。はじめて見た、この子がこんなになってるの」

「こんなに大きくなっても、この子、なんですね」

ミナイさんの指摘に恥ずかしくなったけれど、この子、以外にこの子をどう呼んだらいいのかわからない。この男、というには正雄はあまりに幼いし、このひと、というにはあまりに近い。

「あの、乙部さん」

ミナイさんが、内緒話をするように口の周りに手を当てて、急に声をひそめた。

「今日はですね、実はわたしたち、乙部さんにプレゼントをしようと思ってお招きしたんです」

「プレゼント？」

わたしも同じくらい、声をひそめた。

「プレゼントです。一人の夜の、プレゼント」

「えっ？」

「前に言ってましたよね。死ぬまでに一度でいいから、誰もいない家で一人きりで目覚めたいって。今日は、その日です。クリスマスだし。マサオさんはわたしたちが預かります」

思わず隣の正雄を見た。

「いいの？」

ちゃんと頭で理解するまでもなく、声が出ていた。

ソメヤさんとミナイさんは目を合わせ、ちょっと微笑みながらうなずいた。

「ささやかなプレゼントですけど。みょうなご縁で、わたしたちが出会った記念に」

もう一度、正雄の顔を見た。さっきよりさらに深く首が垂れて、だらしなく伸びた白髪交じりの髪が横顔を隠している。

「あっちに用意はありますから」

指さされたほうを見ると、デスクの前の長いソファにはすでに寝床の準備が整っていた。

「マサオさんが起きたら、ちゃんと事情も説明しておきます。でもこの感じだと、しばらくは目覚めなさそう」

それから三人がかりで正雄の重い体を椅子からはがし、床をひっぱってソファに寝かせた。正雄は途中でちょっと目を開け、うんうんうなっていたけれど、完全に目覚めたわけではなさそうだった。ソファに横たえられブランケットをかけられると、安心したのかぐーぐー低いいびきをかきはじめる。見た目は完全に酒に酔っただらしない立派な中年男で、三人がかりでやっと運べるくらいの図体をしているのに、寝顔は心もとないくらい無防備だった。

眠れ、深く深く眠れ、わたしの息子よ。

「タクシー呼ばなくて大丈夫ですか？　送っていきましょうか？」

コートを羽織って沓脱ぎに立ったわたしに、ソメヤさんが心配そうに聞いた。

「大丈夫。これは置いていっていい？」わたしは端に寄せられたキャリーを指さした。

「明日、正雄に持って帰らせて」

「キャリーなしで大丈夫なんですか？」

「大丈夫。こんなのなくても、ほんとは一人で歩けるの」

ソメヤさんとミナイさんは顔を見合わせた。わたしはキャリーの持ち手をよしよしするみたいに二、三度撫でた。

「わかりました」ソメヤさんがうなずいた。「じゃあ、お気をつけて」

「ゆっくり眠ってくださいい、一人だけの夜。森のハグリッドみたいな夜」

ミナイさんがすこしだけ笑う。

「ありがとう」

ドアを開けると、冬の夜の尖った寒気が一気に吹き込んできた。それでもソファの正雄の呑気《のんき》ないびきはびくともせず、一定のリズムで続いている。

「ありがとう」

もう一度お礼を言って、一人でドアを閉めた。カチャンとチェーンが下りる音が向こうから聞こえた。

マンションの外に出ると、冷気がさらに身に染みた。夜ぜんたいが自分の冷たさに耐えられなくて、その体をきゅっときつく引き締めたみたいだった。月が空の高いところにある。手持ち無沙汰で、お腹の前で両手をきつく組んだ。祈るみたいな格好だ。一瞬、どちらに向かって歩けばいいのかわからなくなった。それなのに、顔が笑う。ふふふ、と声まで漏れる。

玄関の沓脱ぎには、出しっぱなしのパンプスだけが、つま先を揃えてちょこんと並んでいた。

キャリーがないと、ここもずいぶん広く見える。静かだった。洗面台で手を洗っても、台所で水を飲んでも、音がするのはわたしのいるところだけ。

正雄には毎日風呂に入れと口酸っぱくして言っているのに、一人きりだと風呂に湯を張る気にもならない。歯磨きだけして、寝巻きに着替えて、布団に潜り込んだ。

一人っきり。ほんとうに、一人っきりだ。鳥肌が立つのは嬉しさのせいなのか、寒さのせいなのか。

長く続いた父との二人暮らしのあと、結婚してまた二人暮らしになって、すぐに正雄が生まれて、寝ても覚めても家にはいつだって男がいた。お父さんが出ていって以来、正雄が家から離れたこともなかった。小学校の修学旅行は、正雄にしては驚異的な行動力を見せて初日の夜に日光から電車にタダ乗りして帰ってきてしまったし、中高の修学旅行は最初から行かないと言って聞かなかった。もちろん、恋人の家から朝帰りするなんてこともなかった。

正雄にとっても、今日がはじめての外泊となるわけか。恋人でも友人でもない女性たちの家のソファでいびきをかいて眠るすがたを想像すると、ちょっと笑える。赤飯でも炊いてやりたい気分。あの家にはいま三人ぶんの夜があって、そしてこの家のなかには、わたし一人ぶんだけの夜がある。

息を吸ったり吐いたりするたびに、四方の壁が伸びたり縮んだりするような気がした。こんな年寄りの体ひとつを守るためだけに、壁が風に耐え屋根が上を覆ってくれているのが、なんだかもったいない。今晩大地震でも起こったら、どうなることやら。そのときわたしの体をぺしゃんこにつぶして命を奪うのも、この屋根と壁なのだ。

気づくとまた親指の頭が生ぬるかった。

でも、今日はぞんぶんにやればいい。いまわたしのなかに入ってくるのは、この節くれだったさびしい親指だけ。唇をモニョモニョ動かして、心ゆくまで指しゃぶりを堪能した。そうしていると、あちこちへこんでかさかさの体が、関節のまわりから丸っこくふくらんでいく気がした。濡れた唇と指の摩擦から、夢のかけらが飛び散って布団を湿らせる。夢中でちゅうちゅう吸い上げているうちに、お腹のあたりがぬくくなってくる。いつもみたいにこれまでの夜を遡ろうとしても、そのぬくみに押し返されて、真っ暗な狭いところで、わたしはどんどん丸く、はちきれそうに大きくふくらんでいった。そのうち暗いのは外がわではなくて内がわになっていって、わたしのなかにまるごとの、この七十六年ぶんの夜があった。


目覚めたときにも、まだ指は口のなかにあった。

夢は見なかった。

外はうす暗い。

目をつむっていようとしても、落ち着かなくて開いてしまう。目を開けているほうが、見えるものが少なくて楽だ。正雄を起こさないようにもぞもぞと身を起こしてから気づく。そういや、いないんだった。もう一度布団に身を横たえて、天井の木目をぼんやりなぞっているうち、いきなり思いついた。

今日だ。

とたんに背骨を上下からビッとひっぱられるような感じがした。布団から飛び出して、鏡台に積んでおいた手紙の書きかたの本の下から、東京都の地図と、正雄から奪ったみずきちゃんの家の住所のメモを取り出した。

行くなら今日。行くなら、いまだ。

湯を沸かして、インスタントコーヒーを一杯飲む。固いものは何も口に入れる気がしなくて、万が一のときのためにビスケットを何枚かジップロックに入れて、ハンガーに吊るしてあったコートのポケットに突っ込む。とにかく気が急いた。お湯に浸したタオルで顔を拭うと、着ている寝巻きの上から昨夜着るはずだった分厚いセーターを重ね、ズボンを穿く。バッグに地図とメモを入れてから、何かあったときのためにとっておいたへそくりの封筒を鏡台と壁の隙間から引っぱり出す。このあいだ数えたときには、一万円札だけで四十二枚あった。封筒はバッグの底に寝かせて、コートを羽織る。ウォーキングシューズを履いたものの、キャリーがないことに気づいて一瞬、弱気になる。でも大丈夫、大丈夫だ。昨日の夜だって、キャリーなしで一人で歩いて帰ってこられたんだから。

東の空がすみれ色に染まりはじめ、夜のあいだに沈澱《ちんでん》した空気が一歩踏み出すごとにフワリと舞い上がった。東から西に、夜が朝にじわじわ押し出されていく。歩いているというより泳いでいるみたいだった。路上には誰もいない。窓が開いている家はひとつもない。大通りに出る角まで歩いて、ふと立ち止まる。

わたしは誰に会いたいんだっけ？

早朝の駅のホームには、青ざめた辛抱強い顔つきで電車を待つ乗客がまばらに立っていた。

開いたドアから車両に乗り込んで、長いシートのまんなかに陣取る。向かいのシートの両端には、正雄よりもずっと若そうなサラリーマン風の男性と、高校の名前入りの大きなボストンバッグを膝に乗せた青いジャージ姿の女の子が座っていた。電車が建物の陰に入ると、正面の窓ガラスに自分の輪郭がぼんやり映る。表情までは見えないけれど、きっと不安そうな顔をしている、縮こまってしぼんだ年寄りが一人。これがわたしだ。

どこで乗り換えて、どの駅で降りればいいのかは、地図を借りてきた日にちゃんと確かめて頭に入れておいた。いつか決心がついたときのために、というつもりだったけど、ちゃんとした決心抜きに、勢いだけで出てきてしまったのがいまさらながら心細い。決心は、あと何段階か踏んだあとでされるはずだったのに。まず手紙を書いて、その手紙が宛先不明で返ってきたら、正雄に相談して、それからじっくり、一人で決断を下そうと思っていたのに。でももう腹くくるしかないじゃない、ほんとうは知りたくてしかたがないんでしょ、自分には孫がいるのかどうか、その孫は正雄に似ているのかどうか。ああ、また頭のなかが騒がしくなってきた。実際、みずきちゃんのことは半分どうでもよくなってきてるんじゃないの、孫のことで頭がいっぱいで。そんなことない。わたしはみずきちゃんに会いたい。死ぬ前に一度でいいから会って、話がしたいの。話って、何？　あっちじゃもう、話すことなんてないんじゃないの？　それにこっちだって、何を話したいの？　謝りたいとかいうけど、謝る理由もよくわかってないくせに。ううん、謝るんじゃなくてお礼が言いたい。みずきちゃんがいてくれて、ほんとうに楽しかった、正雄も幸せそうで、まるで三人家族になったみたいで、毎日夢見てるみたいだった、ありがとうって言いたい。だめ、そんなの、あっちからしたらただの迷惑。向こうからなんの音沙汰もないってことは、わたしたちのことは、ぜんぶなかったことにしたいのよ。うん、わかってる、ほんとうは、みずきちゃんに会うのはちょっと怖い。そうよね、正雄だってきっとそう。手紙を書く書くと言っていっこうに書けないのは、怖いからよね。決定的な瞬間を、後回しにしたいだけなのよね。決定的ってどういうこと？　わかってるくせに。それはね、みずきちゃんにはっきり背を向けられる瞬間。あなたたちはもういりませんって、言われる瞬間。

「もういりません」

向かいのシートの男性が、スマホから目を上げ、ぎょっとした表情でこちらを見た。ジャージの女の子のほうは、イヤフォンを耳に差して、目を閉じていた。目が合ったから、男性に向かって心のうちを口にした。

「わたしたちが楽しかったのは、それがずっと続くものじゃなかったからなのよね。楽しい時間が終わっただけ。お互いをちょっとずつ笑わせてあげられる、助けあいの時間が終わっただけ」

相手は途中で目をそらしたけれど、かまわず続けた。いったん息をついたあと、もっと言ってみたくなった。心に思うことをそのまま口にしてみると、なぜだか周りの他人が急に近しく見えてくる。

「いらなくなった人間に会いにこられても迷惑だよね。だから、そっと見るだけにする。話しかけない。気づかれないように。でももし、向こうが気づいたら、向こうが話したそうにしていたら、ちょっと話してみてもいいかもしれない」

相手はちらちらこっちに警戒の視線を送っていたけれど、ここまで聞くとスマホをポケットに入れて、そそくさと隣の車両に移っていった。あら残念。頭のなかで、チェッと舌打ちする声が重なった。

乗り換えの駅で電車を降りて、またべつの電車に乗る。途中、うっかり階段でつまずいて地面に手をつくと、すぐに横から後ろから誰かが駆け寄ってきて助け起こしてくれた。ありがとうございます、ありがとうございます、ひとしきりお礼を繰りかえしたあと、すこし遅れて手首がじーんと痛んだ。痛いのに、なんでだか勇気が出る。これまで生きるためにやるべきことをやっているときには、ずっとこんな痛みを感じていた気がする。

図書館で借りてきた地図には、ふせんで目印を付けてあった。返却期限は二日後だった。

この地図を返しにいくとき、自分はどんな気持ちで今日のことを振り返るんだろう。というか、返しにいく前に死んじゃってたりして？　これからみずきちゃんに会って、心臓発作が起きたり転んで頭を打ったりしたら、この地図は正雄が代わりに返しにいくことになるんだろうか。自分が去ったあとにも続く、この世のなかのありようを想像してみる。意外と簡単だった。だって、なんにも変わらないんだから。この風景を見ている目がひとつ、いやふたつか、ふたつの目が消えてなくなるだけで、なんにも、けっして変わらない。正雄でさえ、変わらない。母親がいない人生を続けていく男が一人増えただけで、そんな男は世にごまんといる。山ほど、うんといる。

「大丈夫ですか？」

顔を上げると、知らない女のひとの顔があった。

「うんといる」

「え、なんですか？」

「うんといるから大丈夫」

「あ、大丈夫ですか。あの、でも、駅員さん呼びましょうか？」

さっき電車に乗ったと思ったのに、いま座っているのはホームのベンチだった。近くの柱にくっついたプレートには、みずきちゃんの家の最寄り駅の名が書いてあった。わたしの顔をのぞきこむ女性は茶色いコートを着て、きれいにお化粧していて、シャンプーのコマーシャルに出てくるひとみたいに長い髪の毛がサラサラだった。

「あ、ごめんなさいね。大丈夫なの。駅員さんは呼ばなくても大丈夫」

「そうですか……」

「ご親切にありがとう。ちょっと考えごとをしていただけだから」

じゃあ失礼します、と頭を下げて、彼女は去っていった。そのまましばらくぼんやりしていたら、今度は紺色の制服を着た雪男みたいな、縦にも横にも大きい元気な若い男性がやってきた。

「おばあちゃん、大丈夫？」

「あなた、駅員さん？」

「はい、駅員ですよ。おばあちゃん、一人？」

「あの子が呼んでくれたの？　あの、髪の長い子が」

「いえ、べつのひとだけど。おばあちゃん、これからお出かけですか？　おうちのひとは？　一人で大丈夫なの？」

思わず笑ってしまった。わたしの「大丈夫」にはもう、ひとを安心させるような説得力はないらしい。

「わたしが大丈夫でも、大丈夫じゃなくても、あなたを恨んだりしないから大丈夫。仕事に戻っていいよ」

はあ、と眉をひそめた相手の前で、よっこいしょ、と立ち上がって、ふせん付きの地図を差し出した。

「でもひとつだけ教えて。このあたりに行きたいんだけど、改札を出たら右に行けばいいの、左に行けばいいの？」

地図をのぞきこんだ駅員さんは、すぐに「右ですね」と言って、ほっとした顔を見せた。そのまま改札まで付き添って、わたしが改札を出たあとも、「右です、右」と踏切のほうを指さして見送ってくれた。言われたとおり、踏切を渡る。渡り切ったところでまたつまずいて、前につんのめりかけたところ、すれちがいざまの男性がすばやく腕を伸ばしてくれて、ことなきをえた。

地図と睨めっこしながら、立ち止まったり歩いたりしていると、すれちがうひとたちの何人かが「大丈夫ですか？」とまた親切に話しかけてくれる。「大丈夫ですよ、ありがとう」とにっこり笑って返すと、みな戸惑い半分、安心半分の笑みを浮かべて、頭を下げて去っていく。なぜだか、両手を合わせるひともいた。福の神にでもなったみたいな気分だった。あのひとに何かご利益がありますようにと、心のなかで本物の神様に祈る。

そのうちさすがに足がくたびれてきて、電信柱の陰に入り、背中をもたせかけた。あともうひとつ角を曲がってすこし行けば、目当ての家に行きつくはずだ。道中、ぎゅっと強く握りしめすぎて、ふせんを貼った地図のページが湿っている。

わたしはほんとうは、誰に会いたいんだっけ？

決まった時間に遠くで鳴る鐘みたいに、またこの問いかけが胸に浮かんで、すーっと消えていく。

角を曲がってきたひとにまた福の神扱いされないよう、えいっと気合を入れてまっすぐに立った。あともうちょっと。あの角を曲がったら、みずきちゃんが庭にホースで水を撒《ま》いていたりするかもしれない。覚悟を決めたら、空っぽの胃から大きな金平糖がぶんぶん回転しながら食道をせりあがってくるような、味わったことのない気持ち悪さをおぼえた。ひょっとしたらほんとうに何か出てくるかもと思って、しゃがんで口を開いてみる。するとまた、「大丈夫ですか？」と後ろから声をかけてくれる親切なひとが現れて、わたしは福の神みたいにゆるゆると微笑む。

角を曲がって現れたのは、思っていたよりずっと広くて立派な二階建ての家だった。ちょうどわたしの頭が隠れる高さに、ツゲの生垣がピシッときれいに刈りそろえられて、道路と敷地を区切っている。道の端の排水溝のブロックが一段高くなっているところに、生垣にほとんど体をくっつけながら立ち、背伸びをしてみた。向こうにはうちの庭の十倍ではきかないくらいの芝生の庭が広がっていて、そのまんなかにぽつんと、家庭用の小さな青いブランコが鎮座していた。家の窓も玄関のドアもやたらと大きくて、これだったら夜中に火事なんかになっても、すごく逃げやすそう。大地震があっても、うちみたいに屋根も壁も何もかもがいっぺんにバラバラに壊れて落ちてくるようなことはなく、重いものから順番に一枚二枚と折り畳まって崩れていくような、頭もお行儀も良さそうな佇《たたず》まいの家だった。ここに、みずきちゃんが住んでいる。実感が湧かない。それなのに、心臓がきゅうっと縮こまるような息苦しさを感じる。

しばらくそこで、背伸びをしてはかかとを下ろしを繰りかえし、家のなかの気配を窺った。いるのかいないのかわからなかった。ふと家を間違えたのかもしれないと思い、表札を確認してこようと生垣から身を離しかけたとき、急に玄関のドアが開いた。縮こまっていた心臓が飛び出そうになった。とっさにしゃがんで、アスファルトの上に小さくなった。

「ママ！」

元気のいい声が聞こえた。

「ママ、早く！」

女の子みたいだった。はーい、と家のなかからくぐもった声が続き、すこしして「帽子は？」と今度ははっきり声が聞こえた。

「持ってる！」

「あ、そう」

「早くしてよー」

「ちょっと待って、自転車の鍵忘れちゃった」

我慢できなかった。生垣を両手で抱きかかえるようにして立ち上がり、思いっきり背伸びする。まず女の子が気づいた。黄色い帽子を手に持って、もう片方の手でブランコの支柱を握っている。口をポカンと開いたまま、こちらをじいっと見つめている。

あの子、あの子がそうなの？

心臓がまたきゅうっと縮こまった。女の子が口を閉じ、また開いて何か言いかけたところで、玄関からつんのめるようにして母親が出てきた。

「みずきちゃん」

思わず声が出た。

ドアから出てきたのは、長いベージュ色のコートを着た、ショートカットの女性だった。みずきちゃん、髪切ったんだ。呼びかけに気づいて、彼女はこっちを向いた。

「はい？」

返事ができずにいると、相手は不審な表情を浮かべ、女の子のもとに走り寄り、両肩をつかんでぐっと自分の膝に引き寄せた。

「みずきちゃん？」

女の子が心配そうに、母親を見上げる。彼女は娘の顔とわたしの顔を見比べ、それからこっちをじっと見つめた。電車のなかでサラリーマンから向けられた視線よりも、もっとけわしい、いまにも吠えかかってきそうなまなざしだった。わたしが体をすくめると同時に、ママぁ、と蚊の鳴くような声で女の子が言った。それでちょっと、目の力がゆるんだ。

母親は女の子をブランコに座らせ何か耳元でささやいたあと、こちらに小走りで近づいてきた。

「どうされました?」

生垣を挟んで、手を伸ばしてもぎりぎり届かないくらいの距離に立って、彼女は聞いた。

「みずきちゃん?」

「はい?」

「みずきちゃん?」

「ええと、あのー……」

「みずきちゃんじゃ、ない」

「あの、どなたかとひと違いされてます?」

「あの子は誰?」

ブランコに目をやると、相手は振り返らず「うちの娘ですけど」と言った。

「ここは、小山内さんの家じゃないの?」

「オサナイ? いえ、うちはナカジマです」

「ナカジマ……あなたの名前は?」

「ナカジマです」

答えながら、警戒心のダイヤルを調整するみたいにぱちぱちまばたきを繰りかえしている。力が抜けて、その場にしゃがみこんだ。

「ああ、あの、大丈夫ですか」

みずきちゃんじゃないその女性は、意外なほどすばやく生垣の端の門からこちらに駆け寄ってきてくれた。

「どうしました？　具合悪いですか？」

おそるおそるながら背中に手を当てて、子どもに聞くみたいに聞いてくれる。しゃがんでいるのも膝がつらくなって、ぺしゃんと路上に座り込んでしまった。

「ああ、どうしよう。救急車呼びましょうか？」

「ちょっと、顔をよく見せて」

首をひねって、間近にある彼女の顔をじっと見た。ほとんどお化粧気のない、つるっとした顔。目が丸くて、ほっぺたも丸い、口を開けても尖った歯なんて一本もなさそうな、いかにもひとの良さそうな顔。

「みずきちゃんじゃないのね？」

「はい、あの、わたしはナカジマです」

「……いつからこの家に？」

「去年の夏、からですけど……」

「それまで、ここは小山内さんというひとの家じゃなかった？」

「小山内？　ああ、ええと、そうでした、前の家主さんは小山内さんてひとでした」

「そこの奥さんを、見たことはある？」

「小山内さんの奥さんですか？　はあ、ええ、内見のときに一度お会いしましたけど」

「どんなようすだった？」

「どんなようす……うーん、ほんの十分くらいのことだったのでよく覚えてないですけど、おきれいなひとだな、と思ったことは覚えてます」

「そうよね。美人だったでしょ」

「はい、確か。お知りあいなんですか？」

「子どもがいなかった？」

「え？」

「子ども。たぶん、あなたの子と同じくらいの子が、家にいなかった？」

「ああ、お子さんですか。小さい子はいませんでしたよ」

「それ、確か？」

「確かかと言われると、わからないですけど。でも、ちっちゃい子がいるようには見えませんでしたし、子どものおもちゃなんかも、家のなかにはぜんぜん」

「じゃああのブランコは？」

「あれはうちが引っ越してから買ったんです」

抜けた力がさらに抜けて、もうアスファルトにへばりついてしまいそうだった。砂袋に穴が開いてそこからザーッと砂が流れ出すみたいに、腹の底に蓄えていた言葉がみな溶けあって、体内から漏れ出していくような感じがした。

「あ、でも、大きい子ならいましたよ。いたといっても、そのとき家にはいませんでしたけど、大学生のお子さんがいるって聞きました」

「……大学生？」

「大学生の男の子がいるって。どこの大学だったかな、忘れちゃいましたけど、確か地方の大学に行ってて、ときどき帰ってくるだけだって」

「それ、確か？」

「はい、そう聞きました。夫婦水入らずで素敵だなって思ったの覚えてます」

「ねえ、その子は、みずきちゃんの子なの？」

「え？」

「その夫婦はね、再婚夫婦なの。あ、旦那のほうはわからないけど、奥さんはね、再婚だったの。その大学生の子は旦那さんの連れ子ってことなの？　それとも奥さんの子なの？」

「えっと、ごめんなさい、そこまでは……わからないです」

「小さな子は、ほんとうにいなかった？」

「はい、いませんでした」

「じゃあみずきちゃんは、ここからどこに引っ越したの？」

「それも、さあ、……」

　今度こそかたちある何かが食道から喉をせりあがってきた。地面に突っ伏して、口を開いて吐き出した。泡立った苦い水が、アスファルトに染みを作った。一度深く息をついたら、ハアッ、ハアッと体のなかにある以上の空気が、ポンプで押し出されるみたいに外に出ていく。出ていったぶん、吸わなきゃいけないのに呼吸が追いつかない。ハアッ、ハアッ、せわしない息が体のなかでこんがらがって、息と一緒に目からぶわっと涙が出てきた。大丈夫ですか、大丈夫ですか、と繰りかえす声のなかに、

「どうしたの？」

と小さな声がまじった。

顔を上げると、ツゲの生垣の向こうから女の子がこっちを見ていた。葉っぱの隙間から、丸い目がふたつ、まっすぐこっちを向いている。

「痛いの？」

女の子は一歩近づいて、生垣にべったり顔をくっつけた。わたしも頭から突っ込むように、体の右半分を生垣に預けた。

「痛い」

言うとまた、ハアッと声が漏れた。

「どこが痛いの？」

「わかんない」

「お腹？」

「ううん」

「足？」

「ううん」

痛いは痛いのだけど、痛みのありかがはっきりしない、自分じゃないところに痛みがあって、そこから生まれて寄せてくる大波のなかで、女の子のふたつの目がブイのように揺れている。

目を閉じてまた開けると、生垣の向こうから、密集する緑を押しのけて小さな手がもぞもぞ不器用に伸びてくる。緑を突き抜けてパッと開いた手が、肩に触れた。痛いの痛いの飛んでけ、とでもやってくれるかと思いきや、女の子はきまじめな顔つきで、はじめて見る動物の頭に触れるときみたいに、いつでも引っ込められるくらいの緊張感を保ちながらそこに手を乗せているだけだった。そのほんの小さな手に、わたしは体をゆだねた。やがてその手はペタペタと、何かを確かめるみたいに、肩の線を行ったり来たりしはじめた。母親のほうは、背中をずっとさすっていてくれた。

やがて呼吸は落ち着いてきた。涙は引っ込んで、代わりに咳が出てきた。止まらない。顔にめりこむツゲの小さな葉っぱがチクチクして痛い。女の子の熱い息が、冬の緑の濃い香りと混ざって、濡れた頬に染み込んでいく。

目を閉じた。

濡れたほっぺたに小さな風が起こって、誰かの腕が伸びてくる。

温かさが、柔らかさが、わたしの全身を包んでわたしもその一部になる。

もっともっと溶けこみたくて、体じゅうの力を振りしぼってしがみつき、ぐいぐいぐいぐい、鼻先をめりこませても、ぜったいに穴が開いたり壊れたりしない、わたしよりずっと大きくて丈夫なものに、むきだしのわたしが抱かれている。とろけそうでとろけないぎりぎりの柔らかさのなかに、なつかしい、いろんな体のかけらがもぐりこんで波打ってためらいなくぶつかってきて、わたしを飲み込もうとする。熱く張った乳房、ささくれがちくりとひっかかる指先、ごりごり尖った肘、戸板みたいに固くて頑丈な背中、皮の剝けた柔らかな唇、汗ばんだ小さな手、とくとく時を刻んでいた手首。

そうだ、こういうかけらをわたしはみんな知っている。

喜びと痛みが生まれるのはそこ……わたしの喜びと痛みはぜんぶそこから列を組んでやってきて、ばらばらにそこに去っていく。


沓脱ぎには四足の靴が窮屈そうに並んでいた。昨晩から出しっぱなしのパンプスと、正雄の革靴と、女物のスニーカーとブーツがそれぞれ一足。

壁沿いに置かれたなつかしいおんぼろキャリーは、見えない尻尾を振っていた。

「お母さん？」

台所の入り口に、焦茶色のジャケットを羽織ったままの正雄が出てきた。目の下に見たことがないくらいひどいクマが浮き出ていて、顔ぜんたいがまだ酔っ払っているみたいに赤黒い。

「はい。ご帰還だよ」

バッグを放り靴を脱ぎ捨て、正雄を押しのけて台所に入ると、テーブルの脇になつかしい誰かが立っていた。水を飲もうとしたつもりが、わたしは吸い寄せられるようにそのひとに近づいた。両腕を広げて、海に飛び込むみたいに体を投げ出して、抱きしめた。思いきり、力いっぱい抱きしめても、穴も開かないしつぶれないしぜったいに壊れない、わたしよりずっと大きな、あのたくさんの誰かのかたまりを。

「乙部さん？」

はっとして身を離すと、ソメヤさんとミナイさんの心配そうな顔がすぐ近くにあった。

「よかった。お帰りなさい」

力が抜けて床に座りこみそうになったところを、二人が引き上げて、わたしのやりかたよりずっと控えめに、こわごわ、ちょっとだけ抱きしめかえしてくれた。

「ねえ、もっとやってくれない？」

えっ、二人が同時に聞き返す。その声は、二人にくっついている腕なのか頭なのか、とにかく耳からではなく肌を伝って聞こえてくる。

「もっときつく、ぎゅっとやってみてくれない？　遠慮なしに、ぎゅーっと全力で、こっちを押しつぶすつもりでやってくれない？　ほんとにつぶれちゃってもかまわないから」

ちょっとの沈黙を挟んで、体に回された四本の腕にぎゅっと力がこもるのが感じられた。きつくきつく、首と胸とお腹が圧迫されて苦しくなって、喉の奥から、うう、と声が出る。一瞬力がゆるみかけて、「だめ、もっと」と声を絞り出すと、また力がこもった。腰から上がどんどんきつく絞り出されて、声を出すだけじゃなく息もできない。でも絞り出された先っぽから、わたしの魂みたいなものはいくらやってもスポンと抜けていかない。

「もう無理」

先にあきらめたのは、ミナイさんだった。よほど力をこめていたのか、顔が赤くなっていて息が荒い。

「ほんとに折れちゃうかと思った。乙部さん、意外と丈夫なんですね」

同じく顔を赤くしたソメヤさんが言った。

「おい、どこ行ってたんだよ」

脇で見ていた正雄がつっけんどんに言った。あんたの知らないすごいことを教えてやろうか、と言いかけて、その楽しみはもうすこしあとにとっておくことにする。正雄には正雄の楽しみが、ようやくめぐってきたのかもしれないいんだから。

「帰ってきたらいないから、家じゅう、近所じゅう探したんだぞ」

「ひどい顔。二日酔いなの？」

「二回吐いた」

「楽しんだようじゃない」

「ほんと、どこ行ってたんだよ、ひと騒がせな。もうちょっとで、警察に連絡するところだった」

「死んだと思ったの？」

三人は気まずそうに顔を見合わせた。

「この通り、死んでないみたい。でも疲れた。あちこち痛いから休ませて」

ミナイさんが淹れてくれたお茶を飲んだあと、ちょっとだけ居間の畳の上で寝た。目を覚ますと全身が痛くて、心配したソメヤさんがタクシーを呼び、正雄の付き添いで整形外科に連れていかれた。正雄が受付で四苦八苦しているあいだ、水槽のなかで優雅にひらひら泳ぐ真っ赤な出目金を眺めていたら診察室に呼ばれて、台の上で両手両足を広げてレントゲン写真を撮られた。右手の小指の骨が折れてますね、と先生が言う。正雄がハーッとためいきをつく。いつから折れていたのかは、先生にもわからないそうです。

引用文献

青木一男著『誰にも聞けない文書の書き方』（池田書店）

初出

「すばる」二〇二三年一月号～二〇二四年一二月号

装丁　田中久子
装画　春日井さゆり

青山七恵（あおやま・ななえ）
一九八三年、埼玉県生まれ。筑波大学図書館情報専門学群卒業。二〇〇五年「窓の灯」で文藝賞を受賞しデビュー。二〇〇七年「ひとり日和」で芥川賞受賞。二〇〇九年「かけら」で川端康成文学賞を受賞。著書に『お別れの音』『わたしの彼氏』『すみれ』『めぐり糸』『風』『ハッチとマーロウ』『私の家』『みがわり』『はぐれんぼう』『前の家族』などがある。

記《き》念《ねん》日《び》

2025年4月10日　第1刷発行

著　者　青山七恵《あおやまななえ》

発行者　樋口尚也
発行所　株式会社集英社
〒一〇一―八〇五〇　東京都千代田区一ツ橋二―五―一〇
電話　〇三―三二三〇―六一〇〇（編集部）
〇三―三二三〇―六〇八〇（読者係）
〇三―三二三〇―六三九三（販売部）書店専用

印刷所　株式会社ＤＮＰ出版プロダクツ
製本所　加藤製本株式会社

ISBN978-4-08-771895-9 C0093

集英社文庫

私の家

青山七恵

恋人と別れ、突然実家に帰ってきた娘、梓。年下のシングルマザーに親身になる母、祥子。三人の“崇拝者”に生活を乱される大叔母、道世。我が家と瓜二つの空き家に足繁く通う父、滋彦。何年も音信不通の伯父、博和……。そんな一族が集った祖母の法要の日。赤の他人のようにすれ違いながらも、同じ家に暮らした記憶と小さな秘密に結び合わされて——。(解説／平松洋子)

集英社文庫

めぐり糸

青山七恵

終戦の年に生まれ九段の花街で芸者の子として育った“わたし”は、小学二年生のときに置屋「鶴ノ屋」の子、哲治と出会う。それは、不思議な運命の糸が織り成す長い物語の始まりだった。

（解説／谷崎由依）

集英社文芸単行本

パッキパキ北京

綿矢りさ

コロナ禍の北京で単身赴任中の夫から、一緒に暮らそうと乞われた菖蒲《アヤメ》。現地の高級料理から超絶ローカルフードまで食べまくり、「春節」を堪能し……。著者自身の中国滞在経験とその観察力が炸裂する、一気読み必至の“痛快フィールドワーク小説”！